W0461276

Patrick Grainville est né en 1947 à Villers (Normandie). En 1976, il a obtenu le prix Goncourt pour *Les Flamboyants*. Il est l'auteur de plus de vingt romans. En 2012, il s'est vu décerné le Grand Prix Paul-Morand de l'Académie française pour l'ensemble de son œuvre.

Patrick Grainville

BISON

ROMAN

Éditions du Seuil

TEXTE INTÉGRAL

ISBN 978-2-7578-4953-8
(ISBN 978-2-02-113889-4, 1re publication)

© Éditions du Seuil, 2014

Le Code de la propriété intellectuelle interdit les copies ou reproductions destinées à une utilisation collective. Toute représentation ou reproduction intégrale ou partielle faite par quelque procédé que ce soit, sans le consentement de l'auteur ou de ses ayants cause, est illicite et constitue une contrefaçon sanctionnée par les articles L. 335-2 et suivants du Code de la propriété intellectuelle.

« M. Catlin est parti seul, sans amis et sans conseils, armé de ses pinceaux et de sa palette, pour fixer sur la toile et sauver de l'oubli les traits, les mœurs et les costumes de ces peuplades dites sauvages, et qu'il faudrait plutôt désigner par le nom d'hommes primitifs. Il a consacré huit années à cette exploration, et visité, au péril de sa vie, les divers établissements d'une population d'environ cinq cent mille âmes, aujourd'hui déjà réduite de plus de la moitié, par l'envahissement du territoire, l'eau-de-vie, la poudre à canon, la petite vérole et autres bienfaits de la civilisation. »

George Sand
(*Relation d'un voyage
chez les sauvages de Paris*)

En plein soleil, l'eau jaillissait d'un amoncellement rocheux piqueté de saules et de pins. Il s'approcha pour se rafraîchir. Il atteignait le pied de la cascade quand il vit la robe étalée sur une roche. Il recula, regarda autour de lui : nul signe particulier, nul village alentour. Il se courba, se glissa entre les taillis, longeant la rivière où se succédaient des séries de larges bassins clairs. Il s'arrêta, écouta, épia, puis reprit sa course furtive au ras des herbes, derrière les troncs. Rien, nul bruit hormis la rumeur de la cascade. Sur le qui-vive, il continua sa progression. Il rampait, frôlait les pierres. Tout à coup s'ouvrit une grande échappée d'eau. Alors il vit la jeune fille qui nageait sur le côté en essors souples et rapides. Sa chevelure flottait derrière elle et tirait sur sa nuque. Il était stupéfait de la surprendre, ainsi, toute seule. Les jeunes filles avaient coutume de se baigner en groupe, à proximité des villages. Et elles étaient chaperonnées par de vieilles femmes ou des frères. Un fond de graviers émergea. Elle se dressa, recueillit ses cheveux déployés, les tordit, les essora et les sépara en deux pans qu'elle noua. Puis elle scruta la rivière en marchant à petits pas. Quelques poissons filèrent. Elle projeta ses mains en avant et se mit à en pourchasser d'autres, elle s'approchait ainsi des berges. Il se recroquevilla davantage.

Elle courait maintenant, rieuse, et tentait d'attraper les flèches argentées qui fusaient entre ses jambes, les nageoires surgissaient, les dos frétillants, puis les proies disparaissaient. Elle s'immobilisa, nue, d'assez grande taille. Son visage exprimait une joie extrême. Elle s'étira et se mit à chanter en avançant plus doucement, courbée, les yeux rivés autour d'elle. Il était stupéfait par son audace, son impudeur, sa liberté. Indigné et fasciné. Elle plongea brusquement les bras dans la rivière et sortit une truite ruisselante et dorée dans la lumière. Elle la serrait dans ses mains et commença de tournoyer dans une danse de victoire sans interrompre son chant. Bouche bée, le sourcil froncé, il assistait à ce spectacle extraordinaire. Elle rejoignit la rive de son côté. Il se cacha. Elle remonta le long du cours d'eau en enjambées musclées. Il la suivit, bondissant, concentré. Elle arriva auprès de sa robe. Elle cassa le cou de la truite, la posa le temps d'enfiler le vêtement. Alors il fonça sur elle. Elle se retourna effarée mais déjà il l'empoignait de toutes ses forces. Elle comprit qu'il était inutile de se débattre, de crier. Elle se figea toute contractée de surprise et de peur. Il l'entraîna, la poussa entre les taillis. Un cheval était attaché à un arbre. Il lui fit signe de l'enfourcher à cru. Il s'élança, se cala derrière elle, détachant la longe de sa monture sans relâcher l'étau de ses bras. Le cheval avait parcouru une courte distance dans le lacis de la rivière quand le poney de la jeune fille apparut à son tour. Il s'en approcha, le libéra de sa corde tout en le saisissant au licol. Le cheval hennit, se cabra mais il réussit à l'emmener dans sa course. Ils sortirent du sous-bois. Là, il fit signe à la prisonnière de serrer le poney tout contre leur monture.

La prairie s'étendait devant eux, parsemée de collines vertes. C'était la fin du printemps. L'herbe était criblée de fleurs et d'arbousiers. Ils chevauchèrent longtemps sans un mot. Il avait reconnu une Crow. Il ne lui parlait pas. Il la serrait en galopant. Elle était toute tendue d'angoisse sous le vent. Au crépuscule, ils atteignirent le campement et dépassèrent les sentinelles disposées alentour. Les chevaux qui paissaient le long de la rivière dressèrent la tête, certains hennirent en apercevant leurs congénères. Il y eut une turbulence de femmes, d'enfants et des jappements de chiens que l'Indien traversa. Des hommes éparpillés regardèrent leur chef qui tenait une squaw sur sa monture. Des vieux, des femmes avec leurs bébés dans des berceaux accrochés à leur dos. Il chevaucha ainsi au petit trot jusqu'à son wigwam. Il sauta, attrapa par les hanches sa prisonnière qui atterrit d'elle-même. Il la précipita à l'intérieur de sa tente.

Dans le matin rouge, les sentinelles aperçurent de loin l'étrange équipage. Les deux hommes sur les chevaux chargés d'un barda et de ballots fantastiques. Bogard, le guide et l'interprète, déclina leurs noms. Le peintre George Catlin chevauchait à côté de lui avec tout un capharnaüm d'ustensiles, de sacoches et de paquets. Il était surtout muni de son fusil et de ses deux pistolets. Mais, élégant, il était vêtu d'une longue veste cintrée à la taille, sorte de redingote de tweed pour chevaucher au grand air, d'une chemise en flanelle rouge et d'une casquette écossaise. En guise de cadeaux, il apportait avec lui, dans ses extravagants bagages, des calicots de fantaisie, des briquets à silex, des médailles, des morceaux de vermillon, du tabac, des bagues, des bracelets… Quand il vit le village déployé le long de la rivière Wapiti, il sentit un frémissement de joie. Sa joie indienne bondissait, composée de toutes les odeurs, de toutes les couleurs du campement, de ses bruits, de ses mouvements typiques. Le troupeau des chevaux était en liberté autour des nombreuses tentes. Cent à cent cinquante. Des femmes grattaient des peaux de bison tendues sur des piquets. Une odeur de fumée s'élevait de huttes où d'autres peaux trempées, mêlées de cendres, étaient traitées. Des lambeaux de viande séchaient, pendus à des barres posées sur des fourches. Des enfants jouaient. Catlin en vit un tout petit auquel un vieil Indien, sans doute son grand-père, apprenait à tenir sur un cheval. Des femmes tannaient, d'autres cousaient, brodaient. Certaines revenaient au campement avec du bois sec ou de l'eau dans des sacs de peau ou des vessies de bison. Deux adolescents tendaient leurs arcs. Le but n'était pas de projeter sa flèche le plus loin mais de tirer le maximum de coups dans un minimum de temps. Dix, quinze flèches à la minute était un score de champion. Tout le monde était dehors car le temps était au grand beau. Du soleil, du bleu, un vert doux et profond sur les collines. La rivière dessinait sa courbe tranquille froissée par le vent. Certaines tentes étaient décorées de motifs de chasse ou de batailles, celles des guerriers les plus puissants. Il y avait des bandes pourpres ou noires au sommet. Des figures géométriques rouges, ocrées, bleues. Les tentes ne formaient pas un cercle parfait, mais certaines étaient un peu à l'écart de l'essaim central, en liberté comme les chevaux. Une forte odeur de crottin et de peau de bison flottait partout, de suint, de graisse et de bois brûlé. Catlin inhalait le parfum du village. Sa vue se régalait des formes rondes et pointues, des brassées de perches qui s'entrecroisaient à la sortie des trous de fumée. Il admirait les matières, les silhouettes... Il identifiait, reconnaissait chaque objet. C'était un collectionneur formidable de tout ce qui appartenait à la culture indienne. Il était venu peindre des portraits. L'année passée, il avait remonté le cours du Mississippi, il avait rencontré les Indiens, il les avait peints. Ce printemps-ci, il avait remonté le cours du Missouri sur le *Yellowstone*, le vapeur de la Compagnie des fourrures qui en était à ses tout premiers voyages. Il avait fait connaissance avec le délégué aux Affaires indiennes. On était en 1832 ! Le navire à vapeur révolutionnait les expéditions, franchissant des distances prodigieuses, des milliers de kilomètres. Catlin avait quitté le pont du *Yellowstone* pour naviguer en canoë sur la rivière Teton. Puis il avait acheté des chevaux dans un comptoir et suivi un petit affluent de la Teton, la rivière Wapiti.

Il découvrait le gros village sioux. Son cœur bondissait comme lorsqu'il avait vu, en 1828, une délégation d'une quinzaine de dignitaires winnebagos traverser Philadelphie en grand appareil, tenues somptueuses, tuniques et robes brodées, lances, boucliers, coiffes de prestige, plumes d'aigles royaux. Attitudes fières et stoïques ! C'est alors que flamba sa passion. Toute une mythologie personnelle qui allait faire basculer sa vie. Un tournant d'un seul coup. À cause de la vision. Car cela n'avait pas été une perception pareille aux autres, ni une contemplation, mais l'envolée d'une vision même. Immense et profonde. Tout à l'image des visionnaires sioux dont les rêves, les hallucinations implorées de tous leurs vœux illuminaient soudain la destinée. Il les avait vus ! Et cette scène magnétique avait possédé son âme. Tout à coup, il renonce à sa carrière d'avocat et de peintre très urbain, à sa jolie renommée de portraitiste de généraux, de gouverneurs, de grands bourgeois en redingote et chapeau haut de forme et de belles femmes en robe de soie et capuche à rubans. Il lâche son confort, sa vie caduque, sa femme, qui renoncera à l'accompagner dans la plupart de ses virées, l'attendra avec patience, entourée des enfants qu'il lui donnera dans ses pauses. Il part. Il fuit la ville neuve, l'effervescence de la côte est où ne cesse de débarquer une foule continue de colons. Car il a vu une escouade d'Indiens magnifiques chevaucher dans Philadelphie, une brigade de chefs invités à Washington pour être exhibés et trompés une nouvelle fois. Qu'a-t-il vu d'autre, quel ailleurs, quelle chimère remontée de l'enfance, quelle scène dans une nuée de rumeurs indiennes ? Soudain, il avait été appelé. C'était le même soleil qui le frappait de nouveau à l'entrée du campement, dans une auréole de collines, de méandres, de wigwams, de chevaux, de saynètes vives. Cela le couronnait comme dans la révélation de Philadelphie. Il vivait désormais au plus fort de lui-même, il rayonnait. Qui pouvait mieux que lui prétendre s'épanouir dans la couleur vraie de sa vie choisie ?

On l'amena au cœur du village devant la tente d'Aigle Rouge dont l'embrasure de la porte était brodée de piquants de porc-épic peints. Le cheval favori de l'Indien, attaché à un piquet, restait calme en regardant les visiteurs. Le grand bouclier du chef suspendu à un trépied trônait devant la tente. Au bout d'une perche, une série de scalps pavoisaient. D'exquises calottes de cuir chevelu tendues sur des arceaux d'où pendaient des poignées de mèches. Aigle Rouge sortit. Catlin et lui se saluèrent.

C'est alors qu'un roquet sauta en aboyant autour du cheval de Bogard qui se cabra. Un gros ballot s'ouvrit et une cascade d'ustensiles de métal – poêle et cafetière… – tomba sur le sol caillouteux dans un tintamarre formidable. Aigle Rouge fronça les sourcils en regardant Bogard avec une expression indéfinissable comme si le guide était une sorte de chose intempestive, incongrue, clownesque. Il lâcha avec dédain un mot incompréhensible et revint à Catlin en prononçant une phrase que Bogard traduisit :

– Avec vous, voilà encore des marchands et des menteurs.

Cet accueil dégrisa le peintre qui offrit aussitôt les cadeaux : briquets, vermillon, calicots… Enfin, une belle hache qui sembla intéresser Aigle Rouge. Bogard, l'interprète, expliqua la véritable mission de Catlin. Mais l'Indien ne comprenait rien. Alors George Catlin défit un paquet de sa cargaison, extirpa de grands tubes métalliques dont il dévissa les couvercles. Des rouleaux de papier apparurent, qu'il déploya devant le chef. Des portraits y étaient peints, d'Indiens, de bisons, de wigwams, mais aussi des rivières, des paysages et des petits forts perdus dans la prairie. Aigle se penchait et scrutait, fasciné. Catlin lui dit qu'il était venu faire son portrait. Bogard traduisit. Aigle recula, se raidit, hésita. Car il y avait du mystère, oui, grande médecine dans le rendu des visages dont les yeux semblaient suivre ceux du chef qui les observait. Il cilla et sonda de nouveau les portraits, il regarda Catlin. Alors il fit : « How ! », et l'invita dans son wigwam. En chœur, Catlin et Bogard répondirent : « How ! »

Catlin en profita pour demander à Bogard quel mot l'Indien avait lâché quand il avait entendu le fracas des gamelles. Bogard hésita, agacé, et dit :

– Il m'a lancé : « Gros ventre ! »

Catlin réprima un sourire car Bogard était corpulent et ventru, ce qui ne l'avait pas empêché d'avoir été un trappeur aguerri avant de se convertir au métier de guide.

Mais Bogard ne se laissa pas faire et répliqua :

– Les gros ventres sont respectés, on appelle ainsi les vieux chefs du Grand Conseil parce qu'ils ont un peu d'estomac !

Aigle Rouge les installa à droite à l'intérieur de la tente. Catlin vit la jeune fille à gauche, agenouillée de côté à la manière indienne. Elle brodait des jambières mais, au lieu de garder les yeux baissés comme c'était l'usage, elle lançait des regards vers le peintre qu'elle dévisageait avec un petit air révolté, tenace. Toutes les autres femmes vaquaient dehors. Bogard confirma son sentiment en soufflant au peintre qu'il s'agissait sans doute d'une prisonnière crow. L'aide de camp du chef qui était entré dans la tente prit la pipe sur l'autel. À la jointure du fourneau et du tuyau, elle était ornée de plumes d'aigle. Le fourneau était taillé dans de la stéatite rouge et précieuse. Catlin qui récoltait des pierres un peu partout connaissait l'origine de celle-ci : la fameuse Carrière de la Pierre à Pipe, le long du Coteau des Prairies, entre Missouri et cours supérieur du Mississippi. Il voulait s'y rendre prochainement et ignorait que sa description de la stéatite rouge vaudrait un jour à celle-ci le nom de « catlinite ». L'aide de camp bourra la pipe d'une pincée de tabac rituel et d'écorce de saule rouge. Il alluma le calumet avec un charbon qu'il tira du foyer au moyen d'une sorte de cuillère. Catlin avait déjà remarqué qu'on évitait en principe de se servir d'un briquet à pierre dont la flamme aurait dissipé l'esprit du feu. Le chef offrit la pipe aux six pouvoirs, d'abord le pouvoir de l'ouest, puis le nord, l'est et le sud, enfin il leva la pipe vers le ciel et l'inclina vers la terre. Il tira alors une bouffée avant de passer le calumet à Catlin qui était à sa gauche. Il y avait toujours un sens, un ordre, même si Catlin avait vu parfois des Indiens offrir le calumet d'abord au nord. De toute façon, il savait qu'on ne plaisantait pas avec le protocole. Plus il était compliqué et surprenant plus Catlin jubilait. Il gribouillait sur ses carnets.

Il évoqua son voyage depuis Fort Pierre qui portait le prénom du fameux administrateur de la Compagnie des fourrures : Pierre Chouteau. Aigle Rouge connaissait le fort mais ne l'aimait pas. Il s'y faisait trop de remue-ménage et de commerce. Fort Pierre était à ses yeux une sorte de faux fort, de grand comptoir qui ne regorgeait que de négociants en peaux. On y vendait beaucoup trop d'alcool aux Indiens. Catlin dénonçait ce trafic désastreux mais se gardait pourtant de révéler dans ses carnets quotidiens que ses amis et informateurs Chouteau et McKenzie étaient en train d'installer des distilleries sur place ! Ces vedettes de l'avant-garde blanche en territoire indien qui donnaient leurs noms à des forts légendaires étaient des marchands avides et rusés. Ils accumulaient comme Chouteau des fortunes sur le dos des tribus qui fournissaient aveuglément les peaux contre de la pacotille et des gallons d'alcool. Aigle Rouge raconta qu'il avait tué, il y avait quelques années de cela, un marchand d'armes et de whisky particulièrement menteur et malhonnête avec les guerriers et les squaws. Son scalp flottait à l'entrée de la tente parmi les autres… Les deux convives ne s'étonnèrent nullement d'un usage si naturel. De temps en temps, Aigle jetait un rapide regard à la jeune fille qui baissait les yeux, l'expression fermée.

Aigle Rouge les invita à déjeuner. Trois autres femmes entrèrent bientôt dans la tente, elles s'activèrent autour du feu et de la marmite. C'est le chef qui servit ses hôtes auxquels s'étaient joints l'aide de camp, Pattes de Loup, ainsi que Grand Nuage, le fils d'Aigle qui était encore un adolescent. Les femmes et les autres enfants prenaient leur repas après. Catlin déplorait ce qu'il appelait l'esclavage des squaws, soumises aux tâches les plus dures du matin jusqu'au soir et réduites au silence. Visiblement, les trois femmes faisaient bande à part, la prisonnière restait dans son coin. Ils dégustèrent un ragoût de chiots qui était ce qu'il y avait de plus subtil en matière de gastronomie chez les Indiens, un honneur rendu aux invités et un hommage aux divinités. Les chiots étaient assortis de langues de bison accompagnées de pommes blanches, des navets de prairie. Bogard se goinfrait de la tendre chair des chiots. L'appétit de Catlin était plus modéré, il aurait préféré une bonne côte de bison grillée toute simple.

Aigle parla des bisons qui tardaient à venir. Il usa du langage des signes pour demander à Catlin s'il avait vu des troupeaux à la confluence de la Teton et du Missouri. Catlin répondit qu'en dehors d'un grizzly qui avait dévasté leurs affaires pendant leur sommeil et de quelques daims et cerfs ils n'avaient pas rencontré de gros gibier. Bogard traduisit ses propos. Puis le chef questionna le peintre sur le portrait qu'il allait faire de lui. Il aurait voulu être peint à l'intérieur du wigwam mais Catlin lui fit valoir que dehors, juste devant la porte, serait une scène plus majestueuse. Alors un Sioux entra dans la tente. Il portait une longue chemise en peau de cerf, décorée sur les coutures de piquants de porc-épic finement brodés et de longues mèches de scalp. Sa coiffe était constituée de cinq plumes d'aigle. On voyait sa bourse-médecine accrochée à sa ceinture. L'aide de camp annonça qu'il s'appelait Élan Noir. Ses relations avec le chef étaient d'une grande familiarité. Il devait s'agir d'un de ses lieutenants les plus proches. Un autre chef de la société guerrière. Quand il entendit parler de portrait, Élan Noir fronça les sourcils, affirma hautement que jamais il ne consentirait, lui, à se prêter à ce tour de passe-passe qui le déposséderait de sa personne. Il n'avait nul besoin d'avoir un fantôme qui traînerait chez les Blancs. Élan Noir était plus beau qu'Aigle. Il avait un air aussi noble mais plus sombre. Une espèce de mélancolie perçait dans ses manières.

Son œil se posa sur un objet brillant que Catlin portait à sa ceinture. Catlin tenta d'expliquer qu'il s'agissait d'une boussole et que cela n'avait rien à voir avec une bourse-médecine. L'aiguille indiquait le nord. Aigle Rouge et Élan Noir observèrent que c'était quand même une sorte de médecine, un mystère, car le nord était la direction du grand vent de neige blanche. Le nord était le second Grand-Père après l'ouest. Son pouvoir était purificateur. C'était un Grand-Père très blanc, très vieux, très puissant ! La boussole fut baptisée l'œil du deuxième Grand-Père.

Catlin et Bogard passèrent le reste de la journée à flâner dans le camp et le long de la rivière Wapiti. Ils firent un bout de chevauchée vers les collines boisées où ils rencontrèrent des squaws qui ramassaient du bois, cueillaient des racines et des groseilles précoces. Ils reconnurent les femmes d'Aigle mais ne virent pas la prisonnière. De retour, ils installèrent leur bivouac à la périphérie du camp auprès de deux tentes isolées. L'une d'elle était occupée par une vieille femme. Il ne faisait pas toujours bon vieillir chez les Indiens. Les fils parfois pauvres pouvaient délaisser leurs parents trop âgés. Ou bien ces guerriers étaient morts dans les combats. À côté de celle de la vieille femme, l'autre tente était occupée par une grande fille de belle prestance. De loin, son allure si gracieuse les frappa. Elle était vêtue d'une robe richement brodée. Catlin s'étonna qu'elle fût seule dans son wigwam. C'était peut-être la jeune veuve d'un brave tué, mais dans ces cas-là ce dernier avait souvent un frère pour prendre la succession et épouser sa belle-sœur qu'il adjoignait à ses autres femmes.

Quand la nuit vint, Bogard se coucha sous sa couverture de fourrure d'ours et se mit à ronfler. C'était un ronfleur formidable ! Catlin entretint le feu avec des bûches et marcha autour du camp. Il apercevait quelques sentinelles immobiles. Des notes émanaient d'une flûte dont un Indien jouait avec une grande douceur. Soudain, il vit un guerrier se glisser dans la tente de la belle voisine…

Les constellations de l'été criblaient le ciel immense. Les chevaux bronchaient, remuaient, puis tout s'apaisait. On n'entendait que la rumeur continue de la rivière et de loin en loin le cri d'un hibou tandis que la mélodie de la flûte reprenait sur un mode encore plus envoûtant. Les familles dormaient dans les wigwams. Et Catlin sentait de nouveau l'envahir sa félicité indienne. Comme il aimait « cette vie aventureuse et romantique » qu'il qualifiait ainsi lui-même dans ses carnets. Il pensait à ses songes et à ses chimères d'adolescent quand il chassait dans les gorges sauvages de la Susquehanna. Le soleil disparaissait dans l'étroit défilé. Il frissonnait, il imaginait des Indiens embusqués. Tout à coup, une chèvre des montagnes détalait. Il l'ajustait, faisait feu, l'animal roulait dans un éboulis de galets. Le cœur de Catlin bondissait de joie. Désormais, c'était comme si le rêve s'était élargi, incarné, déployé au gré d'une fantastique odyssée sur le Mississippi et sur le Missouri, quatre mille kilomètres de liberté, des dizaines de tribus déjà visitées, une foule d'objets récoltés pour la collection qui était son grand projet : son musée indien.

Le lendemain, il se réveilla après Bogard qui avait attisé le feu, fait chauffer deux grogs au rhum, du café et préparé du pemmican pour le petit déjeuner. Comme les Indiens, ils le conservaient dans des sacs de peau ou des panses de bison. La viande de ce dernier était hachée, pilée, mélangée à de la moelle. Le pemmican dépannait toujours en cas de pénurie de gibier frais. Avec un cheval, un fusil, une couverture et du pemmican, on pouvait aller voir les Iroquois dans les forêts du Nord, faire un tour au Montana chez les Mandans, descendre vers les Comanches dans les déserts rouges du Sud-Ouest, traverser tout le territoire jusqu'à la Floride, chez les Séminoles. Tel était le fastueux programme qui, dès 1832, se dessinait dans la tête hallucinée de Catlin : des dizaines de tribus à rencontrer, à voir… à décrire. Sous le ciel, le long des rivières sinueuses. Loin des villes qui poussaient comme des champignons. Tous les campements lui ouvriraient leur scène.

Catlin décida d'aller à la pêche avant d'entreprendre le portrait d'Aigle Rouge, car le soleil n'était pas assez haut et une brume flottait encore sur les wigwams. En remontant le cours de la Wapiti, il aperçut de loin une bande d'oies sauvages éparpillées dans les herbes de la rive. Au printemps, elles remontaient vers le nord, c'étaient des oies des neiges. Clark et Lewis avaient déjà dépeint leurs vols innombrables, lors de leur expédition inaugurale en 1804, le long du Missouri. Ils avaient traversé l'Amérique d'est en ouest, jusqu'au Pacifique. Catlin se courba, il dégagea son fusil dont il ne se séparait jamais même pour aller à la pêche. Des roseaux le cachaient. Mais les oiseaux se mirent soudain à caqueter de concert et ce fut l'envol général. Il contempla longtemps la compagnie ailée tout en s'avisant que ces volatiles pouvaient réserver de mauvaises surprises : maigres ou amères. Les canards étaient meilleurs mais le fin du fin c'était le tétras de la prairie. Du nanan !

Catlin chercha l'endroit propice. Toutes ses intuitions de pêcheur étaient mobilisées. Il adorait les rivières. Elles coulaient dans sa tête depuis la toute petite enfance. Il avait pêché avec des bouts de ficelle bien avant de chasser. Il repéra une jolie baie où le courant déversait des remous latéraux. L'eau lui parut gourmande, oui, profonde, légèrement onctueuse sous un tourbillon de moucherons. Il lança son appât, deux vers rouges dénichés sous du crottin de cheval flétri. Il attendit, sortit plusieurs fois l'appât, avança selon la courbe de la baie en se dérobant derrière des bouleaux. Soudain, cela mordit. Quand il pêchait au ver, Catlin avait coutume de compter lentement trente secondes après que le poisson s'était signalé. Ce qu'il fit et ce dont il se félicita car il ferra une belle truite étincelante qui valdingua dans l'herbe. Un poisson de quarante centimètres. Plus d'un kilo ! Il rapporta sa prise à Bogard qui aussitôt la fit griller sur le feu. Voilà qui les changeait du pemmican. La truite était bonne mais peut-être un peu trop grosse et âgée. Les plus délectables pesaient trois, quatre cents grammes.

La belle voisine solitaire était sortie de sa tente, elle s'approcha de leur campement. Quand elle fut arrivée devant eux, ils durent se rendre bientôt à l'évidence : l'Indienne était un Indien travesti en femme. Un fort bel Indien élancé et précieux comme Adonis. Il agitait un chasse-mouches et portait une robe en peau de wapiti si fine qu'elle en paraissait blanche. Elle était ornée des sempiternels piquants de porc-épic mais d'une facture raffinée à l'extrême, aplatis, assouplis, gainés, deux par deux, dans des étuis de broderie aux motifs inventifs et coloriés avec originalité. Le peintre appréciait. L'Indien exhibait un collier de dentaliums – une espèce de coquillages très prisée –, des pendentifs tressés, des bracelets. Sa chevelure était divisée en deux nattes. Il avait des mocassins ouvragés d'une rare beauté. Catlin projetait déjà un échange qui lui permettrait d'adjoindre à sa collection cette paire de mocassins d'exception. Il ne put s'empêcher de le féliciter de ces élégantes pièces. L'Indien lui révéla que c'était lui-même le fin brodeur du trésor.

Catlin n'était qu'à demi étonné par le travesti. Il en avait déjà rencontré tout un groupe chez les Mandans. Il les avait longuement observés et décrits dans ses carnets. Leurs vêtements recherchés, leurs éventails de plumes et de pompons, leurs chasse-mouches, leurs gestes, leur camaraderie avec les femmes dont ils partageaient les tâches domestiques malgré une tendance à l'oisiveté. Ils étaient l'objet d'un certain dédain de la part des guerriers. Une société entièrement fondée sur une surenchère de prouesses viriles, sur des vertus de bravoure guerrière, avait peine à comprendre le choix de vie des travestis mais cela n'allait pas jusqu'au bannissement. Catlin avait peint une de ces « biches précieuses ». Le portrait était d'une originalité troublante, mais un chef s'était récrié avec une telle vivacité que le peintre fut obligé de détruire son œuvre. Catlin avait entendu dire que, chez les Sioux, la situation du « berdache » était plus nuancée, la défiance s'alliait à de la crainte, voire à du respect, quand l'« homme-femme », le Winkte – ce qui signifiait encore « deux esprits » –, était Wakan, donc sacré, chamane ou voyant-guérisseur, ou les deux. Alors, loin d'être réprouvé, le Winkte jouissait d'un statut officiel.

Le Sioux leur révéla qu'il s'appelait Oiseau Deux Couleurs. Il leur apportait différentes amulettes de sa fabrication, des wotawes contre les fièvres, qu'il voulait leur vendre. Il leur proposa, dans la foulée, de leur confectionner une bourse-médecine comme la portaient tous les Indiens depuis l'initiation de leur adolescence. Mais la leur serait spéciale, avec un rituel adapté à leur cas ! Il ne perdait pas le nord, avec un petit air de ruse et de séduction. Il s'assit auprès d'eux. Il était muni d'un splendide calumet extraordinairement travaillé, orné de fourrure d'hermine et de piquants, de plumes. Catlin le lorgnait sournoisement. Il possédait déjà lui-même une très belle pipe que venait de lui offrir un chef puncah sur le cours supérieur du Missouri. L'objet provenait encore de la Carrière de la Pierre à Pipe où le chef lui-même l'avait taillée et polie. Les chamanes, en général, étaient très exhibitionnistes et pouvaient étaler des vêtements d'une fantaisie ahurissante, des robes inouïes à franges innombrables, des fourrures d'ours, de longues rosaces de falbalas, des touffes de pennes ébouriffées… Lors des cérémonies, c'était le comble, Oiseau Deux Couleurs leur déclara qu'il était l'homme-mystère le plus puissant du village et qu'on venait le consulter des campements extérieurs. Il était respecté de toute la nation sioux quand il participait à ses grands rassemblements d'été. Les chamanes alors rivalisaient de puissance et il ne faisait pas piètre figure parmi ses confrères ! Sa réputation s'étendait « au-delà des montagnes et des grandes eaux ». Catlin fut tout de suite sous le charme du Winkte, de son verbe aisé, coulant, ensorcelant. Il aimait parler, raconter et jouir de l'effet de ses propos, de ses révélations. Catlin lui posa des questions sur les gens du village. Aidé par la traduction de Bogard, il apprit qu'Aigle avait trois femmes : Herbe Sauvage, la première épouse, Menthe la seconde, et la troisième, la plus jeune, jusqu'ici la préférée, s'appelait Soleil de Midi. Depuis deux jours, il y avait la nouvelle… Catlin s'attendait à des révélations mais Oiseau Deux Couleurs énuméra les autres attributs d'Aigle : il possédait dix chevaux et sa coiffe n'arborait que cinq plumes par modestie car c'était lui de tout le village qui avait porté le plus de coups. Élan Noir était son kola, c'est-à-dire son ami le plus fidèle, presque un frère. Ils formaient un couple indissociable, à la vie à la mort. Depuis l'enfance, ils appartenaient à la même confrérie guerrière. Quand il énonçait cette fraternité, l'Indien adoptait un air grave, comme nostalgique. Mais Élan Noir était dévoré par une forme de mal, des esprits mauvais le harcelaient, il cherchait sans cesse des visions pour se délivrer ou pour aller plus loin dans les mystères. Il errait, souvent il chassait seul. Aigle Rouge combattait cette tendance à la déraison. Lui était un homme positif et conquérant. Il aimait la lumière. Élan Noir avait trois femmes : Sauge Sauvage, Petite Pluie et Punaise qui Rampe, la dernière, la plus belle. Sauge Sauvage était la sœur d'Aigle Rouge, tout comme Herbe Sauvage, la première épouse d'Aigle Rouge, était la sœur d'Élan. Ainsi les deux hommes avaient-ils plus étroitement tissé leur lien. Élan avait un fils, Petit Renard, mais à la différence de tous les guerriers qui préféraient leur fils, Élan Noir avait un faible pour Lune, sa fille aînée dont la douce et jolie présence le consolait. On voyait qu'Oiseau Deux Couleurs était un peu amoureux d'Élan Noir et qu'Aigle Rouge était pour lui quelqu'un d'autre, d'admirable mais lointain. Tandis que Bogard traduisait ses mots à Catlin qui connaissait tout de même des rudiments de langue lakota, l'Indien dans sa belle robe attendait, avec une vigilance extrême, comme fasciné par la langue des Blancs, il suivait chaque réaction sur le visage de Catlin.

Celui-ci n'y tenait plus :

– Et la captive ?

Elle s'appelait Louve Blanche. Les Crows finiraient par trouver un moment propice pour se venger même s'ils étaient le plus souvent battus par les Sioux qui dominaient tout le pays.

– Que pense Élan Noir d'un enlèvement qui risque de réveiller la guerre ? demanda Catlin.

Élan Noir, malgré son tourment intime, était un grand guerrier capable de foudroyantes colères. Après Aigle Rouge et Tonnerre Riant, c'était lui qui avait porté le plus de coups et pris le maximum de scalps mais, de surcroît, ses multiples visions augmentaient ses marques. Un coup n'était pas seulement un succès belliqueux, c'était aussi une prouesse spirituelle et visionnaire. Alors Catlin voyait combien Oiseau Deux Couleurs se rengorgeait. Il parla plus bas et leur révéla qu'ainsi, de son côté, il avait marqué de nombreux coups. Il se tut. Il sembla méditer. Il annonça à Catlin qu'ils parleraient bientôt, entre eux, des mystères de la peinture… Bogard se sentit soudain de trop ! L'Indien sortit son tabac rituel et il offrit le calumet aux six directions, puis le passa aux deux voyageurs. Ils savourèrent ce lien avec l'étrange personnage au beau visage, dans les secrets du ciel et de la terre. Alors doucement il chuchota qu'il avait eu dans son adolescence la vision du bison hermaphrodite… Catlin connaissait déjà la légende de la femme bisonne qui était le fondement de la culture sioux. La splendide jeune fille avait apporté à leur nation le calumet sacré, ses rituels de paix, d'échange et de dialogue avec le Grand Mystère, les quatre points cardinaux, le ciel et la terre. Puis elle s'était transformée en bisonne. En dépit de leurs idéaux virils et ostentatoires, l'oracle, le messie des Sioux était donc une jeune fille. Mais Catlin n'avait jamais entendu parler de cet animal fantastique : le bison hermaphrodite ! Il observait Oiseau Deux Couleurs. Avait-il inventé cette fable ? Catlin n'ignorait pas qu'il était déjà arrivé que certains chamanes bricolent des mythes totalement truqués pour épater les voyageurs, les égarer et mieux dissimuler les authentiques récits.

Une vive rumeur les tira de leur conversation. Cela venait du cœur du campement. Aussitôt, Catlin, Bogard et Oiseau Deux Couleurs remontèrent à grandes enjambées l'allée principale orientée à l'est. Elle les conduisit directement au wigwam du chef dont la porte donnait sur le soleil levant elle aussi. Ils découvrirent tout un tumulte de foule aux abords de la tente. On aurait dit que tout le monde s'y était donné rendez-vous. Pendant que Catlin pêchait la truite matinale, le héraut avait fait le tour du village pour clamer qu'Aigle Rouge serait peint par l'homme-médecine inconnu, juste devant son wigwam. Alors les habitants grands et petits, jeunes, vieux accoururent pour assister à l'effrayante scène de vampirisation. Pour le moment, Aigle n'était pas apparu. Il devait se préparer. Les spectateurs s'exclamaient, se disputaient et Bogard expliqua à Catlin que déjà ils se chamaillaient pour savoir dans quel ordre ils seraient peints après le chef. Catlin avait déjà été témoin d'une scène de ce genre à Fort Pierre. Il mesura tout de suite le problème. Certains membres vénérables du Conseil voulaient être les premiers. D'autres refusaient de donner leur âme au diable. Un tel portrait les empêcherait de mourir définitivement, ils survivraient à l'état de traces errantes… maudites ! Certains chefs des sociétés de guerre et de police, eux aussi, voulaient passer en tête. Mais la hiérarchie sioux était compliquée. Elle comptait ses rêveurs de haute volée : rêveurs de bisons, de loups, d'ours, visionnaires chevronnés, fabricants de boucliers sacrés, de pipes. Chacun faisait état d'un exploit, d'un titre, d'un grand nombre de coups portés, d'une hallucination sainte. Sans oublier un sorcier manipulateur, moins noble que le chamane,

Oiseau Deux Couleurs, et qui répandait, attisait des médisances et des soupçons sur les pouvoirs du Blanc. Lui offrir son visage, n'était-ce pas risquer la mutilation, l'extorsion, la division, l'aliénation ? Oiseau Deux Couleurs avec aplomb lui intima de se taire même si on ne savait pas si lui-même avait l'intention de demander son portrait. Pour le moment, il semblait attentiste, il arbitrait. Certains faisaient des moues de dédain devant l'homme-femme tout en se calmant. Mais le sorcier au petit pied déclarait avec force gestes et regards effarés qu'il connaissait un frère qui s'était fait peindre ainsi les yeux grands ouverts et qu'il n'avait pu les refermer depuis ! Tout le monde reculait et s'écriait d'effroi. Le sorcier sur sa lancée en regardant Catlin avec un mélange d'épouvante et de férocité déballa une histoire dont le peintre se serait bien passé : la mésaventure de Petit Ours à Fort Pierre. Le bavard tenait l'information d'un témoin sûr. Voilà ! Là-bas, Catlin, entreprenant le portrait de Petit Ours, avait choisi de le peindre de profil. Alors, devant le résultat, tout le monde avait éclaté de rire et s'était moqué de l'infortuné modèle en lui disant qu'il était réduit à un croissant de lune ! L'affaire s'envenima. Un des persifleurs, nommé Chien, qui appartenait à un clan adverse, ne lâcha plus ce pauvre Petit Ours qui n'était qu'une moitié d'homme. Hilare, il répéta : « Moitié d'homme ! Moitié d'homme ! » Et il le somma de prouver le contraire. Ours ne fit ni une ni deux, épaula son fusil, Chien fit de même. Les clans s'excitèrent. Les coups partirent. Petit Ours eut le visage arraché, justement le profil que Catlin n'avait pas peint.

La foule en entendant cette histoire recula de plus belle, mugit, gronda, vociféra. Puis tout à coup se tut pour regarder Catlin, l'auteur du portrait maléfique et prophétique. Catlin était très embêté. Il imaginait déjà son séjour compromis par cette fuite malheureuse. Il ne pouvait pas leur expliquer qu'il ne s'agissait que d'un hasard malencontreux… Pas de hasard pour les Sioux.

C'est alors que la porte du wigwam s'ouvre et qu'apparaît Aigle Rouge en grand apparat. Il fait signe qu'il a tout entendu et d'un geste il balaie l'obstacle. Il fait confiance à Catlin. C'est ainsi ! C'est lui le chef. Il n'a pas peur, sa force d'âme prévaut sur toutes les lâchetés. La cohue agitée s'immobilise. Le chef porte une coiffe solennelle. La fourrure d'une hermine complète lui recouvre la tête. On voit le museau et les dents de la bête sur le front d'Aigle Rouge. S'ajoutent deux cornes de bison de chaque côté du crâne. C'est un emblème de grandes prouesses guerrières. Autour du cou, il exhibe un collier de longues griffes d'ours. Sa chemise de daim est particulièrement luxueuse, avec ses parements chamarrés de rouge et de jaune, ses frises de symboles chatoyants, ses mèches de scalp et ses piquants de porc-épic peints en entrelacs subtils. Sur le torse du chef s'étale un grand plastron d'os. Ses jambières, ses mocassins sont raffinés. Il tient d'un côté sa lance dont la hampe est brodée, parée de plumes et, de l'autre main, en travers de son corps, il serre son immense pipe ornée de plumes, de dents d'ours, de pendentifs et de perles.

Catlin a apporté son chevalet qu'il dresse devant la tente sous les regards ébahis. C'est tout juste si les Indiens ne s'attendent pas à ce qu'il accroche à cette espèce d'autel inconnu des mèches de scalp et un crâne de bison, en répandant des feuilles de sauge et de l'encens de flouve. Il dispose ses godets à peinture, sa palette, sort un grand format 71x84 de ses tubes de métal, fixe la toile blanche sur le chevalet. Tout cela est exécuté avec précision, dextérité, non sans une certaine gravité.

Il scrute le chef, le mesure et le jauge. Tous les curieux pensent que personne n'ose ainsi regarder le chef dans les yeux ! Quelque chose chiffonne Catlin. C'est qu'Aigle Rouge se rengorge à l'excès. Il bombe le torse, se hausse, relève la tête avec une expression de défi et de dédain en direction des lointains métaphysiques... Catlin connaît bien cette mâle assurance des princes en majesté. Souvent d'ailleurs il la favorise. Ne cherche-t-il pas à réhabiliter les Indiens, à les magnifier aux yeux des Blancs méprisants ? Mais là, il est gêné aux entournures, c'est vraiment trop, Aigle fait le dindon ! Il ne sait comment lui suggérer une attitude moins ostentatoire. Il ne s'agit pas de déroger jusqu'à l'humilité chrétienne mais de doser ses effets. Alors Catlin suspend son geste, tournicote. L'autre atteint des sommets dans le registre protubérant, hautain, sublime. Il a envie de lui dire de s'asseoir, comme cela, tranquillement, en tailleur. Il n'en fait rien. Ce n'est pas le moment. En fait, le hic, c'est que l'expression du chef lui donne un peu l'air bête, oui fat, creux... Il faudrait qu'Aigle se remplisse de nouveau de sa vraie substance, de sa plénitude tranquille. Altier, certes, mais naturellement.

Il ne peut pas s'approcher de lui, comme il le ferait avec un modèle masculin moyen de Philadelphie, pour lui baisser un peu le menton…

Tant pis, Catlin trichera, corrigera la rectitude et la morgue, discrètement… Il procède par une esquisse très fine, presque impondérable, à l'encre sépia. Catlin est un travailleur rapide, gestuel. Ce n'est pas un technicien comme Bodmer, son grand rival de l'époque en matière de scènes et de portraits indiens. Bodmer qui remontera lui aussi Mississippi et Missouri presque la même année. Un vrai peintre académique qui prépare ses esquisses, polit sa peinture, l'inscrit dans un décor lissé, souvent solennel. Non, Catlin est vif et direct. Ce qui l'intéresse, c'est tout autant la véracité du document historique que la virtuosité esthétique. C'est un reporter aux aguets devant Aigle, dans la belle lumière, le chef sioux environné de son campement sous le vent, de ses guerriers. Les rabats-fumée en haut du wigwam sont grands ouverts, déployés comme des oreilles théâtrales. Jaillit la brassée des perches ornées de banderoles de cuir coloré. Les femmes sortent de la tente, Herbe Sauvage, Menthe, Soleil de Midi, même Louve Blanche de gré ou de force. Élan Noir lui aussi est venu voir le mystère. L'esquisse est vite tracée à l'encre sépia. Catlin attaque directement à l'huile en traits minces, fluides. Il a pris cette habitude car dans ses courses il faut que la peinture sèche vite. Il construit, cadre, s'élance, charpente, complète, nuance, remplit. C'est une incarnation à vue d'œil, sans repentir. Il peut peindre ainsi cinq, six tableaux par jour. Cet été 1832, il peindra cent trente-cinq tableaux. À la volée, au fil des heures, des jours, des fleuves, des rafales de vent clair. Car il n'est pas de ciel plus mobile que sur ces plateaux du Missouri. Catlin est un peintre météorologique. À fresque, de primesaut. Un chroniqueur sur le qui-vive. Pas de rhétorique trop belle et majestueuse comme chez Bodmer. Pas de clichés romantiques suaves et de mise en scène léchée comme chez son autre contemporain visitant les tribus du Missouri, en 1837, Alfred Jacob Miller. Ne recherche pas ce chic académique, ce joli que Baudelaire abhorrait. C'est pourquoi le poète va bientôt saluer le génie essentiel de Catlin. Oui ! Bien sûr : Baudelaire dont pourtant on n'imagine guère la figure sur ces bords de la Wapiti sauvage, non loin du Missouri roulant des branches et des boues, en plein pays indien. Certes, il n'est pas caché dans la foule, déguisé en dandy sioux, coude à coude avec Oiseau Deux Couleurs. Chateaubriand prétend avoir joué ce rôle chez les Natchez. Armé d'un fusil, vêtu d'une peau d'ours et coiffé de la calotte rouge des trappeurs ! Mais il aurait beaucoup enjolivé.

Catlin travaille bien. Il est solide. Il sait ce qu'il aime, où il va. Depuis Philadelphie, il a tout quitté : position sociale, femme, aisance, il a accompli plus de quatre mille kilomètres précisément pour jouir de ce moment de capture et de création. Un chasseur de visages d'Indiens dont il sait depuis certaines découvertes poignantes de l'enfance que leur culture, leur existence est menacée de destruction, d'extinction. Il peint le chef comme tous les autres, contre la disparition, l'oubli. Il sait qu'il agit en historien. Mais il ne monte pas sur ses grands chevaux. Il accomplit son boulot de témoin. Il est joyeux. À sa place dans la prairie sioux.

Il peint le beau visage d'Aigle. Dans ce paroxysme de fierté, il glisse une certaine douceur. Le nez camus, les joues fines, les yeux noirs orgueilleux, le torse long gainé de daim, de colliers, d'os. La féerie de cet habit de gloire.

Il a fini. Il signe Geo et applique derrière le tableau un certificat signé de John F.A. Sandford, United States Indian Agent. Catlin le remplit ainsi : « N° 80. Aigle Rouge. Je certifie que ce portrait d'après nature a été fait au bord de la Wapiti, par George Catlin, en l'année 1832, et que l'Indien portait bien le costume dans lequel il fut peint. » Ainsi, plus tard, personne ne pourra contester l'authenticité du tableau, son caractère unique et documentaire. Toute mascarade est exclue mais il arrive à George Catlin de s'emberlificoter dans les numéros, de pousser ses modèles à une certaine mise en scène et de certifier des tableaux inachevés.

Aigle vient voir. Il se tait. Surpris de ne pas retrouver son somptueux culot. Il se déplace de côté. Il fait la réflexion qu'ils font tous. Les yeux vivent, les yeux le suivent ! C'est un grand mystère. Aigle semble satisfait. La pudeur indienne lui interdit tout élan d'enthousiasme marqué. Il s'est tourné vers Louve qui ne baisse pas les yeux. Le rayon de son regard dans tout le cercle des regards dérobés. Il va la chercher, il l'entraîne devant l'œuvre. C'est Catlin qui aurait bien envie de peindre la belle captive. Louve considère le tableau. C'est le fantôme d'Aigle, son ravisseur, son ennemi, son amant de la nuit. Et ce dédoublement mystérieusement la venge, la rassure.

Les Indiens, hommes, femmes et enfants, s'empressent pour contempler le portrait. Ils se penchent, ils s'écartent, reviennent, tournoient. Les enfants montrent du doigt, s'esclaffent, roulent des prunelles. Les adultes admirent, s'exclament ou restent figés de stupeur et de désapprobation. Voilà qu'il y a deux chefs maintenant ! Lequel des deux est-il le plus puissant ? Le sorcier jaloux souffle qu'Aigle est désormais tombé sous la coupe du Blanc, de sa magie. Il faudrait détruire le tableau.

Mais les candidats sont nombreux à vouloir imiter Aigle Rouge. En respectant les rangs, puisqu'Élan Noir refuse, le second dans la hiérarchie est Tonnerre Riant. C'est un guerrier plus âgé que ses deux compagnons. Il est petit, noueux, tout sec et ridé, c'est un cavalier hors pair. Il est même le seul à pouvoir faire le Comanche en plein galop. Il bascule le long du flanc de son cheval, disparaît comme par enchantement avant de se relever au ras de la monture pour décocher sa flèche. Personne n'a jamais réussi à en faire autant. Les enfants souvent l'imitent et bien sûr se cassent la figure. Tonnerre est volontaire. Catlin apprécie aussitôt cette silhouette de momie boucanée, futée. Mais il veut disposer d'un moment de répit. Il boit un peu. Se balade autour du camp suivi par une nuée de gosses et de chiens. Il revient au tableau d'Aigle auquel il accorde retouches et repeints.

Plus tard vient le tour de Tonnerre Riant dans sa simple chemise décorée de deux rosettes de piquants de porc-épic. C'est un rêveur de bison, un guerrier de premier ordre, un officier de l'élite du camp. Il tient un arc court, brodé de rouge, orné de mèches de scalp à son extrémité inférieure. Et de l'autre main son tomahawk singulier doté d'une pipe juste au-dessus et à l'envers de la pièce de métal. Des mèches de scalp pendent au bout du manche. Catlin ne possède pas encore de pipe-tomahawk dans sa collection. Tonnerre Riant le passionne. Il tue d'un côté, de l'autre il fume. Il allie la guerre et la spiritualité. Ce qui n'est pas contradictoire chez les Sioux. Il a des façons vives de pillard de chevaux. Il est nerveux, sculpté pour les assauts, les raids, les ruses, les incendies. Il est beau. Catlin le veut, le sent. Comment après ça regretter les bourgeois vaniteux de Philadelphie, leurs jabots de volaille domestique, leurs gilets, leurs chapeaux de charlatans, leurs gants de peau, leurs chemises blanches sans loups, sans bisons, sans dents ni scalps, ni médailles. Des chemises creuses qu'il peignait académiquement. Il s'apprête à donner à l'Indien quelques indications pour poser quand soudain, avec son génie de primesaut, Tonnerre étend les bras de chaque côté, brandissant la pipe-tomahawk et l'arc. Avec les cinq plumes qui forment une sorte d'éventail au sommet de sa tête telle une huppe d'oiseau, l'effet est saisissant. Il rit, il exhibe sa denture. On dirait qu'il s'apprête à bondir au-dessus d'un feu, à sauter sur sa proie. Catlin, en joie, le brosse d'un coup de pinceau comme un félin danseur, hérissé de ses armes de jet. Écarquillé dans le soleil.

Le soir, en présence de Bogard qui donne toujours un coup de main à la traduction, Oiseau Deux Couleurs lui dit avec son petit air subtil et gourmet :

– Tu as beaucoup d'adresse. Tu fabriques des doubles de ce qui existe, mais tu n'as pas grande médecine.

George Catlin lui explique qu'il veut conserver la mémoire des nations indiennes… Visiblement, ce discours touche peu le beau Winkte dans sa robe de perles.

Il déclare avec mystère :

– Tu ne peins pas tes visions…

Catlin attend un développement. Mais le chamane savoure son effet :

– Tu imites les choses…

Catlin est très intéressé par la remarque inattendue d'Oiseau Deux Couleurs car elle touche au cœur de la question de l'art. Alors l'Indien ajoute :

– Moi, quand un guerrier vient me choisir pour peindre un bouclier, ce que je peins, je le vois !

Catlin ignorait que le chamane peignait même s'il sait que son travail consiste à manipuler, à transformer beaucoup d'objets.

– Sur le bouclier, je peins l'image qui m'apparaît, l'image du messager, l'image envoyée par le Grand-Esprit ! Telle est la seule réalité.

Avant de se retirer dans son wigwam, Oiseau Deux Couleurs va chercher dans un sac du pemmican et va le porter à la vieille femme qui habite dans la tente voisine. Elle jacasse un moment avec lui en tannant une peau de cerf. Elle a de grands cheveux blancs épars. Une tête rabougrie. Un minuscule corps d'insecte. Il faudrait la peindre. Il faudrait tout peindre. Le soir, les nuages qui se mettent à courir enflammés dans le ciel. Le cercle de buses qui tournoie au-dessus de la rivière. Le fourmillement des tentes les plus lointaines. Les chevaux assombris. La vieille et Oiseau Deux Couleurs, la robe fanée et la robe précieuse dans la lueur d'un feu.

Soleil de Midi, Louve et un petit garçon dorment dans la tente d'Aigle. Herbe Sauvage, Menthe et Grand Nuage, le fils, ainsi que plusieurs autres enfants passent la nuit dans un wigwam voisin. Le campement est silencieux. Louve écoute la respiration d'Aigle, régulière et profonde. Soleil de Midi elle aussi a un sommeil massif. Louve écoute, se soulève sur un coude, quitte sa couche, jette un manteau de bison sur ses épaules et se sauve hors du wigwam. La nuit est claire. Le cheval d'Aigle se tient immobile et muet. Une grosse lune glisse entre les nuages. Cela risque de rendre la jeune fille visible mais en même temps cela lui permet de s'orienter. Et puis elle a profité des ronflements de son ravisseur. Il lui faut éviter la sentinelle placée sur un tertre dans l'axe de la tente. Longer le campement, s'en éloigner quand il arrive tout près de la rivière et remonter la berge de celle-ci jusqu'au couvert d'un bois de pins.

Aigle s'est réveillé d'un coup, d'instinct. Il a entendu quelque chose… Il voit la couche vide. Il saisit sa lance, enfile sa tunique en un tournemain et s'élance. Il préfère ne pas rameuter la garde. Il chassera pour lui seul. Il la voit dans la clarté qui jaillit entre deux nuages. Elle se faufile le long des tentes. Il l'imite. Elle coupe soudain vers la rivière en se retournant pour inspecter les environs. Il reste figé dans l'ombre des tentes. Un chien trotte vers lui, il le chasse du pied. Elle s'est mise à courir, courbée. Elle a rejoint le cours d'eau. Il la suit, se planque derrière un saule isolé avant qu'elle ne lance derrière elle un dernier coup d'œil. Elle atteint la ligne des pins. Il fonce. Ils sont tous les deux à l'abri du bois. Il pourrait accélérer. Elle n'aurait aucune chance. Essoufflée, pantelante, elle s'écraserait sur le sol, sous son poids. Mais une sorte de folie le possède, à moins que ce ne soit une lucidité diabolique. Il la laisse fuir en liberté pendant un certain temps, pour voir, pour la voir, la savoir sous son emprise sans qu'elle le sache. Cela lui procure une joie intense comme celle qu'il a ressentie quand elle nageait dans la rivière sans s'apercevoir qu'elle était suivie, chassée. C'est le principe de sa liberté qui l'avait scandalisé et fasciné. Ils traversent le bois de pins à distance l'un de l'autre. C'est le silence, les nappes de lune glissant entre les troncs noirs. Un moment de joie. Il l'a prise au début de la nuit sous la couverture de peau. Elle ne réagissait pas, elle ne résistait pas. Nul soupir, nul gémissement. Il avait ouvert la couche et, dans la lueur des braises du foyer, il avait vu sa chair, ses seins, sa beauté. Soudain, elle l'avait regardé, les yeux grands ouverts et brillants de noirceur. Il avait plaqué brutalement la main sur ce regard impudent, possédé par les esprits mauvais… Elle s'arrête contre un tronc, elle doit haleter, le dos en sueur. Seuls les guerriers peuvent courir presqu'à l'infini. Elle repart, sort du bois, se retourne, elle regarde encore, trébuche, manque de tomber sur une souche. Il sourit. Un oiseau de nuit pousse un cri brusque. Aigle tressaille. Une grande fraîcheur monte de la rivière. Au loin, les collines s'élèvent dans la lumière laiteuse. Comme des fantômes de la terre. Calmes. C'est là qu'elle veut aller, se perdre et rejoindre son village à peut-être une trentaine de kilomètres. Ce qui est difficile, presque impossible dès que le jour va poindre, qu'elle sera exposée au soleil. À son regard sans entrave. Elle fuit dans la prairie herbeuse. Un sentiment d'immensité silencieuse plane au-dessus d'eux. Les tiges lui fouettent la peau. Elle n'a sans doute pas pris la peine de lacer ses jambières. Des chardons mordent sa chair. Lui aussi galope sans mocassins. C'est comme un rituel. Une danse, le jeu de la balle. Il aurait pu offrir un calumet aux six pouvoirs s'il s'était muni de sa pipe sacrée. Elle fuit vers le nord-ouest, c'est le pays des pluies, des femmes, des orages, des ours sauvages. La prairie est beaucoup plus large et longue qu'elle ne l'a prévu. Les collines semblent ne jamais s'approcher. La course dure des heures. Heureusement, il y a des bosses, des nuages et des ombres quand elle se retourne, qu'il se fige, qu'ils attendent tous les deux. Peut-être qu'elle l'a aperçu mais qu'elle ne renonce pas.

Ils entrent dans les collines, elle ne gravit pas les versants mais passe dans les couloirs entre les dômes bombés qui dominent la rivière ruisselante de lune. Un taillis touffu de frênes et de bouleaux barre la route, elle s'engouffre sous le couvert. Il se précipite vers les arbres. Plus qu'un taillis, il s'agit d'un vrai bois gorgé de nuit. Il ne la voit plus. Il la cherche, il explore les ténèbres trouées de loupes lumineuses. Elle doit s'être arrêtée quelque part à l'abri. Peut-être qu'elle le guette dans un nid de fougères. Il ne désespère de rien. Il reste sûr d'elle et de lui. Il sait qu'il va la retrouver, qu'il ne peut pas la perdre. Même s'il erre au hasard, sans repère. Il entend soudain le bruit d'une fontaine. Sans doute y est-elle allée boire. Il s'approche, il se cache car une clairière s'ouvre. Il inspecte attentivement les lieux. Il ne distingue rien. Un amas de rochers se dresse derrière l'eau chuchotante. Il traverse la clairière en se baissant. Il poursuit sa quête dans le dédale des roches. Et là, soudain, à même le sol, au bord d'un ruisseau, il la découvre. Elle est couchée. L'a-t-elle vu ? Oserait-elle dégainer un couteau ? Il marche lentement, doucement vers elle. Elle dort entre les pierres. Épuisée, elle a dû sombrer d'un coup. Et ce n'est pas le sommet de la joie escomptée qu'il ressent, c'est une vigilance anxieuse, paradoxale. Il s'agenouille pour l'épier. En fait, il la contemple. Son visage ombré, mystérieux. Alors, à son tour, il sent ses forces fondre. Sans bruit, il dépose sa lance et s'allonge. Il reste ainsi auprès de l'ennemie crow. Les yeux ouverts et c'est là que sa joie renaît, puis il s'inquiète de nouveau. Il vérifie qu'elle dort. Alors il sombre à son tour.

À peine si la phosphorescence du jour perce entre les rochers, Louve a ouvert les yeux. Immédiatement elle l'a senti, elle l'a vu. Là, couché, vaincu à côté d'elle. Elle n'a pas peur. Elle est surprise. Elle ne tente pas aussitôt de fuir. Elle se soulève sur un coude et regarde l'ennemi sioux. Son ravisseur englouti. Aigle a un beau visage doux dans le sommeil. Il ouvre lentement les yeux. Il la voit. Ils restent ainsi un moment dans le silence. Et ce n'est pas de la joie, c'est une forme de peur qui lui serre le cœur dans l'inconnu. Il se lève, elle se lève. Il la prend par le bras, la fait marcher devant lui. Ce dos qui avance, ces cheveux noirs qui l'enveloppent sont plus obsédants qu'un visage.

Les troupeaux tardaient à venir. Aigle interrogeait les rêveurs de bisons perplexes, sans vision vive. Alors, le soir eut lieu la danse du bison auquel Catlin assista pour la première fois. Après divers détours rituels. Consultations dans le grand wigwam du Conseil. Proclamation du héraut à travers le campement. Étapes toujours complexes chez les Sioux. Calumet qui passait de main en main. Séjour dans la hutte de sudation. Purification.

C'est la danse. Tonnerre Riant, le visionnaire du bison, conduit les danseurs. Ils surgissent le crâne couvert d'une coiffe de bison, fourrure, cornes, oreilles, naseaux, trous des yeux. Le reste de la peau oscille autour des torses peints de rouge et des jambes nues. Les chevilles sont armées de grelots. Les danseurs portent l'arc et le bouclier dont ils feront usage pendant la chasse. Ils chantent et avec les tambours cela vous prend. Forts et retentissants. Tous ensemble de concert tandis que femmes et enfants regardent et que les flamboiements courent sur les fourrures béantes. Catlin muni de ses carnets à croquis n'en perd pas une miette. À l'encre sépia, il trace rapidement le cercle des figures, le jeu des jambes, l'avalanche des travestissements qui roulent et qui sautent. C'est une danse plus lourde, plus profonde que les autres, moins virtuose que la danse du scalp. Les bisons piétinent, trépignent… Les genoux se lèvent et retombent rythmiquement. Les danseurs grognent, rugissent, mugissent, se contorsionnent et ruent, galopent comme un troupeau chassé. Les tambours cognent et clament dans la nuit rougeoyante. Catlin tourne sans cesse de nouvelles feuilles de son carnet. Bogard fume sa pipe assez tranquillement. Louve Blanche auprès d'Herbe Sauvage, de Menthe et de Soleil de Midi a été conviée elle aussi à la fête qu'elle connaît. Le même usage existe bien sûr chez les Crows, la même imploration, la même quête qui s'élève jusqu'à la transe grondante, tonnante en ronde endiablée. Avec les crécelles qui se déclenchent, les crépitements, les incantations, toute cette véhémence indienne. Comme si le village répétitif et quotidien avait brisé son déroulement pour éclater, se tordre, grimacer en une bacchanale de bisons désirés, suppliés. Des saccades et des remous, des accélérations, des affrontements brusques, des charges. Les Sioux sont des hommes-bisons, des silhouettes hallucinatoires arrachées du fond de la prairie, soulignées par les flammes. Catlin peint maintenant. Il est avalé dans la danse, il la ressaisit du dedans, battements, ondulations musclées, il vit dans son inspiration, sa course, sa possession.

Les éclaireurs sur les collines scrutaient l'horizon. Et cela dura quatre jours encore. Puis un cavalier déboula devant la tente d'Aigle. Ils arrivaient ! La course avait commencé. Un énorme troupeau de bisons était en train de franchir le fleuve en amont. Tout un fracas ! Aussitôt il y eut une réunion du Conseil, on fuma le calumet. Élan Noir et Tonnerre Riant convoquèrent les chasseurs les plus chevronnés. Ils concertèrent un plan de chasse.

Les femmes prévenues par les membres de la société de police commencèrent de préparer les chevaux de bât pour rapporter la viande et les peaux, selon les directives précises. Et toute la bande de guerriers – jambes et torses nus –, armés d'arcs, de lances, se précipita. Les chasseurs portaient contre leur poitrine les wotawes, les amulettes préparées par les chamanes. Oiseau Deux Couleurs avait confectionné celles d'Élan Noir, de Tonnerre Riant, d'Aigle Rouge et de Grand Nuage dont c'était la première chasse. Sa mère le regardait bondir sur son cheval et rire. Catlin emportait son attirail de peinture et son fusil. Il aimait chasser, il aimait peindre. Il fallait choisir entre les deux passions.

Après une heure de galop en aval de la rivière, ils remontent vers une chaîne de buttes rousses et dénudées, elles-mêmes flanquées de collines plus vertes. Au sommet de ces dernières, ils dominent le spectacle de la vallée qui ouvre un amphithéâtre majestueux. Les Indiens regroupés poussent des exclamations réjouies, tout excités à la vue des colonnes, des cohortes de bisons beuglant. Ils affluent de partout dans des nuages de poussière. De grands pans vivants de collines. Les troupeaux s'écoulent vers la rivière pour la traverser à différents endroits. Alors c'est un tumulte de bêtes prises dans le courant, se bousculant, mugissant, se chevauchant, un tohu-bohu de crinières et de remous. Certains bisons sont entraînés et meurent noyés, les jeunes veaux roux émettent des bêlements affolés. Ils sont happés puis disparaissent dans les tourbillons avec les bêtes malades ou faibles. Attaquer maintenant assurerait quelques beaux coups faciles mais les cadavres seraient emportés dans la course des eaux. En outre, chasser dans un tel chaos réserve de mauvaises surprises. Les chevaux s'affolent, secoués, déséquilibrés. Le contrôle de la situation n'est pas possible. Il faut attendre. Élan Noir arbore un bouclier original: six loups blancs y sont peints sur un fond sombre auréolé de plumes. En se tournant vers Aigle Rouge, Catlin observe son arc qui lui paraît bizarre. Ce n'est pas du frêne. On dirait de l'os mais cela ne ressemble par la taille, la courbe, à aucun os connu. Il faudra qu'il demande des éclaircissements à Oiseau Deux Couleurs sur les six loups d'Élan Noir et sur l'arc d'Aigle. Les Indiens chassent le bison sans selle, sans bouclier ni carquois. Rien qui puisse les encombrer au moment de tendre leur arc et d'ajuster leurs flèches dont ils tiennent une poignée dans la main. C'est pourquoi les beaux boucliers de guerre et de parade – utiles pendant la quête du gibier où une attaque est toujours possible – sont maintenant confiés à des subordonnés. Aigle Rouge se tient près de son aide de camp, Pattes de Loup, maigre, juvénile, qui piaille tout bas, pétille d'impatience. Tout comme Grand Nuage, le fils d'Aigle, bouillant d'impétuosité. Une broderie est attachée à sa chevelure, coiffée de deux plumes à la base desquelles jaillissent des crins de chevaux. Élan Noir et Tonnerre Riant entourent Aigle, eux aussi. Les deux maîtres-chasseurs, Bison Tonnerre et Graisse de Bison, un peu en avant des chefs, sont penchés sur l'encolure de leurs chevaux. Formidablement attentifs, ils se redressent, frémissent, étudient le troupeau, le pointent, le caressent de leurs longs doigts magiciens. L'éventail éclaté des bêtes recouvre toujours les tertres, les bosses et toute la plaine de l'autre rive. Des milliers… Bison Tonnerre et Graisse de Bison tourniquent sur la colline et se consultent, reviennent vers Aigle Rouge, Élan Noir et Tonnerre Riant auxquels ils font part de leurs calculs. Catlin se demande où il va s'installer pour ne rien rater de l'assaut. Il ne peut pas galoper avec les Indiens et faire des croquis à la volée ou travailler ensuite de mémoire même si cela lui est souvent arrivé. Aujourd'hui il voudrait dominer le combat, embrasser une vaste perspective pour brosser une scène totale. L'avant-garde des bisons conduite par des grands mâles est sortie de l'eau et se regroupe pour prendre la direction de l'ouest. Elle se détache de la rivière et grimpe sur les flancs de deux collines très vertes où les Indiens prévoient une halte générale. Les bêtes sont épuisées, elles ont besoin de repos et de paître tranquillement. C'est là que l'attaque doit se faire, envelopper le flanc de deux grosses collines jumelles, prendre en étau la masse des bisons.

Le plan se révèle être le bon, car les bêtes freinent leur poussée, piétinent, éparpillent leur flux sur les versants et commencent de paître sous la garde des grands mâles. Tout le monde a désormais quitté la rivière et la densité des bisons rassemblés fascine les Sioux qui serrent les flancs de leurs chevaux. Aigle Rouge monte Lumière du Matin, un hongre clair pommelé de noir. Les étalons sont trop décevants à la chasse et à la guerre, peu d'endurance, fragiles. Élan Noir flatte l'encolure d'Orage pour le calmer. Car les chevaux tressaillent et sautent de côté, tiraillent leur licol et bronchent avant la libération de toutes leurs énergies dans la charge.

Catlin prend conseil auprès de Bison Tonnerre. Il faudrait faire aussi le portrait de ce chasseur couturé de cicatrices. Sous ses arcades sourcilières protubérantes, son œil est un rasoir noir, étincelant. Son ventre est peint de vermillon. Ses yeux sont auréolés de stries de peinture bleue. Sa lance et son arc sont bouquetés de plumes et de fétiches. Bison Tonnerre indique à Catlin un tertre roux et nu qui se situe un peu en avant des collines de la halte. Il va s'y installer pour saisir, peindre, éterniser le maximum d'instantanés.

Les collines sont couvertes d'une tapisserie remuante et beuglante. Les Indiens se séparent en deux groupes, d'une quarantaine chacun, contrôlés par des chasseurs-guerriers chargés de la police. Aucun cavalier ne doit dépasser les autres et faire fuir le troupeau. Catlin a rejoint son poste. Il voit les chevaux s'ébranler en deux tresses de guerriers. De loin, il reconnaît l'inimitable silhouette sèche de Tonnerre Riant couché sur sa monture qu'il cravache. Le troupeau ne bouge pas encore. Les chasseurs l'encerclent par les crêtes et par le pied des collines. Puis c'est l'élan, les cris, les lignes des cavaliers se brisent pour foncer sur les proies. Les grands mâles donnent l'alerte et bondissent, entraînant l'énorme raz-de-marée des crinières, des échines et des reins. Catlin saisit le mouvement d'ensemble à grands coups de brosse. Il manœuvre d'abord à l'encre. Plus tard, il s'empare de ses couleurs et remplit à toute vitesse les contours qui voltigent, les volumes géants des crânes, l'onde globale, les masses multiples, il marque les scansions de la course…

Les Indiens poursuivent d'abord les individus isolés, les écartent du troupeau, les rattrapent et leur décochent leurs flèches à bout portant dans le flanc gauche pour percer le cœur. Une, deux, trois flèches d'affilée s'il le faut. Le sang gicle. Et c'est ainsi tout autour de la pagaille des bisons. Des bêtes se font prendre, harceler, séparer et tuer. La criaillerie guerrière monte dans la rumeur des beuglements, des grognements, des bêlements des veaux qui ont peine à suivre leurs mères. Alors Aigle Rouge voit Élan Noir pousser son cheval, le fouetter pour le faire entrer dans le centre du troupeau, au sein de l'océan bosselé de vagues cornues, bruyantes, effarées. Élan décoche ses flèches dans le corps à corps furieux. Son cheval disparaît dans la tempête. Aigle Rouge s'élance à son tour pour protéger Élan envahi par une de ses grandes crises aveugles qui lui font perdre le sens du calcul et de la mesure. Ce n'est plus un guerrier et un chasseur qui dose sa prouesse, il se déchaîne, il se rue en avant dans la mêlée, illuminé, cherchant quelle extase, quelles visions qui le délivreraient de son mal noir.

Catlin a vu les deux guerriers engloutis dans l'avalanche des bisons. Il n'ignore rien de ces moments de liesse où le chasseur est possédé par une joie plus vaste que tous les bonheurs de la terre et c'est plus fort que l'étreinte même. Élan est noyé dans la plénitude du chaos, là où le sang bat, l'épouvante, la frénésie des bêtes dans le ventre desquelles il décoche ses flèches. Et cela s'écroule, beugle, se relève, s'effondre de nouveau. Des agonies qu'un nouveau flot recouvre. Le charivari monstrueux l'avale. Flanc à flanc avec les bisons. La violence tourbillonnante, les vrilles des cornes tendues, des fourrures ensanglantées, les torsions, les accumulations fantastiques. Cela s'empile, des remparts de toisons enflent. Les houles se bloquent, les cataractes refluent. Le cheval bondit, stoppe, titube, se cabre, hennit, repart dans le rythme de furie. Élan cède au grand fleuve de vie. C'est un torrent de forces brutes, une lame de fond qui le possède. Il devient bison à son tour. Sa chair se transforme en muscles, en spasmes, en giclées de sang, de bave de bison. Les limites de son humanité ont fondu d'un coup. Dans le bouillonnement, il s'épanche. Ses réflexes se succèdent à toute allure. Il ne tombe pas de cheval, ce dernier menace à tout moment de prendre un coup de corne. Mais cela va si vite. Tout fuse, tournoie, foudroie. C'est de la vie pure.

Un volcan de vie. Élan est braise, feu dans le brasier des bisons. Leur puanteur le grise. Il pourrait toucher leurs cous, enfouir ses mains dans les grosses laines noir et rouge. Il voit leurs yeux blancs, exorbités de peur, de colère. Partout leurs gros yeux blancs dilatés de délire. Un mâle fait volte-face et charge, mais le cheval biaise et s'envole. Sous les talons de l'Indien visionnaire. Élan vit, il voit, il plane au cœur de sa vision large et tonitruante. C'est comme si tous les esprits-bisons étaient rameutés dans une rumeur de rage et d'allégresse. Ils lui parlent, il les entend, ils le traversent, ils traversent les bisons, c'est le volume d'un même corps, battu de la même fièvre. Un même tambour de chair, de fourrure, de lances et d'arc. Une même lance de chair, de tambours, de fourrure, un même arc tendu de flèches de chair, de lances, de crinières. Une même colline à la fourrure ondulante, rompue, bossuée. Les esprits chevauchent les bisons, ils chevauchent Élan, Orage. Les Pères, les Grands-Pères du monde.

Alors Aigle surgit, il ne veut pas sombrer lui aussi, il résiste à la rumeur, à la clameur, à cette grande exubérance de la fureur. Il voit son frère tressé, noué, cousu, couronné de bisons. Il fend le flot bison. Il donne de la lance. Il tire ses flèches. Cela chavire. Tous les navires bisons, les proues, les têtes énormes, les cornes, les fracas, la goule des rugissements. Il faut tenir, ne pas plonger dans le gouffre de la grande joie où l'on meurt au paroxysme. Il appelle Élan Noir. Il le supplie de revenir. Il sait qu'il a besoin de son frère pour vivre. Il faut courir encore dans la prairie, vaincre plus de Mandans et de Pawnees dans le ciel bleu. Élan hors de lui, halluciné, dans l'effarement d'une cohue de bêtes aux blessures ruisselantes mais prêtes à l'éventrer. Aigle atteint le cheval d'Élan, le saisit au licol. Orage se cabre et rue. Élan sonné, hagard. Les masses des bisons grossissent, noires, hérissées, se serrent, bondissent, éclatent. Aigle appelle Wakan Tanka, supplie le Grand Mystère. Élan épuisé tombe de cheval, d'un coup. Un grand mâle a fait face. Tout découpé, un colosse écumant de fourrure qui saille dans le magma. Aigle se projette de tout son corps, tend la main, le bras, attrape celui d'Élan, le hisse sur son propre cheval. Il hurle, il se fraie un chemin dans la course.

Catlin à bout de croquis, de feuilles, de peinture voit le couple surgir de la mer des bisons. Il ne peut plus peindre, épuisé, il tremble, il rit, sous le choc de la vision. Alors la prairie gigantesque le saisit, l'avale soudain, l'espace s'élargit sous le ciel sans bornes. S'ouvre un abîme d'angoisse et de joie, de vie, un désir de mort, un vertige infini. L'inhumaine nature le foudroie… Là-bas, là-bas, monte partout le vert de la folie dans l'outrance bleue.

Les guerriers vont récupérer leurs flèches qui portent des marques spécifiques et leur permettent de s'attribuer leurs bisons. Grand Nuage, le fils d'Aigle, est très fier. Il a tué deux bisons. Les Indiens achèvent des animaux frappés qui rampent et culbutent en beuglant et soufflant. Ils éventrent quelques bêtes et se gavent du foie fumant. Puis ils partent.

Bientôt, c'est le cortège lent des chevaux de bât qui portent des femmes et des vieillards encore vaillants. Il y a toute une troupe qui suit à pied avec les chiens. Ils sont des centaines. Catlin les voit avancer le long du fleuve, monter vers les collines. Ils se dispersent par groupes autour d'une quarantaine de dépouilles rebondies. Les femmes, réparties sur les collines, dégainent leurs grands couteaux d'écorcheuses et entaillent le cuir. Le but n'est pas de récolter de belles fourrures. Car au début de l'été les bisons muent, et leurs toisons offrent des plaques de lambeaux et de guenilles. Le but c'est d'abord la viande, reconstituer les provisions. Elles commencent par dépecer le dos afin d'extraire la chair la plus tendre. Les peaux roulent et délivrent les carcasses rougeâtres, roses et jaunies de graisse. Les têtes, les crânes cabossés des bisons écorchés jaillissent des crinières. Puis les femmes tranchent les pattes avant et les omoplates. Elles s'y mettent à plusieurs. Il y faut de la force et surtout de l'adresse. La manœuvre dégage la viande exquise de la bosse et des côtes et donne accès aux entrailles. Alors elles découpent la colonne vertébrale, isolent le bassin, sectionnent les pattes arrière, enfin le cou et la tête. Ils comportent de la viande dure, destinée à sécher pour fabriquer du pemmican. L'ensemble des opérations est un boulot costaud car les bisons pèsent lourd, ils ont le garrot épais. Il faut traverser des masses de muscles et d'os puissants, résistants. Le paysage devient un étal de boucherie gigantesque.

Tout est bon dans le bison, rien ne se perd. Les Sioux sont un peuple bison. Pour un wigwam, il faut sept peaux. Puis on fabrique robes, chemises, manteaux de parade, culottes et pagnes, couvertures, doublures du wigwam, pare-flèches, sacs, canoës, lassos, licous. Avec la vessie et l'estomac des bisons, on obtient des récipients pour la viande séchée, l'eau. Les tendons font des cordes pour les arcs. Les os servent d'alênes, de grattoirs ou sont brisés pour en savourer la moelle. Les cornes donnent des louches, des cuillères, des coiffes. Les crânes sont déposés dans les rituels de la Danse du Soleil ou de la hutte de sudation. On enduit les peaux de cervelle de bison pour les ramollir. On fabrique de la colle, des hochets avec les sabots. Les mocassins sont taillés dans la peau des jarrets. On fait des fouets, des chasse-mouches avec les nerfs. On remplit de poils les balles pour jouer, avec eux on bricole encore des cheveux de poupées pour les petits. Le village est le corps éclaté des bisons. Les vêtements sont des enveloppes de bison. La nourriture est de la viande de bison. Tout sent le suint, la graisse, la fourrure des bisons. On fait l'amour entre les peaux. On naît dans des berceaux de peau. On meurt enseveli sous des manteaux de cuir. Et les rêves sont peuplés de grands bisons solaires.

Les essaims de femmes et les vieillards s'activent sur les amoncellements de chair vive. Les côtes percées par les flèches saignent. Les mains coupent les délicieuses langues, plongent de nouveau dans les tripes pour saisir les foies qui n'ont pas déjà été consommés par les guerriers, trier les rognons, les panses et les boyaux par paquets. C'est un grand vrac trépidant, ruisselant, une énorme braderie de barbaque scalpée. On lance des morceaux aux chiens qui envahissent le terrain. Les corbeaux se rameutent dans le ciel. Les mouches affluent. Cela pue. C'est vivant, tout brillant de quartiers de viande nue, découpée savamment, ficelée par des cordes de cuir ou enfouie dans les grands sacs, des quintaux pour les festins. Les gosses sont barbouillés de sang frais. Les vieux chevaux bronchent, s'ébrouent, chassent les mouches. Les chiens se chipent des bouts sanglants, un gros œil blanc, gélatineux, valse entre les museaux rougis. Soudain, un jeune adolescent avise un corbeau trop hardi qui voltige au-dessus d'une carcasse. Il tend son arc, décoche sa flèche. L'oiseau s'agite et tombe puis court en voletant partout. La flèche n'a endommagé qu'une aile. Un chien voyant l'alléchante proie zigzaguer se met à la poursuivre, l'attraper, la lâcher comme dans un jeu. Le jeune adolescent bondit, chasse le chien et s'empare du corbeau qu'il serre entre ses mains. Puis il va recueillir sa flèche.

Et le long, lent cortège repart, chargé de trophées qui pèsent des tonnes. L'adolescent a emporté le corbeau vivant. Pendant des jours les femmes vont s'escrimer, armées de grattoirs et de battoirs, sur certaines peaux dont le cuir est utilisable même si la fourrure de mauvaise qualité est rejetée. Elles trempent, elles fument, elles tannent, elles roulent, elles tracassent, elles tendent les textures jusqu'à la souplesse la plus délicate. On voit partout de grands damiers de cuir déployés, attachés à des piquets. À la verticale et à l'horizontale. Le village a changé d'aspect. Il est habillé de bison frais. Et sur les portiques des perches pendent et sèchent des milliers de fins lambeaux de viande. Les rôtis de bison cuisent. Les femmes cousent les peaux, brodent les robes et les jambières neuves.

Les feux flambent. On se repaît de venaison. Les collines de la chasse sont constellées de flaques et de déchets hantés par d'innombrables corbeaux, leur apparat lugubre et croassant. C'est ainsi que s'achèvent les Iliade sur des collines noires. Des chacals, un fourmillement de coléoptères, de vers.

Le soir, Catlin vit l'adolescent apporter le corbeau à Oiseau Deux Couleurs. Sa curiosité le poussa à s'approcher avec Bogard. Oiseau prit le corbeau des mains de l'adolescent. Il caressa l'animal, l'apaisa, lui parla. Il prépara une attelle qu'il fixa sur l'aile brisée. Oiseau Deux Couleurs était le spécialiste des os et des fractures. Il avait pour les soigner tout un arsenal de prières, de chants, de danses et d'onguents. L'adolescent repartit avec le corbeau qu'il allait apprivoiser, auquel il allait tenter d'apprendre des sons, des mots… Alors Catlin par l'intermédiaire de Bogard demanda au chamane le sens des six loups blancs peints sur le bouclier d'Élan Noir.

– Ce fut sa vision quand il l'a fabriqué.

– Il a vu six loups blancs ! s'étonna Catlin.

– Six loups blancs sur une branche noire qui le fixaient des yeux pendant la nuit.

Catlin était intrigué, ces loups lui disaient quelque chose, mais quoi ? Il lui semblait que la scène ne lui était pas tout à fait inconnue… Bizarre.

– Ces loups, je les ai vus quelque part…

Oiseau Deux Couleurs paraissait tout à fait sceptique.

– Tu ne peux pas avoir de visions comme Élan Noir ni faire les mêmes rêves prophétiques. Les hommes blancs rêvent d'on ne sait quoi et ils n'ont pas de visionnaire comme moi pour interpréter leurs rêves.

Catlin n'insista pas. Un peu déboussolé quand même. Puis il pensa à l'arc d'Aigle Rouge :

– L'arc d'Aigle n'est pas en frêne, il est fait d'une matière bien mystérieuse, n'est-ce pas de l'os ?

Oiseau Deux Couleurs s'exclama :

– Les hommes blancs ne savent pas répondre à beaucoup de questions.

– C'est quand même de l'os !

Oiseau Deux Couleurs adopta une expression de grand mystère :

– L'origine de l'arc est un secret.

Depuis qu'il avait remonté Mississippi et Missouri, pas mal d'Indiens avaient argué de mystères qu'on ne pouvait dévoiler. Avec hauteur… Non sans malice !

Catlin, après bien des hypothèses, pensa que le grand arc en os provenait d'un cachalot. C'était sa conclusion. Un os de cachalot recueilli sur une grève du Pacifique et qui aurait circulé par les échanges et le commerce à travers les Rocheuses, jusqu'aux plateaux du Missouri. Mais fallait-il décrire le géant cachalot à l'Indien, fallait-il éclairer un secret ? Il préféra se taire sagement… Et réserver ses spéculations à ses carnets.

Aigle déboule le lendemain pour contempler son tableau. Il est très excité par son portrait, l'examine de nouveau sous toutes les coutures comme si l'image avait pu changer depuis la dernière fois. Les yeux bougent. Cela recommence ! Aigle tout vaniteux de plaisir. Courbé devant son double, l'épiant, guettant ses expressions, se relevant, fier, fier ! Tonnerre Riant arrive à son tour. Le chouchou du peintre. Mêmes tours et détours du renard autour de sa silhouette bondissante, brandissant le tomahawk d'un côté et l'arc de l'autre. Il chuchote, rit, trotte, se targue, touche son visage, vérifie les yeux, la vie des yeux, se redresse et pousse un petit cri de plaisir !

Voilà qu'Aigle Rouge veut emporter le tableau dans son wigwam. Catlin lui explique que ce n'est pas la règle. Bogard traduit ses réserves avec un maximum de diplomatie. Aigle négocie un compromis, il gardera le tableau quatre jours et quatre nuits. Catlin cède. Alors Aigle le fixe des yeux et déclare :

– Frère, redis-moi ton nom !

Le peintre cette fois a compris tout seul, il répond : George Catlin.

Aigle Rouge et Tonnerre Riant échangent un coup d'œil perplexe. Ils demandent ce que cela veut dire. Bogard réplique qu'il est impossible de traduire Catlin. Ce dernier se lance tout de même dans un commentaire de son prénom : George ! C'est le nom d'un saint, d'un voyant, d'un grand homme-médecine qui a terrassé un dragon. Bogard explique un peu librement que le monstre est un mélange de serpent, d'oiseau, de chèvre des montagnes.

– Alors, pourquoi tu ne t'appelles pas Oiseau-serpent-grande chèvre ? Ou Grande Chèvre ?

– Non ! Je porte le nom du chasseur : George !

Aigle Rouge et Tonnerre Riant répètent :

– Djoodje ! Tchoodje !

Tout le monde rit. Aigle Rouge annonce qu'il propose un wigwam pour Choodjwe afin de protéger les tableaux, en cas de tempête et de pluie. Catlin et Bogard remercient avec une vivacité parfaitement synchronisée.

Aigle, le tableau à la main, et Tonnerre Riant s'en vont. Tonnerre ne marche pas, on dirait qu'il court, sautille, agile et boucané. Farfadet magnifique.

Catlin et Bogard ont déménagé dans le wigwam offert par le chef. Il n'y a pas de perche de scalps, de cheval favori attaché à un piquet. Nulle fresque peinte sur les peaux cousues. Mais à l'intérieur Catlin découvre, le long de la doublure, des couvertures brodées et une tenture décorée du plus bel effet. Bogard, comme s'il avait fait cela toute sa vie, oriente d'une main sûre le rabat-fumée pour encore mieux couper le vent. Puis il se met à allumer un feu avec le bois rassemblé généreusement sous la tente. Il regarde la fumée s'élever et il règle une dernière fois l'auvent. Il adore ça. Il dit en riant :

– Il ne nous manque plus que deux squaws !

Catlin se met à retravailler ses croquis hâtifs de la chasse aux bisons. Il veut achever ses tableaux incomplets. En fait, il a un petit problème avec le rendu des bisons. Parfois le bison ne ressemble pas vraiment à un bison. Il rate son coup. Par exemple, il examine une feuille avec une bête un peu bizarre. C'est le mufle qui est de travers. Un air de bœuf musqué, des naseaux de monstre mythologique. Ce n'est pas ça. Bodmer, lui, qui va repasser derrière Catlin, juste l'année suivante, est un peintre animalier de première force. Il vous trousse un bison pile-poil. En plus il place l'animal dans un décor sublime. Mais c'est peut-être trop majestueux, parfait, presque pompeux.

Catlin, après quelques corrections, coups de pinceaux, ajouts de couleurs, se lance dans la peinture d'un grand bison frontal. Et là, pas question de déraper dans l'à peu près qui fera dire à Bodmer, l'artiste supérieur : « George Catlin est un charlatan ! »

Ce bison doit être à l'abri de toute raillerie future. Un bison de choc ! Catlin commence par brosser la masse et l'énorme tête, la crinière fournie d'un beau brun noir profond. Le bison a pris une flèche. Et Catlin, en s'appuyant sur ses esquisses, entend réaliser une synthèse frappante, un gros plan dramatique. Pas de paysage, rien que la bête fantastique. Le bison s'est écroulé sur les genoux. Terrassé. C'est le tableau d'une agonie spectaculaire. La bête redresse la tête vers le ciel et des ruisseaux de sang dégoulinent de sa langue rouge pendante et de sa gueule béante, sur l'avalanche de poils de sa grande barbe noire qui retombe jusqu'au sol. Le dos effondré est tordu de côté. Catlin remplit le corps, emmêle les filaments de sang à la laine. Une grande plaie s'ouvre sous le flanc que le peintre travaille, surligne. La flèche ressemble plutôt à la hampe d'une lance tant Catlin veille à la démesure de la vision.

Oiseau Deux Couleurs vient voir. Les Indiens dans leur peinture ne pratiquent pas ce type de grossissement théâtral et fantasmagorique. Il est très étonné. Il recule, avance. Regarde Catlin, avec un léger effroi :

– Grande médecine… grand mystère !

La nuit, Catlin ne pouvait pas dormir. Il songeait à l'agonie de tous les bisons. En 1832, il était le seul à prévoir l'extinction à venir. Crazy Horse et Custer n'étaient pas encore nés. Nuage Rouge avait huit ans, Sitting Bull environ un an, il pissait et déféquait dans son berceau. Lors d'une Danse du Soleil, il aurait, en 1876, cette grande vision de la défaite de Custer, ce qui redonnerait confiance aux Indiens cernés. Personne ne pouvait encore imaginer ces héros de la grande tragédie finale. Le chemin de fer ne traverserait le Dakota qu'en 1872 ! Mais Catlin, lui, savait que tout allait finir. Il calculait que d'ici huit à dix ans les bisons auraient totalement disparu. En fait, ils en avaient encore pour une quarantaine d'années à diminuer, à fondre vertigineusement, à passer de trente millions à cinq cents individus !... Les chasseurs blancs commettraient le crime, réussissant à en abattre deux cents par jour ! Les Indiens qui leur vendraient des peaux collaboreraient à l'hécatombe. Ainsi, autour de Fort Pierre, Catlin avait vu une grande concentration de tribus. Six cents chasseurs avaient encerclé un gigantesque troupeau. Pour rapporter mille quatre cents langues de bisons aux Blancs. Une montagne de langues gluantes. L'illustre général Sherman, qui mènerait contre les Sudistes la politique de la terre brûlée, donnera plus tard l'ordre d'exterminer méthodiquement les bisons qui était la ressource alimentaire des Indiens. Les bisons allaient mourir. Ils étaient pour les Indiens le corps du cosmos, ils migraient selon les points cardinaux sacrés, d'est en ouest et du nord au sud. Ils étaient le corps des tribus, des villages, le corps des Indiens. Le Grand Pan allait mourir.

Après 1865, le général Sherman frais émoulu des massacres de la guerre de Sécession rejoint la prairie. Il est chargé de protéger les premiers chemins de fer, voilà ce qu'il écrit : « Nous n'allons pas laisser quelques voleurs indiens dépouiller, contrôler, stopper la progression des chemins de fer. Nous devons agir avec une sérieuse détermination contre les Sioux, même jusqu'à leur extermination, hommes, femmes et enfants. »

Catlin n'avait pas tort d'être sans espoir sur la survie, la culture des Indiens. Certes, il rêverait à une espèce de réserve nationale qui sauvegarderait la vie sauvage. Mais cela n'aurait été qu'un conservatoire des coutumes. En tout cas, il avait entrepris de faire le tour de quatre cents tribus, d'environ trois cent mille Indiens, calculait-il, et qu'il entendait sauver de l'oubli. Il allait rassembler plusieurs tonnes d'objets pour constituer sa galerie indienne qu'il transporterait à Londres, à Paris… « Depuis de nombreuses années, j'admire les nobles races des Peaux-Rouges… Puisque leurs droits sont bafoués, leur morale corrompue, leurs terres confisquées, leurs coutumes transformées, qu'ils sont ainsi perdus pour l'humanité… Je vole à leur secours, non afin de sauver leur vie ou leur race car ils sont totalement condamnés à périr, mais pour sauvegarder leur apparence extérieure et leurs modes de vie. Ainsi le monde de la cupidité pourra répandre ses poisons et tous les vices de la destruction, les jeter au sol et les écraser sous ses pas, tel le Phénix ils se relèveront peut-être grâce "aux couleurs sur la palette d'un peintre", ressusciteront sur la toile… » Le combat de toute sa vie commençait. Le cœur de sa destinée battait déjà son plein d'images.

Aigle Rouge n'aimait pas les commerçants mais il ne mesurait pas la menace qui pesait sur les siens. Il ne savait pas. Il pensait à Louve, il pensait aux merveilleux ennemis éternels, aux Arikaras, aux Crows, aux Mandans, aux Pawnees. Il ignorait encore l'effervescence de la côte est, le raz-de-marée humain déversé dans les villes qui fleurissaient partout, l'invasion qui remontait les fleuves et dont le *Yellowstone* était le navire avant-coureur. Le premier vapeur. Le premier moteur. La frontière était fragile. Catlin s'attendait à retrouver dans l'Ouest les Indiens de son enfance forcés à émigrer de l'autre côté du Mississippi. Il ne les avait pas vus. Ils avaient disparu. Il le disait, il le répétait au fil de ses écrits.

C'était une scène industrieuse, édifiante. Les femmes brodaient en cercle devant un wigwam. Herbe Sauvage, Soleil de Midi, Menthe, Punaise qui Rampe, ravissante, Sauge Sauvage, Petite Pluie, Pierre de Cristal, Lune, la fille d'Élan Noir, et Louve, très belle, que Catlin fut heureux de retrouver enfin au grand air avec les autres. Oiseau Deux Couleurs se mêlait à la bande avec beaucoup de naturel. Les femmes semblaient frétiller de bonheur en sa présence. Elles aimaient l'homme-femme, sa beauté, son charme, sa parole surprenante, son ascendant de chamane. Elles semblaient moins le craindre que les hommes tiraillés devant la double nature d'Oiseau. En principe, Catlin aurait dû rester à distance du gynécée laborieux. Mais Oiseau Deux Couleurs par son statut hybride lui ouvrait en quelque sorte cette société de femmes. En outre, sa qualité de peintre et de quasi homme-médecine l'autorisait peut-être à contourner le code. Il s'approcha et s'accroupit respectueusement derrière le cercle. Après tout, il était chargé d'une mission d'ethnologie, et l'art de broder valait une observation très attentive. Bogard restait debout un peu à l'écart, fumant sa pipe en philosophe. Non loin de Catlin, il y avait une jeune fille qu'il n'avait jamais vue encore et dont le profil lui parut plein de grâce. Il sortit discrètement son carnet de croquis et entama une esquisse. Toute la bande s'en aperçut, s'arrêta de travailler, s'agita, s'esclaffa. Catlin hésita, fit des mimiques pour s'excuser, expliquer qu'il ne faisait que travailler comme elles, broder en quelque sorte des portraits. Bogard arriva à la rescousse pour traduire la pensée du patron. Mais les jeunes filles intimidées ne reprenaient pas leur tâche sous la menace des dessins de Catlin. Il remballa son carnet. Puis d'un mouvement spontané s'inclina vers la belle voisine en lui baragouinant une question sur son nom. Elle répondit quelque chose. Catlin interrogea Bogard qui, sans piper, avec le plus grand naturel, lui dit qu'elle s'appelait Cuisses ! Catlin, incrédule, lui fit répéter ce prénom charmant. Bogard qui était un pédagogue élégant répéta Cuisses en se frappant les cuisses ! Certes, les Indiens pouvaient donner des prénoms étonnants suivant les circonstances de la naissance, tel épisode particulier, insolite, tel détail. C'est ainsi que Punaise qui Rampe se trouvait affublée d'un prénom qui ne choquait nullement la compagnie. Catlin trouvait Cuisses vraiment délicieuse. Il se jura d'achever son esquisse et d'en tirer un portrait complet. Louve par sa destinée de captive lui paraissait aussi un modèle de prestige. Les femmes reprirent leur activité. Oiseau Deux Couleurs donnait l'exemple, maniant le poinçon et les piquants de porc-épic avec dextérité. Il les avait d'abord aplatis, trempés, assouplis, séchés, puis immergés dans des carapaces de tortue pleines de teinture. Ensuite, il les avait disposés sur des morceaux d'écorce pour les faire sécher de nouveau. La teinture rouge très prisée venait de la racine de la baie du serpent ou de certaines pierres broyées. Les airelles, la digitale pourprée, l'argile, le charbon permettaient d'obtenir toute une palette. Les piquants ainsi colorés étaient gardés dans des petits sacs de vessie de bison, par teinte et par taille. Oiseau Deux Couleurs maniait ce subtil attirail avec amour et circonspection… Il saisit un mocassin, y traça des lignes, y fit des trous réguliers avant d'y enfiler un tendon dans le talon. Puis il choisit un autre tendon pour la bande supérieure de sa broderie. Il ajusta un piquant de porc-épic sorti de son sac, le mouilla dans sa bouche et pratiqua un « point de boucle ». Ce que Bogard traduisit à Catlin. Car Bogard, outre qu'il était un bon trappeur, rompu à tous les pièges, était capable de coudre avec une certaine agilité. Il connaissait l'art des brodeuses qu'il avait observées depuis bien des années. Catlin le soupçonnait d'avoir eu une amante indienne. En tout cas, il l'avait vu chez les Mandans séduire des jeunes filles sorties du bain. Catlin n'avait rien dit de la scène dans la lettre qu'il avait envoyée ensuite à Clara son épouse.

Oiseau Deux Couleurs poursuivait son travail, il utilisait des piquants peints de couleurs différentes. Il y avait beaucoup de techniques de broderie.

Cependant c'était Louve qui menait la danse. Ce qui semblait paradoxal étant donné son rang de captive nouvellement débarquée. Mais elle en remontrait à Oiseau Deux Couleurs. Catlin apprit que la première fois que les femmes la virent procéder, elles s'arrêtèrent soudain et s'émerveillèrent de son art. Oiseau Deux Couleurs fut immédiatement subjugué. Aujourd'hui, il se tenait auprès d'elle et n'en perdait pas une bouchée. Louve brodait une robe de bison femelle âgée de deux ans à la peau bien fine. Elle avait cousu des rangées parallèles de piquants savamment croisés et nuancés de rares couleurs. Elle avait tracé encore différentes féeriques figures en toile d'araignée, cercles concentriques, triangles, damiers enjolivés de perles… Elle prit alors un pinceau en os exquis de bison et se mit à peindre prestement une fine hirondelle avec du rouge. L'oiseau avait une signification que Catlin ignorait mais il produisait beaucoup de respect envers Louve. Un mélange de crainte et d'admiration. Bogard, qui savait tout, ne sut pourtant pas élucider le sens de l'hirondelle par rapport à Louve. Il faudrait demander des éclaircissements à Oiseau Deux Couleurs, mais quand ils seraient seuls.

Au bout de deux heures de travail, Louve s'arrêta. Elle était très en avance sur les autres mais quelque chose d'autre se passait. Oiseau Deux Couleurs repéra le premier ce changement d'humeur. Louve se dressa soudain créant la surprise parmi les femmes dociles. Elle fit quelques pas de côté. La broderie maintenant l'ennuyait ! Elle se dirigea vers son poney qui paissait non loin de là. Herbe Sauvage, la première épouse d'Aigle, se leva à son tour. Elle était chargée de surveiller Louve mais cette dernière semblait s'en moquer. Elle tapotait le dos de son poney. Herbe Sauvage tentait de la raisonner et de la ramener dans le cercle laborieux. C'est alors que Grand Nuage arriva des collines au petit trot avec un wapiti en travers de son cheval. Il parla à Louve. Cette dernière soutenait son regard, ce qui énerva Grand Nuage. Puis Élan Noir surgit d'entre les tentes. Il passa devant les femmes et vit la robe que Louve avait brodée et peinte. Il examina le chef-d'œuvre, s'attardant sur le motif de l'hirondelle. Puis il rejoignit la jeune femme, Herbe Sauvage et Grand Nuage. Mais Lune, sa fille, courut vers lui et intercéda en faveur de Louve. Cette initiative spontanée aurait dû être condamnée sur-le-champ. Mais Élan Noir traversait un de ses moments de mélancolie et la vue de sa fille, sa vivacité suppliante le toucha. Il marmonna on ne sait quoi, tiraillé, ennuyé, caressa le bien joli poney en regardant Louve qui était à ses yeux un mélange de honte, de scandale et de beau mystère. Oiseau Deux Couleurs fut bientôt du conciliabule. Il vantait l'art de Louve qui avait fini son travail avant les autres. Élan bougonna qu'on n'avait jamais fini son travail. Et que Louve manquait de pudeur et de sagesse. Louve lui répondit :

– J'ignore si je possède pudeur et sagesse, en tout cas j'ai de la force d'âme.

Élan Noir se tut car c'était vrai.

Louve voulait maintenant grimper sur son poney et faire un petit tour. Oiseau Deux Couleurs détacha le cheval, le tint par le licol et entreprit de promener Louve comme une fillette. Herbe Sauvage protestait mollement, intimidée par l'ascendant de Louve. Il ne manquait plus qu'Aigle lui-même pour trancher la contestation. Il vit l'air sombre d'Élan Noir. Il n'aimait pas que son kola soit ténébreux, cela augurait des actes bizarres, des chevauchées folles, des gestes dangereux, des scarifications intempestives. Oiseau Deux Couleurs baladait Louve à petits pas. Elle souriait en plein soleil. Aigle la voyait sourire pour la première fois. Il se précipita sur le poney dont il frappa le flanc d'une tape sèche en poussant un cri. Sous une si vigoureuse injonction, le poney s'élança. Aigle fit un signe à Oiseau Deux Couleurs qui courut chercher son cheval. Bientôt, il accompagna Louve dans une grande course débridée autour du camp. Élan Noir contemplait les accélérations calculées de Louve avec curiosité. Puis elle faisait se cabrer son cheval avec fougue. Il en oubliait son tourment. Aigle avait une expression où l'impatience le disputait à une séduction sourcilleuse. Louve arriva auprès des femmes, et son poney en rompit le cercle. Elle s'inclina jusqu'au sol, leste comme un Comanche, et saisit la robe à l'hirondelle rouge. Puis revint devant les spectateurs et descendit de son cheval. Aigle restait sévère et coi. Alors, Louve retourna dans son wigwam en baissant les yeux.

Catlin regardait Cuisses en coulisse. Elle était de face. Il enregistrait avidement ses traits. Il se retourna et en un éclair, comme en cachette, il traça tout vite un dessin du visage délicat et piquant.

Bogard, qui était lourd, lui souffla en partant que si la jeune fille s'appelait Cuisses c'était peut-être qu'elle avait de belles cuisses. Catlin lui intima de ne pas broder…

Ce fut à partir de ce moment que Louve bénéficia du privilège de la préférée par rapport aux autres femmes. Elles étaient partagées entre les commérages jaloux et l'admiration apeurée. Louve ne tannait jamais, elle se dispensait des corvées d'eau, du ramassage du bois. Elle allait souvent voir Oiseau Deux Couleurs qui devint son chaperon complaisant et son confident. Aigle trouvait cette association acceptable car il considérait que sexuellement Oiseau Deux Couleurs était une femme. En outre, il ferait un garde zélé. On voyait les robes de Louve et du travesti sacré flâner dans les abords du campement. Ils rivalisaient d'élégance. Les autres femmes dans le train-train quotidien portaient de simples robes de cerf sans ornement, les beaux vêtements étant réservés pour les cérémonies. Mais Louve et Oiseau Deux Couleurs affichaient des tenues luxueuses, des modèles de broderie huppée. Des bariolures de génie qui épataient la galerie.

C'est en retournant à son wigwam que Catlin revit le jeune adolescent qui avait capturé un corbeau pendant la séance de dépeçage. Il parlait à l'oiseau qui inclinait par à-coups sa tête attentive. Catlin s'aperçut que le garçon lui apprenait à prononcer son prénom : « Djoodje », « Chootche » ! Catlin eût été une sonorité plus facile. L'oiseau se taisait pour le moment. Mais Catlin connaissait les performances des corbeaux en la matière. C'étaient en outre les animaux les plus intelligents de la nature. Leurs capacités excédaient souvent celles du chien.

Le lendemain matin, il aperçut un petit wigwam installé auprès d'une grande tente qu'il connaissait. Il s'agissait d'un logement provisoire pour une très jeune fille qui avait ses premières règles. Les interdits des Indiens étaient nombreux. Ils avaient peur des pouvoirs des femmes. Louve, par exemple, les effrayait pour des raisons qu'il n'arrivait pas encore à démêler. Et pourtant elle n'avait que seize ans. Mais les filles étaient considérées très tôt comme des adultes, certaines étaient mariées et accouchaient à douze ans.

Un matin, Bogard, Oiseau Deux Couleurs et le peintre entreprirent de faire une excursion le long de la rivière. Catlin avait préparé tout son arsenal de peinture. Louve voulut les accompagner. Mais on courait le risque qu'elle en profite pour déguerpir. Il fallait la bénédiction d'Aigle même si Oiseau Deux Couleurs se portait garant. Ils allèrent le voir. Il était couché dans l'herbe en compagnie d'Élan Noir tandis que Lumière du Matin et Orage se taquinaient en se coursant. Les deux chefs fumaient leurs calumets en regardant les volutes s'élever vers le Grand-Esprit. Ils s'arrêtaient et se mettaient à parler avec beaucoup de gravité. Oiseau Deux Couleurs présenta sa requête. Il fallait tester Louve. Voir comment elle se comportait loin du camp. En cas de faux pas, lui et Bogard la rattraperaient. Il ne manquait pas de toupet ! Aigle savait que le chamane était un bon cavalier, dans sa prime jeunesse c'était même un excellent tireur à l'arc. Il lui arrivait encore par caprice et bravade d'emprunter la pipe-tomahawk de Tonnerre Riant qui était un ami. Vêtu de sa robe, il se préparait, visait, lançait l'arme contre un arbre qu'il frappait en son centre. Il disait alors que son esprit-gardien le guidait. Personne ne bronchait.

Aigle se pencha vers Élan Noir pour lui souffler quelque chose. Ce dernier fit de même, s'inclina et chuchota. Aigle s'exclama en fixant Oiseau du regard :

– Si tu ne la rattrapes pas, je te coupe le nez !

Dans certains cas théoriques et fort rares, un mari punissait la femme adultère en lui coupant les narines. Aigle fit venir Louve. Il sortit son couteau et lui demanda de le mordre. C'était l'usage pour prouver qu'on était de bonne foi. Louve prit lentement le couteau et de toutes ses quenottes immaculées mordit la lame blanche. Les quatre hommes la regardèrent. Qui l'eût observé en coin, eût remarqué de la part du travesti un regard bizarre, une émotion peut-être plus masculine qu'on ne l'eût cru. Aigle conservait son petit air détaché des contingences vulgaires en interceptant la vision de la bouche charnue, béante, où les beaux petits crocs étincelants torturaient le couteau sans lâcher. Tonnerre Riant avait surgi, il se régala lui aussi de la scène. Aigle lui demanda de se joindre à la bande. Il aimait l'aventure, les équipées originales et surtout le couple mirobolant du chamane et de la belle captive. Il était déjà à cheval, fit caracoler sa monture d'un tournemain, émit un piaillement enjoué de guerrier et assura Aigle d'un regard qu'il veillerait au grain. Une éventuelle bande de Crows vengeurs ou de Pawnees – les ennemis de toujours – méritait cette escorte. Au dernier moment, Aigle dans un sursaut d'autorité demanda à Louve et à Oiseau de rapporter des bouses de bison bien sèches pour le feu. Louve opina pour les bouses où elle voyait une condition triviale posée par le chef pour ne pas perdre la face. Mais le chamane ne l'entendit pas de cette oreille, il s'exclama :

– Je n'ai jamais ramassé des bouses à moins que tu ne veuilles que j'en fasse des amulettes spéciales ?

Aigle se méfiait des spécialités d'Oiseau… Il leur fit un petit signe négligent pour leur signifier de disposer.

Louve connut l'enchantement de la liberté retrouvée. Catlin avait plaisir à contempler son galop en avant, flanquée d'Oiseau et de Tonnerre. Les robes un peu retroussées laissaient voir les cuisses de la jeune femme et du chamane. Ils voyagèrent le long de la Wapiti, jusqu'à des cascades au milieu des bois. Un aigle s'envola soudain, emportant une carcasse de poisson dans ses serres. Puis dans des roselières sinueuses ils se frayèrent un chemin. Tonnerre Riant, l'air de rien, serrait Louve de près. En bavardant avec lui, Catlin apprit que Cuisses était sa fille. Il n'était pas sûr de pouvoir s'en réjouir.

Un bel ensemble de collines, de tertres et de falaises ondulait au-delà de la vallée pour s'élargir jusqu'aux confins du paysage. Là-bas, le long de la Wapiti, se dessinaient des vols de grues dont les méandres grossissaient peu à peu. Catlin décida de planter son chevalet au sommet d'une des collines avec vue sur l'ensemble de la rivière et des monts. Pendant ce temps Bogard, Tonnerre Riant, Oiseau Deux Couleurs et Louve partiraient alentour chasser ou ramasser des bouses !

Catlin était encore frappé par la prédominance du vert qui envahissait la vue. Un vert dense et profond, toujours aussi obsédant. Souvent il usait d'un vert léger, suave et dilué pour peindre le fond d'un village, d'un troupeau de bisons, d'une chasse ailée sur le flanc d'une colline. Mais là c'était immense, intense… Il commença à camper le vaste théâtre général où les bosses se haussaient d'un coup, se succédaient dans une valse de géantes.

Ce vert ferait bientôt l'admiration de Baudelaire. Le fascinerait son accord avec le rouge qu'utilisait souvent Catlin pour la tenue des Indiens, leurs peintures du visage, les motifs des tentes, le sang dégorgeant des blessures des bisons et des loups. La symphonie romantique et passionnelle du vert et du rouge. L'intime et l'infini… Catlin sept ans plus tard débarquerait d'abord en Angleterre, rencontrerait la reine Victoria avec un groupe de danseurs indiens ainsi que deux grizzlys et sept tonnes de matériel. Il y resterait quatre ans avant d'aller en France, au mois de mai 1845, présenter sa galerie indienne dans la salle Valentino, faubourg Saint-Honoré. Six cents tableaux, des milliers d'objets que découvrent Nerval, Théophile Gautier, Hugo et Delacroix qui fait des croquis des visiteurs indiens sous toutes les coutures. George Sand, « Djoodje » Sand s'entretient pendant des heures avec les Iowas : les hommes, Pluie qui Marche, Nuage Blanc, ce « moderne Jason », le sorcier Pieds Ampoulés, Grand Marcheur « qui a la figure d'un tigre et le torse d'Hercule » ! Mais le chouchou de la romancière – Chopin n'a qu'à bien se tenir – est Petit Loup, le « Jupiter des forêts vierges » ! L'Indien homérique présenté à Louis-Philippe raconte ses exploits contre les Pawnees, évoque le tranchant de sa hache couvert de sang, tomahawk qu'il offrira au roi en gage de paix ! C'est l'Iliade qui recommence, songe George Sand, tant ces récits de razzia, de vengeance sont bruts et purs comme ceux d'Achille. Elle trouve que le fils de Pluie qui Marche est beau tel un bronze antique, une statue de Phidias ! Les squaws accompagnent leurs époux : Pigeon qui se Rengorge, Aigle Femelle de Guerre qui Plane, Ours Femelle. Tandis que la jolie Okeweme – la femme de Petit Loup et la mère du bébé Tapatame : Sagesse – meurt de tuberculose, on l'enterre au cimetière Montmartre après une grande messe solennelle à l'église de la Madeleine ! Les Indiens sont pour la plupart déjà christianisés. Et pourtant on ne peut imaginer Tonnerre Riant, Aigle Rouge s'exhibant dans le cirque ethnographique de Catlin ! C'est tout ce qu'a trouvé le peintre pour sauver la mémoire des Indiens, il est de bonne foi. George Sand pose le problème moral de cette exhibition, pour les badauds, dit-elle. Mais elle soutient que les Indiens sont libres et sincères dans leur souci de communiquer leur culture. Jusqu'à la fin de sa vie, Catlin luttera pour assurer la pérennité de son musée, de ses collections. Pour qu'on reconnaisse la valeur de toutes les tribus. Il s'en faut de treize ans pour que bascule le destin de tout un peuple devenu matière à spectacle dans les capitales de l'Europe, matière à prose pour de belles pages de George Sand vantant la dignité, la beauté des Indiens. Baudelaire contemplant les silhouettes sculpturales pense aussi à Phidias et aux « grandeurs homériques ». Branle-bas de mythes chez les romantiques ! Louis-Philippe a donc invité Catlin et les Indiens dans le salon de la Paix des Tuileries. Colonnades, frises, statues, lustres, marbre et lambris dorés. Messieurs en redingote, chapeaux tuyau de poêle, reine tout en soie, rubans. Roi-jabot. Toute société est une affaire de tribu, de plumage. Pennes d'aigle, griffes d'ours, mèches de scalp, faux culs, corsages à dentelles ou gants perle, cannes à pommeau. Échange de cadeaux. Salamalecs. On pontifie des deux côtés. Les Indiens costumés, peinturlurés tourbillonnent chantent et crient, danse de l'aigle, sifflets, crécelles, charivari orchestré sur fond de drapés, de tepees, de coiffes… Mais il n'y a plus de visions. Les scalps sont éteints et les bisons morts. Ce sont des danses creuses, des faux, des rebuts de l'âme. Les ultimes débris d'une civilisation morte. Nerval sent cela profondément. Lui, le rêveur souverain et noir, il démasque les cadavres oniriques. George Sand, elle, est troublée par ce tapage de copies et d'oripeaux. On discute pour trancher si c'est de l'art ou pas. Est-ce une version dégénérée comme le pense Nerval ou cela relève-t-il, comme les dessins géométriques des robes, des boucliers, de la grammaire élémentaire de l'art ? C'est la thèse soutenue par George Sand. Baudelaire, lui, s'emballe surtout pour les tableaux du « cornac des sauvages ». Leur science de l'harmonie et des correspondances qui lui sont si chères. Il s'émerveille devant les portraits de Petit Loup et de Graisse du Dos de Buffle, dans la foulée… C'est une bouffée d'oxygène que ces prénoms-là ! Et il écrit dans *Les Curiosités esthétiques* cette période magnifique : « M. Catlin a supérieurement rendu le caractère fier et libre, et l'expression noble de ces braves gens ; la construction de leur tête est parfaitement bien comprise. Par leurs belles attitudes et l'aisance de leurs mouvements, ces sauvages font comprendre la sculpture antique. Quant à la couleur, elle a quelque chose de mystérieux qui me plaît plus que je ne saurais dire. Le rouge, la couleur du sang, la couleur de la vie, abondait tellement dans ce sombre musée, que c'était une ivresse ; quant aux paysages, – montagnes boisées, savanes immenses, rivières désertes, – ils étaient monotonement, éternellement verts ; le rouge, cette couleur si obscure, si épaisse, plus difficile à pénétrer que les yeux d'un serpent, – le vert, cette couleur calme et gaie et souriante de la nature, je les retrouve chantant leur antithèse mélodique jusque sur le visage de ces deux héros »…

Catlin baigne dans le vert de Baudelaire. Au cœur du vert qui est le visage pacifié du sang. Il peint la scène infinie des collines pour un Baudelaire encore à venir. Tandis que Tonnerre Riant sur son cheval obéit à un torrent de liberté rouge. Que les veines de Louve bouillonnent de passion écarlate…

Catlin émerveillé est surpris par d'immenses vols de grues et d'oies des neiges migrant vers le nord. Le ciel n'est bientôt plus que leur voûte déployée, mobile, brisée de flux, extraordinairement bruyante. Un charivari de caquètements, de cacardements, de glapissements. Les grues grattent et trompettent à qui mieux mieux, comme éperdues. Oui cela claironne de partout, sans trêve, par spasmes, poussées continues, effrénées, comme au paroxysme de l'épopée de vie. C'est en gros plan, là, il est dedans et il n'en revient pas. Catlin subjugué, transcendé par ce tonnerre apocalyptique. Le visage levé, écarquillé, abîmé dans le mystère de la vie hurlante et panique. À certains moments, le ciel est noir de dizaines de milliers d'oiseaux, de défilés incessants, d'enfilades de longues grues battant des ailes, allongeant le cou. Les lignes, les angles, les formations géométriques, les dégradés, les superpositions, les strates vivaces sont d'une grande beauté graphique. Mais Catlin plongé dans ce chaos ne songe pas à dessiner. Douze ans plus tard, l'ornithologue et peintre John James Audubon remontera le Missouri en quête d'oiseaux et peindra ses planches célèbres. En général, avec son fusil il tue le volatile, pour pouvoir l'étudier de près, rendre sa souplesse, ses couleurs, son délié.

Maintenant les immenses tourbillons d'oies claires virent et captent la lumière, fusent par armadas successives, triangulées, faisant jaillir des éclats de blancheur perçante dans les essaims plus lents et plus sombres des oiseaux plus lointains. La vie ailée, multipliée, intarissable, un geyser inouï martelé d'appels assourdissants. Délirante coiffe pour un cosmos indien. Catlin bouche bée. Enfoui dans un vertige de longues lignes superposées, filant à l'horizon, fuligineuses, ou très proches, révélant les contours, les pattes et les cous, les becs. Tous les traits de la création, les vitesses, les volumes effilés, fuselés, déployés. Dans l'imbroglio mouvant, pharamineux, non, il ne peut même pas dessiner, arrêter des motifs. Tout lui échappe, vibrionnant, pulvérisé, explosé dans la formidable clameur. Le monde est une transe monstrueuse.

Ses compagnons sont de retour avec une gerbe d'oies et de canards, un gros porc-épic sanguinolent et une antilope. Les voilà de nouveau réunis autour du peintre que Louve ose regarder désormais avec malice, car elle le connaît, elle l'a déjà vu ! Bogard traduit le récit imagé de Louve. Oui, elle a vu Catlin assis sur le fût d'un canon du vapeur *Yellowstone*, peignant tranquillement tandis que le navire est en panne sur le Missouri, entravé de troncs d'arbres enchevêtrés dans des amas de boues jaunes. Des ouvriers réparent les dommages causés à la proue large. C'est là qu'elle l'a découvert. Elle venait de se marier et accompagnait son mari avec une cargaison de peaux en direction du Fort Pierre où la vente devait avoir lieu. Nul navire.

Ils descendent le courant et découvrent la bête monstrueuse, le canoë-tonnerre, le canoë-mystère. On les appelle ! On les encourage, on les amadoue. On leur envoie un petit canot. Ils finissent par grimper sur le pont où Louve voit Catlin assis sur la bouche de l'enfer, peignant le paysage des roches et des falaises.

Tout à coup, le vapeur éructe, gronde, c'est un boucan diabolique. De deux hauts trous de fumée ressemblant à deux calumets colossaux jaillit une fumée noire, dans des soubresauts, des fracas. Une espèce de cloche bat son plein sur le dernier pont. Le vapeur avance sur le Missouri qui a été dégagé. Louve et son mari sont remplis de terreur. Ils découvrent un animal fantastique qui beugle, une espèce de bisonne sans épaisse fourrure et tachetée comme un poney. Une vache, traduit Bogard, avec des mamelles énormes. Les ponts sont encombrés de ballots, de caisses, de lits, de couvertures, de tout un foutoir d'outils, de tonneaux d'alcool et de barils de poudre. Il y a un tas d'hommes blancs assis, debout, agglutinés de tous côtés. Des trappeurs, des charpentiers constructeurs de forts, des négociants… Un tumulte de chapeaux, de fusils, de chevaux effrayés. Tandis qu'une délégation d'Indiens revient de Washington. L'un d'eux est déguisé en Blanc… Il porte un haut-de-forme et un frac ! dit Bogard.

Catlin comprend qu'il s'agit de Tête d'Œuf de Pigeon qui paradait en effet sur les deux ponts du *Yellowstone*, avec son chapeau enveloppé d'un bandeau de soie et planté d'un formidable plumet rouge, sa redingote militaire bleue, une écharpe serrée autour de la taille, botté, parapluie d'une main et éventail de l'autre !... Catlin avait composé, à cette occasion, un diptyque exemplaire, représentant d'un côté l'Assiniboine vêtu, au départ, de sa splendide tenue traditionnelle décorée de plumes d'aigle et de scalps – car on avait choisi un valeureux guerrier pour rencontrer le président Andrew Jackson, « le grand frère blanc »… –, et affublé, au retour, de sa grotesque panoplie d'officier de pacotille… Catlin dut connaître le tableau bouleversant de John Jarvis, son contemporain, qui relève du même esprit. On y voit les portraits gémellaires, mystérieux, légèrement monstrueux, englués de mélancolie de Faucon Noir déjà vêtu de son habit sombre à l'européenne auprès de son fils Tonnerre Roulant, l'épaule nue, paré à l'indienne, les oreilles éclaboussées de ses aigrettes de perles.

Louve Blanche continue son récit pour raconter que Catlin a rejoint un homme très grave, en habit sombre, qui consulte une carte, puis manie un gros œil protubérant et cornu qu'il balade le long des rives. Une longue-vue… Le peintre intervient, révélant aux auditeurs qu'il s'agissait du major Sanford, le délégué aux Affaires indiennes. Le *Yellowstone* arrive devant Fort Pierre. Il pivote extraordinairement et soudain les bouches de feu retentissent. Louve Blanche et son mari se couchent sur le plancher. C'est un tonnerre inouï qui fait trembler le bateau. Cela fulmine. Des soldats tirent des salves pour appuyer cette arrivée triomphale. Louve et son mari supplient l'ouest, le Grand-Père de l'ouest, le pouvoir du tonnerre pour calmer sa fureur. Un groupe de voyageurs pousse Louve Blanche. Elle voit un trou qui plonge dans les entrailles du navire d'où saillent des figures noires au milieu des flammes comme si tous les esprits mauvais s'étaient réunis là pour une transe de malédiction. C'est que les chaudières carburent, traduit Bogard. Le navire crache et rugit, lance des jets de vapeur assourdissants, c'est tout hérissé de fer, de foudres, avec les cheminées noires et jumelles hurlant le tonnerre jusqu'au ciel. Les Indiens épouvantés fuient sur le rivage. Les plus héroïques s'embusquent, jettent un œil entre les fourrés, pour regarder le monstre et ses dos étagés. D'autres iront jusqu'à sacrifier leur chien ou leur cheval pour apaiser la colère du premier Grand-Père et de Wakan Tanka !

Ils sont tous à écouter Louve, fascinés.

Et sur la colline voisine les vols des grues et des oies atterrissent en longues tresses amples. La surface des herbes est bousculée, chavirée d'une cohue de volatiles affamés, épuisés, dont les criailleries, jacassements remplissent les oreilles. Le paradis de la vie, l'enfer de la vitalité, énorme chamaillerie de clans caquetant, se lançant des coups de bec, se coursant, paradant, s'envolant, atterrissant, grues voltigeant en cercle, ailes arquées, démesurées, fines pattes pendantes, dansant, balancées dans les airs, avant de retrouver leur place dans la pagaille des longs cous, des ventres qui gigotent, tressautent, moutonnent et se dandinent. Nulle paix, jamais, la guerre effarée des fringales. Un magma de vie brute.

Catlin raconte alors la fin de l'histoire de Tête d'Œuf de Pigeon auquel les négociants avaient offert un grand sac de farine à son départ du navire. De retour à son village, au lieu de l'admirer, les siens s'éloignent de lui et le traitent en étranger. On le boude ! Personne ne sait que faire de la farine, une denrée encore ignorée des Indiens. Les squaws finissent par tailler deux chemises dans le sac de toile. Quant au chapeau haut de forme, Tête d'Œuf de Pigeon l'ayant abandonné, un beau jour sa dernière épouse s'en servira pour recueillir de l'eau dans la rivière…

Catlin a beau rire, il est parfaitement conscient de ce que signifie la présence du sac de farine, de la vache et des colons. Car il a vu comment les choses s'étaient déroulées à l'est du Mississippi. Tout ce vert magnétique et quasi magique qui les enveloppe, il sait qu'il sera violé. Il ignore sans doute encore les détails des manœuvres en cours mais Pierre Chouteau, le directeur de la Compagnie des fourrures, entendait cultiver le blé et le riz pour en tirer un alcool qu'il convertirait ensuite en whisky… À la fin du siècle, les vaches et les cow-boys envahiront les célèbres tableaux de Charles Marion Russell pourtant si nostalgique de la grande époque des explorateurs, de Clark et de Lewis et de Catlin, de ses Indiens perdus.

Le soir, après avoir retouché les paysages vierges peints pendant la journée, Catlin annonce, dans ses lettres, la mort du vert. Quand Baudelaire le découvrira, le vert commencera d'être clôturé. Avec des fermes, avec des cow-boys armés, des éleveurs de bétail, avec des guerres, de nouvelles lois, de nouvelles frontières ! La fuite, l'errance, la variole, l'alcool, les réserves enfin ou la prison. La fin de la vie.

Catlin sait et il peint. Il accumule les preuves de la grande vie des Sioux.

C'est comme si les six loups blancs regardaient Catlin. Le magnifique bouclier se dressait devant lui, offert par Élan Noir, plus grave que jamais :

– Je suis venu te le donner.

Catlin abasourdi ne comprenait pas. Il ne pouvait pas répondre comme il le ferait à Philadelphie qu'il était confus, qu'il ne saurait accepter, qu'il ne méritait pas une telle générosité, tout le bla-bla mondain habituel. Il se tut, perplexe mais souriant.

– Je te le donne pour que tu me promettes en échange de ne jamais me peindre.

Catlin était de plus en plus surpris, il répondit :

– Si tu refuses que je te peigne, je ne te peindrai pas, frère…

– Je ne veux pas que tu me peignes dans mon sommeil, quand je m'endors dans la prairie à l'ombre d'un arbre tandis qu'Orage broute l'herbe autour de moi. Je ne veux pas que tu me peignes quand je serai mort.

– Je te jure que je ne le ferai pas, mais tu n'es pas obligé de me donner le bouclier pour t'assurer de ma parole.

Catlin admirait pourtant le merveilleux, le mystérieux bouclier aux six loups qui le fixaient des yeux, le troublaient par leur vigilance nocturne. Jamais il n'avait observé pareil motif disposé de la sorte, multiplié par ce chiffre. Il savait que les loups étaient venus de la vision d'Élan Noir qui avait fabriqué l'arme. Élan était lui aussi un chef, le frère d'élection, le kola d'Aigle Rouge. Dans la hiérarchie il était presque sacré. Qu'il lui donne à lui, Catlin, un étranger, le bouclier signifiait la force de son désir d'être exaucé, de ne pas subir l'épreuve du pinceau. Et cela dérangeait le peintre en secret, le faisait presque douter du bien-fondé de ses tableaux. Certes, il avait déjà rencontré le même refus chez des Indiens superstitieux. Mais Élan Noir n'était pas pareil aux autres. Catlin n'était pas sûr que les préjugés prévalaient dans la résolution du chef visionnaire. Il y avait là une raison plus intime, plus profonde, mais laquelle ?...

Élan Noir avança le bouclier et son cercle de loups immaculés, le tendit. Catlin le prit maladroitement par les bords et le garda ainsi entre ses mains comme si l'objet le débordait. Élan Noir lui dit :

– Je crois à ta promesse désintéressée mais je te le donne.

Alors Catlin s'y retrouva. Il avait déjà vu ces cérémonies festives où le donateur prodiguait, distribuait tous ses biens à l'excès, jusqu'au tepee, jusqu'aux chevaux dans un geste qui annulait en principe toute réciprocité, quitte ensuite à ce que la tribu lui rende l'équivalent du don… Il y avait dans la générosité d'Élan cette manière de brûler somptueusement ses vaisseaux. Et Catlin comprenait qu'il était dans la nature du chef d'aller jusqu'à l'extrême, voire au-delà, trait de caractère qui inquiétait son frère Aigle Rouge. Car les plus beaux gestes d'Élan Noir révélaient la fascination de l'anéantissement. Catlin allongea le bras sur l'épaule d'Élan

Noir et accepta le bouclier chargé de l'envoûtement des loups.

Ils fumèrent ensemble un calumet que Catlin sortit de sa collection et qui était d'une exceptionnelle préciosité. Le tuyau de stéatite rouge s'ornait de longues mèches de scalp, de plumes d'aigle royal, de piquants de porc-épic brodés de motifs vifs et subtils, de queues d'hermines rares. Élan Noir rêvait dans les volutes de fumée, il regardait en direction d'une colline qui dominait le paysage à deux kilomètres du campement. Catlin se taisait et baignait dans la contemplation de l'Indien qui l'impressionnait par son intensité extraordinaire… Il devinait qu'il lui avait aussi donné le bouclier parce qu'il considérait que le peintre détenait un très grand pouvoir, non sans parenté avec le sien. Les Sioux vénéraient trois vertus : la bravoure, la force d'âme et la générosité. La chasse aux bisons avait déployé aux yeux de Catlin la bravoure effrénée d'Élan, sa force d'âme était attestée par la profondeur de ses méditations tourmentées et sa générosité venait d'éclater dans le don de l'arme des loups oniriques. Peut-être décelait-il dans les pouvoirs du peintre une force d'âme singulière. Or, si la bravoure occupait officiellement la première place dans une société guerrière, il se pouvait que la force d'âme fût la plus profonde, la plus vaste des vertus, comprenant les deux autres dans son principe spirituel.

Élan Noir avait vu à l'intérieur du wigwam les tableaux des grandes collines vertes. Catlin l'invita à entrer, il releva sur le côté un pan de la tente comme on le faisait en cas de forte chaleur mais c'était aujourd'hui pour faire affluer la lumière. Élan ne quittait pas des yeux l'immense vert de la terre haussé vers le ciel, il semblait s'y perdre avec une exaltation ardente. De nouveau Catlin fut un peu dépassé par le personnage. Pourtant, lui-même avait peint tout ce vert paradisiaque avec passion. Mais il sentait qu'Élan Noir mettait dans la sienne quelque chose qui n'appartenait qu'aux Indiens et qu'à lui-même. Catlin fut pénétré par un sentiment diffus de perte et de mélancolie. Il voulait entrer dans l'âme des Sioux, la peindre, l'éterniser mais elle lui échappait par cette capacité de dilatation, d'expansion, de fusion avec une transcendance que le peintre n'arrivait pas à embrasser. Était-ce parce qu'il était agnostique ? Une exception rare dans sa propre société américaine, une absurdité chez les Indiens. Comment donc aurait-il pu partager le fond de leur pensée en étant imperméable à l'idée d'au-delà et d'omniprésence du divin ? Du coup Catlin scrutait ses propres collines, interrogeait cette alchimie du vert dont il lui sembla qu'elle lui échappait à lui-même comme si la peinture seule avait débusqué le pouvoir spirituel du paysage illimité presque à l'insu de son créateur américain. Était-ce pour tout ce vert qu'Élan avait donné le bouclier ? Fallait-il lui offrir un des tableaux, était-ce le bon jour ? Catlin sentit qu'il n'en fallait rien faire.

Élan Noir sortit du wigwam. Orage qui broutait l'herbe, non loin de là, accourut à grand galop. C'était le bel hongre blanc, tacheté de fauve doux, d'une pureté de ligne superbe, avec une tête et une bouche allongées dont la finesse émouvait Catlin. Alors il proposa à Élan de peindre le cheval. Élan fut surpris et se mit à rire, conscient du détour opéré par Catlin. Après tout, le guerrier était lié intimement à sa monture et le don d'un cheval était ce qu'il y avait de plus précieux. Élan bondit sur l'animal soudain frissonnant, captivé... Puis en souriant le cavalier sauta à terre et laissa le cheval aux abords de la tente. Catlin apporta aussitôt chevalet et godets, pinceaux. Il se mit à saisir le coursier directement à la peinture sans ébauche préalable, d'un coup, sur le vif. Élan Noir, à côté de lui, regardait, sous le surnaturel pinceau, la naissance d'Orage dans la couleur du monde.

Catlin galopait librement dans les collines. Sa tête était ceinte d'un bandana aventureux. Il traversa un petit bois de bouleaux sur un terrain moussu. Puis des rochers se dressèrent en amoncellements chaotiques. Catlin en suivant un sentier se glissa parmi eux. C'eût été un endroit idéal d'embuscade entre les Sioux et les Crows. Mais Catlin ne redoutait, quant à lui, aucune attaque. Jusqu'ici, il avait traversé sans encombre les territoires le long du Mississippi et du Missouri. Il entra dans une sorte de gorge plus resserrée au fond de laquelle roulait une rivière. Il sentit que la présence de l'eau dans ce lieu abrité était propice à la venue du gibier. Il repéra des traces de daim et d'élan sur le sol meuble. Il alla se cacher derrière des arbustes. Il attendit. Mais ne put s'empêcher un moment de sortir son carnet pour faire une esquisse du paysage tourmenté. Il cueillit aussi en étendant le bras quelques groseilles mûres dont le goût parfumé lui remplit la bouche. Il avait chargé par la gueule et à la baguette son fusil d'une cartouche de poudre, puis d'une longue balle brillante. Il plaça dans sa bouche deux autres balles qu'il pinçait entre ses dents. Au bout d'une heure d'attente, il aperçut un grizzly dont la masse opulente se dandinait vers l'eau. La bête dressait sans cesse la tête, tendait le cou pour prendre le vent. C'était trop loin pour tirer. L'ours but pendant un court moment puis s'éclipsa dans les taillis. C'est alors qu'apparut un daim énorme à une trentaine de mètres de Catlin. Il le mettait en joue quand brusquement un coup de fusil éclata et le daim s'écroula. Catlin vit aussitôt surgir un bel Indien, torse nu, couvert d'un vermillon brillant. Il bondit vers le daim avec une souplesse silencieuse qui fit l'émerveillement du chasseur embusqué. Catlin baigna soudain dans une joie profonde dont il ignorait la cause. L'Indien plongea son couteau de chasse dans la gorge de l'animal qu'il alla suspendre à un arbre afin qu'il se libère de son sang. Puis il le mit sur son épaule et vint dans la direction de Catlin qui se dressa avec le plus grand calme. Lorsqu'il aborda le chasseur rival et pacifique, l'expression qui se peignit sur le visage de l'Indien émut Catlin, elle était d'une humanité bienveillante et fine. Alors Catlin fut assailli par le souvenir d'une scène de son enfance qu'il n'eut pas le temps d'analyser car l'Indien avait déposé le daim et s'était assis pour sortir le calumet qu'il avait emporté avec lui. Il y mit du tabac et l'alluma avec sa pierre, son amadou et son briquet, sans autre rituel, et après avoir tiré et offert une bouffée aux quatre directions il l'offrit à Catlin. Ayant compris qu'il avait privé par sa rapidité Catlin de sa proie, avec toujours la même mimique d'amitié intelligente il commença de découper à son intention, au moyen de son grand couteau, un cuissot parfumé et charnu. Catlin arriva à échanger en langue oglala quelques mots avec son convive nu. Il s'agissait bien d'un Sioux qui s'était beaucoup éloigné de son campement, dont il lui indiqua la direction par-delà les rochers dans un geste qui signifiait une grande distance.

Il n'était pas rare qu'un Indien seul ou une petite bande parte ainsi chasser plusieurs jours.

Quand l'Indien l'eut quitté en quelques bonds splendides entre les taillis, Catlin put se livrer tout entier à la joie du souvenir. C'était comme si sa vie d'adulte fusionnait avec celle de son enfance. Deux scènes se télescopant pour que déferle ce sentiment d'extase si douce pareille à l'éternité. Il avait une dizaine d'années lorsqu'il avait surpris ainsi un daim dans les gorges de la Susquehanna, non loin de la plantation où son père s'était installé dans l'État de New York. Le plus extraordinaire était qu'un Indien caché tira le premier et lui rafla le gibier. Il revoyait l'épaule nue vernie de rouge, la grâce féline du chasseur et surtout cette expression d'humanité avec laquelle il regarda l'enfant qu'il était et qui, aussitôt, cessa d'avoir peur. Plus tard, il accourut à la maison le cœur battant en s'écriant : « J'ai vu un Indien ! J'ai vu un Indien ! » Personne d'abord ne le crut car les Indiens avaient été chassés depuis longtemps de la région. Mais le lendemain, avec son père, Catlin retrouva l'Indien qui était installé sous un abri de fortune avec sa femme et un enfant. C'était un Oneida qui avait parcouru une centaine de kilomètres pour retrouver l'endroit où ses parents avaient caché jadis un chaudron d'or qu'ils avaient dérobé aux Blancs à la suite de la fameuse bataille dite de Wyoming, en Pennsylvanie, où les siens après une brève victoire avaient finalement été poursuivis et massacrés. Or, Polly, la propre mère de Catlin, avait huit ans, en 1778, quand elle fut faite prisonnière dans un fort pris par les Indiens, lors de cette même bataille. Bientôt le fort fut reconquis mais les Indiens dans leur fuite emmenèrent Frances, une amie de Polly âgée de cinq ans. Elle serait retrouvée cinquante-neuf ans plus tard, métamorphosée en squaw parfaite dans l'Indiana !

Catlin baignait toujours dans la félicité de la mémoire. Dont l'enfance mouvementée de sa mère était le théâtre épique et légendaire, enrichi de mille récits du même genre, de trappeurs, de coureurs des bois, de rebelles indiens dont on le régalait depuis son plus jeune âge. Puis il revoyait, dans sa propre enfance, son père revenir des champs qu'il labourait. Souvent, il rapportait des objets indiens : colliers, perles, flèches et un tomahawk. Mais, hélas, aussi, des crânes. C'étaient les pièces de la guerre originelle que les Indiens massacrés dans leur longue fuite avaient perdues, accomplissant une course qui les mena du champ de bataille de la Pennsylvanie jusqu'aux gorges de la Susquehanna. George, fasciné, reçut les archives de son père et commença sa collection. Telle était la véritable origine de sa passion indienne, du musée indien qui deviendrait l'ardent combat de toute sa vie. Ces objets déterrés. Cette moisson sacrée qu'il allait thésauriser. Et l'apparition du premier Indien magnifique et nu. Le chasseur absolu. L'essence même de l'Indien et de la liberté. Certes, le défilé des chefs winnebagos, dans les rues de Philadelphie, se rendant en délégation à Washington, fut l'élément déclencheur qui devait tant le frapper et le déterminer à révolutionner la destinée d'avocat et de peintre mondain à laquelle on le vouait. Mais cette scène qui l'éblouit ne faisait que réveiller et cristalliser l'instant pur du chasseur, remuer de nouveau le terreau des reliques enfouies. Ces graines primitives connurent une floraison éclatante quand apparut la chevauchée solennelle des chefs revêtus de leurs tenues d'apparat et de leurs coiffes d'aigles.

Catlin entendait de nouveau le claquement rythmé des sabots, il voyait le flottement, le tressautement des plumes blanches et noires. Les panoplies frangées, brodées ondulaient devant lui à la cadence des robes des poneys indiens. Et cette vision le remplissait, l'épanouissait comme le retour et le triomphe de l'Oneida originel. Car le destin de ce dernier fut tragique. Il avait donc parcouru tant de kilomètres et tant d'années après pour retrouver le chaudron d'or enterré par ses parents dans leur fuite. Alors le père de George se rappela la marmite qu'il avait exhumée lors de ses travaux de labour et qui trônait dans la cuisine de la maison. George courut la chercher. L'Oneida la reconnut avec une grande émotion. Mais il ne s'agissait pas d'or, lui dit le père, ce n'était que du cuivre… Quelques semaines plus tard, la famille de George apprit que le beau chasseur à l'épaule rouge et nue avait été assassiné probablement par une bande de trappeurs ou de vagabonds armés. Ils n'eurent aucune nouvelle de la femme et de l'enfant.

Catlin revenait au campement en proie à sa grande rêverie. Le morceau de venaison ballottait au flanc de son cheval et il s'en remplissait les narines en laissant dériver les images des guerres, des assauts, des chasses, des bivouacs et des enlèvements de femmes. Un autre souvenir lui revint. Le fameux Oneida répara la pipe-tomahawk que George, enfant, détenait dans sa collection. Elle aussi avait été rendue par la terre labourée. Et Catlin revoyait l'Indien la brandir et la ficher dans un tronc par un jet magistral.

Les wigwams sioux apparurent le long de la rivière dans leur berceau de collines, de forêts et de prairies. Le cheval de Catlin s'approcha du cœur battant de la vie indienne : troupeau des tentes de peau, ronde des chevaux pommelés, viande de bison qui sèche le long des perches, fumée, guerriers, femmes vaquant à leurs travaux, galops, cris, jeux. Des chiens assaillaient son cheval, sautant par grappes au milieu des mouches pour chiper des morceaux du cuissot ensanglanté… Catlin se répétait qu'il vivait donc parmi les Sioux ! Et les bouffées de joie le submergeaient. Il avait retrouvé l'Oneida. Il n'était plus sa mère, la fillette prisonnière, mais son fils, allié maintenant, ami des Indiens. Comme il avait envie de les peindre encore et encore, de retrouver le fil de la collection de l'enfance ! Cependant, un sentiment poignant perçait son bonheur. Il aurait voulu que cette extase sioux durât toujours mais, s'il recueillait avec fièvre tant d'objets, c'était bien à cause d'une conscience aiguë de la finitude. Chaque Indien était-il donc voué au destin de l'Oneida paradisiaque ? D'abord à son assomption bouleversante, pur élan de nudité chasseresse tôt ou tard suivi du coup de feu qui tuerait la chimère dans son vol.

Un jeune cheval fougueux était attaché à un piquet juste devant la tente d'Oiseau Deux Couleurs. Catlin qui passait par là demanda à Oiseau d'où venait ce tumultueux poney tacheté de noir. En parlant et en caressant l'animal, Oiseau Deux Couleurs révéla à Catlin qu'il s'agissait d'un cadeau. Il aimait piquer la curiosité toujours en alerte de l'étranger. Il y trouvait une sorte de jubilation qui brillait dans son regard. Le poney appréciait les caresses douces du chamane, agrémentées d'un chant langoureux qui n'était pas sans flatter les oreilles du peintre. Oiseau lui confia alors qu'il venait de donner son nom secret à un petit garçon. Le peintre n'avait pas encore entendu parler de cette coutume et demanda des explications au chamane qui en profita pour prendre son air le plus énigmatique.

– C'est un mystère...

Catlin pria Oiseau de lui fournir le minimum d'éclaircissements sans faillir à son devoir de silence. Oiseau en l'observant avec un petit sourire fat consentit à dévoiler un coin de son art.

Loup Noir, un grand guerrier de la société de police, était venu le voir, car sa femme avait accouché d'un petit garçon qu'ils avaient appelé du nom de son grand-père, Ailes de Corbeau, qui était, lui aussi, un guerrier de prestige dont la coiffe couverte de plumes attestait le nombre des coups qu'il avait portés, jadis, non seulement contre des trappeurs et des marchands sans scrupules mais contre les tribus ennemies.

– Un deuxième nom concurrence donc ce nom du grand-père fameux ?!

– Bien sûr, dit Oiseau non sans une mimique de forfanterie, comme s'il était impensable qu'il n'intervînt pas dès la naissance sur la destinée des futurs guerriers.

Le chamane insista encore sur l'importance de la famille de l'enfant. Beaucoup de berceaux merveilleusement brodés de piquants de porc-épic luxueux avaient été offerts lors de la cérémonie qui suivit la naissance et le père avait donné un cheval à un pauvre. Alors il alla voir Oiseau discrètement et lui distribua force compliments frisant la galanterie…

Catlin cacha son étonnement devant ce détail scabreux. Alors Oiseau consentit à donner à l'enfant le nom secret qui était une assurance de longévité ! Mais le peintre brûlait de connaître le nom.

– C'est justement un très grand secret que seuls les parents partagent.

– Est-ce un nom comme les autres ? demanda humblement Catlin.

– Justement non !

Oiseau Deux Couleurs le faisait languir. Le poney piaffait maintenant et avec une agilité d'acrobate le chamane bondit sur le dos du cheval qui se cabra un peu, broncha, puis se calma comme par enchantement dès que le cavalier recommença à lui seriner sa sérénade douce en lui tapotant l'encolure. C'est alors qu'il vrilla ses papillotantes prunelles sur Catlin en lui déclarant tout à trac :

– Il faut que je te donne une flûte d'amour…

Se pouvait-il qu'Oiseau ait eu vent de ses désirs envers Cuisses, la fille de Tonnerre Riant ? Catlin eut le réflexe d'abonder dans le sens de la proposition :

– Oui, je serais honoré que tu m'en fabriques une.

Oiseau Deux Couleurs ne cacha pas sa satisfaction car il recevrait en échange de la flûte un don conséquent. Ce qu'il cacha, c'est que la flûte serait fabriquée par un spécialiste, un rêveur de bison, gage de fécondité.

– Mais le nom secret ? demanda Catlin.

– Il est trop obscène pour que je te le révèle, dit Oiseau avec un air gourmand.

Catlin se demanda si le chamane ne se moquait pas de lui. Mais Oiseau confirma, cette fois avec gravité, le caractère libidineux du nom secret. Catlin commençait à bien connaître les différences qui pouvaient exister entre les coutumes des Indiens et des Blancs. Mais le fait de prêter à un nouveau-né un nom indigne le laissait perplexe.

– Ce nom ne salit donc pas le petit garçon innocent ?

– Non ! Il lui assure longévité, lança Oiseau du ton le plus impérieux.

À la suite de sa prestation, Oiseau avait reçu du père rien moins qu'un cheval. Catlin ne put là encore réprimer sa curiosité, il demanda à Oiseau combien de chevaux et de cadeaux il possédait ainsi. Avec fierté, l'homme-mystère se targua de réunir un troupeau de vingt chevaux. Il regarda autour de lui et désigna un groupe de poneys qui paissait au loin entre les pins.

Catlin demanda combien de poneys avait donc Aigle Rouge. Oiseau Deux Couleurs qui avait déjà donné le chiffre à Catlin, répondit :

– Aigle a beaucoup moins de chevaux que moi, car il fait beaucoup de dons, c'est un chef et sa nature est généreuse… Plus il donne, plus il est prestigieux !

Catlin considérait de nouveau le cheval tacheté de noir, offert en échange du nom secret. Il songeait qu'un troisième nom serait encore donné à l'enfant quand il aurait atteint l'âge adulte et qu'il se comporterait en guerrier. Les noms d'Élan Noir, d'Aigle Rouge, de Tonnerre Riant étaient de cette famille plus définitive, mais il arrivait qu'un guerrier change encore de nom suivant les saisons, ses exploits… Cette versatilité embrouillait toujours le visiteur étranger trônant sur l'assise de son patronyme inamovible. Les Indiens traversés par leurs visions, confrontés à leurs esprits-gardiens, plongés dans de nouvelles prouesses, se métamorphosaient au gré de leurs tribulations spirituelles. Leurs noms fleurissaient comme les plumes de leurs coiffes.

La nuit suivante, un incident plongea Catlin dans la stupeur. Il s'aperçut que Bogard avait quitté le wigwam. Il s'était habitué à ses ronflements puissants et si réguliers qu'ils lui étaient devenus une indispensable musique de fond dans la sérénité du sommeil. La nappe de silence extraordinaire le réveilla. Il flaira quelque chose d'inquiétant, se leva et sortit de la tente. La nuit était d'une pureté féerique, écarquillée autour d'une énorme lune blanche cernée d'un halo surnaturel. Catlin s'habilla et marcha un peu en dehors du campement fantomatique. À la lisière, il vit le poney d'Oiseau devant son tepee. L'animal lui sembla anormalement remuant, nerveux dans l'illumination de l'immense nuit indienne. Soudain, Catlin, stupéfait, aperçut Bogard qui se glissait hors de la tente d'Oiseau. Il fit volte-face aussitôt, regagna le wigwam, se coucha en feignant le sommeil. Bogard arriva peu après et rejoignit sa couche tandis que les plus vives pensées agitaient Catlin. Il avait beau être très libéral sur le chapitre des mœurs, l'escapade de Bogard ne laissait pas de l'impressionner. Bogard, le grand amateur de femmes, aurait pu trouver une Indienne comme il l'avait vu faire plusieurs fois ! À moins qu'il n'ait rendu visite au chamane pour quelque service magique, amulette, guérison de quel mal secret ? Confidences ou consultation… Mais était-ce bien le genre du truculent Bogard d'aller requérir au cœur de la nuit l'aide d'Oiseau pour soigner les tourments fort bien cachés de son âme ?

Le lendemain matin, ils partageaient leur café et leur tabac comme si de rien n'était. Bogard manifestait une pétillante gaîté, rotant, avalant tasse sur tasse, s'ébrouant, allègre, disposé à l'aventure, proposant une randonnée en canoë par-delà les monts. Vit-il que Catlin restait indifférent à son enthousiasme ? En tout cas, sa bonne nature ne s'en émut point.

Cette balade en canoë, Catlin préféra la faire seul, car il avait besoin de solitude. Bogard qui respectait les goûts et les caprices de chacun, après un étonnement fugace, n'y trouva pas d'inconvénient. Il irait de son côté chasser l'élan. Il en avait repéré un, coiffé de la formidable architecture de ses bois déployés, en amont de la rivière, du côté des montagnes et des forêts. Il était énorme. Après tout, il avait besoin de quelque chose de plus relevé, de plus viril que la romantique glissade au fil de l'eau…

Cette glissade apaisa justement le peintre. Il respirait profondément l'air bleu, faisait s'envoler des nuées de canards. Il revit l'aigle pêcheur qui planait vers les rives où il dépiautait des restes de volatiles. Il aima diriger son canoë au fil d'un entrelacs de roseaux où la Wapiti semblait vouloir jouer à cache-cache avec les rats musqués. Il aborda sur une île vierge entre deux bras de rivière. Armé de son fusil, il en fit le tour sans bruit, surprenant sans être vu un gros castor très affairé au milieu d'une sorte de canal intérieur dont les bords étaient fleuris d'iris et de lys. Il renonça à troubler cette scène idyllique et industrieuse par le tonnerre de son canon. Il s'assit, fuma une pipe, au milieu des hérons bleus, des grèbes et des foulques. Il repensa à Bogard, au mystère d'autrui, reprit son embarcation merveilleusement fluide, adaptée aux méandres et à la rêverie. Catlin songeait à un grand tableau d'un genre original, oui totalement nouveau, pas tant documentaire qu'imaginaire, mais il aurait été bien en mal d'en préciser le thème. Lui, d'un naturel peu chimérique, avait soudain soif de se déployer en dehors des limites de sa pratique... Il rêvassait, le courant s'accélérait, une série de remous plus brutaux ne firent qu'animer ses visions. Mais voilà que cela devenait dangereusement torrentueux, tourbillonnant. Il sortit de l'envoûtement, pagaya sans retrouver la maîtrise du canoë. C'est alors qu'il aperçut un groupe de jeunes filles en train de cueillir des baies sur un arbuste du rivage. L'une d'elles en le voyant si malmené n'hésita pas une seconde. Elle entra dans l'eau, nagea vers lui avec une prompte vigueur, s'accrocha à la proue du canoë dont elle s'empara pour le haler vers la rive. Empêtrée dans sa robe, elle l'enleva soudain. Nue maintenant, elle abordait le rivage où ses amies s'empressaient pour l'aider. Catlin, le cœur battant, avait reconnu Cuisses. C'était elle l'héroïne qui l'avait arraché aux courants pervers du torrent. L'intrépide baissait les yeux en souriant. Et, avec une rare dignité que Catlin souligna le soir, en évoquant l'épisode dans ses fameuses pages, elle s'éloigna sur la rive, magnifique de nudité et de pudeur. Mais Catlin se garda bien de noter le lien particulier qui l'unissait à la jeune fille. Il fallait ménager Clara son épouse qu'il aimait profondément. Cependant, les absences de plusieurs mois, les longs séjours le long du Mississippi et du Missouri, l'intérêt romantique et scientifique porté aux Indiens ne protégeaient pas cet aventurier de curiosités et d'ardeurs plus délicates. Sans tomber comme Bogard dans les débordements, Catlin avait ses faiblesses. Souvent, dans ses écrits il remarquait la beauté d'une femme, surprenait la baignade de jouvencelles nues. Il rendait cela avec une grâce toute rousseauiste, sans insister. « Parmi les femmes de cette tribu, il y en avait beaucoup qui étaient fort jolies de visage et dotées d'un physique agréable, possédant également de gracieuses expressions… » Quand les expéditions de Catlin se répétèrent, le bruit courut d'une mystérieuse compagne indienne dont il aurait partagé l'intimité, à l'image de tous ces coureurs des bois, trappeurs, éclaireurs, interprètes, soldats, marchands de fourrure engloutis dans les vastes solitudes de la prairie auxquels manquait à la longue l'asile d'un corps souple et chaud.

Aigle Rouge dirigeait le turbulent cortège, suivi de Tonnerre Riant et de nombreuses femmes. La bande rejoignit la tente d'Oiseau Deux Couleurs qui, entendant le remue-ménage, interrompit la fabrication d'un bouclier sacré. Catlin alerté accourut et vit Louve couchée sur une litière que portaient deux guerriers athlétiques. Une expression de souffrance aiguë bouleversait le beau visage de Louve. Sa robe en peau de cerf était déchirée, retroussée sur la jambe gauche qui découvrait une boursouflure autour d'une plaie sanglante. Tonnerre Riant révéla à Catlin que Louve était tombée de sa monture au cours d'une chevauchée débridée qu'ils avaient faite tous les deux. C'était un pari. Il fallait, au terme d'une accélération où les deux cavaliers ravis fouettaient leurs chevaux, franchir une rivière. Désarçonnée, Louve avait été projetée sur un rocher. Tonnerre Riant, très affecté, ballottait sa tête de droite et de gauche. Il avait perdu sa perpétuelle fringance. Son corps tout ramassé de contrariété paraissait s'être contracté, frappé d'une aridité critique. On s'apercevait qu'il était plus vieux qu'Élan Noir et qu'Aigle. Le chef ne quittait pas des yeux Louve paralysée de douleur. Il ne lui disait rien mais, en abordant Oiseau Deux Couleurs, il le pria de déployer ses pouvoirs les plus sûrs. Oiseau fit installer Louve à l'entrée de la tente sous l'auvent ombragé. Puis il disparut un long moment. Tout le monde attendait rempli d'angoisse. Alors on le vit resurgir en grande pompe, vêtu de sa fabuleuse parure de voyant-guérisseur. Aussitôt, Catlin sortit son carnet pour capter la fantasmagorie. Oiseau en un tournemain avait enduit son visage de graisse d'ours et l'avait tatoué de charbon et de rouge. Il avait enfilé sa panoplie magique. Une peau d'ours entière le recouvrait. La tête de la bête armée de ses crocs était calée sur le crâne du chamane. Les griffes pendaient sur les côtés au milieu de toutes sortes de peaux de cerf, de wapiti auxquelles étaient greffés des lambeaux de grenouilles, de serpents et de chauves-souris mêlés à de longues plumes chatoyantes. Cet amas de guenilles touffues flottait autour d'Oiseau, le transformant en tumescente toupie. Des grappes de sabots de cerf, de chèvre des montagnes étaient attachées à ce patchwork foisonnant que le chamane avait enrichi d'ajouts fantasques, au cours des ans. Des grelots gigotaient au milieu des pendentifs de métal, de coquillages et de perles. Des queues de renard et des crécelles confectionnées dans des bourses de bison étaient accrochées aux chevilles dansantes. Car le chamane dansait, sautait au milieu des femmes subjuguées et des enfants qui reculaient de peur. Catlin avait déjà peint un sorcier mandan dont l'accoutrement l'avait épaté mais les trouvailles d'Oiseau n'avaient pas de rivales. Il touchait la poitrine haletante de Louve avec une pierre ronde et sacrée, projetait sur son corps des nuages de flouve, essuyait la blessure avec de la sauge. Psalmodiait en appliquant avec soin une mixture de graisse et d'extraits de mezcal pour résorber l'inflammation et la douleur. Il faisait baisser la fièvre avec une racine amère prisée par les rats musqués, il était sûr de son pouvoir et révéla dans l'oreille de Catlin le nom de la plante : le synkpe tawote… Catlin nota avec empressement ce vocable exotique. Mais était-ce le vrai nom que le chamane lui avait soufflé ? La belle Louve livide parut s'apaiser petit à petit, sombrer dans une somnolence causée par l'exhalaison des baumes ou peut-être le passage du mezcal dans le sang. Oiseau invoquait l'esprit de l'ours guérisseur de fractures. Il grognait, faisait rouler en tous sens l'ébouriffé fardeau de son vêtement hypertrophique dont les plumes, les peaux, les crocs, les griffes, les matières laineuses, cornées, visqueuses, se déployaient soudain en ailes de dragon, se gonflaient et se contorsionnaient. Tandis que l'homme-médecine en proie à sa vision plongeait dans une sorte de transe qui transfigurait son visage. Catlin n'en perdait pas une bouchée, il avait retrouvé un pinceau et de l'encre dans le sac qui l'accompagnait. Et cela rendait son dessin plus fluide et plus efficace. Il jouissait de la superposition des textures, de l'infinie variété des difformités. Tout en écoutant les crécelles déchaînées du visionnaire. Louve émergeait parfois de sa léthargie, ouvrait les yeux, semblait frappée, électrisée par le surgissement du danseur apocalyptique, puis elle versait de nouveau dans un sommeil d'hypnose. Aigle Rouge dressé à son flanc tenait bon sous le charme du chamane dont la puissance tout entière devait se focaliser sur la chair blessée de la captive, l'extrême douceur de sa jambe fuselée que gâtait soudain l'impact violacé et bourrelé de la plaie. Alors Oiseau Deux Couleurs rapporta du fond de sa tente une sorte d'éclisse composée d'une gaine de cuir qu'il réussit à enfiler jusqu'au genou délicat de Louve. Toutefois, elle émit un petit cri de douleur. Aigle Rouge sursauta, Tonnerre Riant grimaça… Élan Noir qui survint après le cri semblait s'extirper lui aussi d'on ne savait quel songe, tant se peignait sur ses traits le masque d'une sombre hallucination. Il découvrit Louve dont l'amorce dorée de la cuisse jaillissait de l'éclisse de cuir. Tonnerre Riant lui raconta l'accident. Élan Noir revint à lui-même mais Catlin qui voyait tout se demanda de quel abîme l'illustre guerrier sortait. Quelques heures après Louve fut ramenée avec le plus grand soin, sur sa litière, dans le wigwam d'Aigle.

Oiseau Deux Couleurs s'était défait de sa panoplie qui gisait sur une couverture en peau de bison. Il avait retrouvé une pleine lucidité. Il voulut regarder les dessins de Catlin dont il admira les arabesques et les redondances. Soudain, il lui demanda de lui offrir son pinceau encore gluant d'encre. Catlin lui donna volontiers. Oiseau Deux Couleurs souleva la gigantesque pelisse chargée de fétiches luxuriants où il piqua, d'un doigt de brodeuse, le pinceau trempé. Il expliqua au peintre que le manteau était un récit vivant qu'il venait d'alimenter de nouveau grâce au pinceau-mystère.

Alors que la nuit tombait et que le disque toujours dilaté de la lune se mettait à resplendir, ils parlèrent de Louve. Catlin se posait beaucoup de questions sur l'adaptation assez rapide de la prisonnière au campement de ses ravisseurs. Oiseau, en veine de confidences, lui dit que Louve avait d'abord été mariée à un guerrier qui avait été tué à la guerre. Le frère du mort avait pris la relève comme c'était l'usage et l'avait jointe à ses autres femmes, mais il était très laid et Louve le détestait. Ses épouses l'avaient rejetée. Catlin savait que Louve et Oiseau Deux Couleurs s'étaient liés d'amitié. Leur étrangeté les avait rapprochés l'un de l'autre. Oiseau, rêveur, était plongé dans l'aura de lune blanche.

La rumeur profonde de la rivière Wapiti montait pareille à une profération. Alors le chamane inclina à parler davantage… Il déclara que Louve baignait dans un grand mystère. Catlin se méfiait un peu de cette surenchère de mystères à laquelle le chamane cédait souvent pour surprendre. Mais, là, il sentit qu'il n'exagérait pas. Il attendit la suite avec passion. Le chamane révéla que Louve était différente des autres femmes. Catlin attendit encore. Oiseau hésita, le regard noyé dans le village qui flottait sur un lac de lune et dont les tentes offraient un versant noir contrastant avec le pan inverse, éclatant, immaculé. Il continua ses confidences et dit que Louve avait fait le rêve rare et dangereux de la Femme-Double. Catlin ignorait tout de cette singularité. Oiseau se tut, puis expliqua le mystère. Louve avait vu dans un rêve deux femmes reliées par un cordon qui se ressemblaient comme des sœurs. Mais l'une portait une robe bleue et l'autre une robe rouge. Les deux femmes se fondaient dans un jeu de miroirs. Cet être double était à la fois très beau et effrayant. La Femme-Double proposa à Louve un choix. Il s'agissait d'élire soit un ensemble d'objets représentant la part la plus noble de la femme : berceau, vessie de bison pour transporter l'eau, instruments de couture, fils de nerfs de bison, grattoirs pour nettoyer les peaux, lanières de cuir pour ficeler les fagots, soit un peigne pour se coiffer, des colliers de coquillages, de beaux piquants de porc-épic brodés pour se parer, des onguents subtils pour séduire. Louve choisit le lot du plaisir. Ainsi, murmura Oiseau, d'une voix secrète que Catlin prit très au sérieux, Louve s'était vouée à l'enchantement et à la malédiction. Elle ne garderait pas son mari, manifesterait une indépendance impossible chez les Indiens, un goût pour les voluptés rares, la prédation hardie et les prouesses masculines, un penchant pour la dissonance, la rupture, une attitude rebelle, une attirance pour le vagabondage et le chaos. Elle ferait peur aux autres femmes qui reconnaîtraient en elle une rêveuse de la Femme-Double, une fauteuse de troubles, une altérité monstrueuse, fabuleuse aussi. Car les rêveuses de la Femme-Double possèdent un don exquis de brodeuse. Quand elles y sont disposées, au gré de leurs caprices, elles réussissent les performances les plus subtiles en matière de broderie de mocassins, de robes… Une rêveuse de la Femme-Double préfère parmi tous les motifs celui de l'hirondelle qui est son signe. Catlin écoutait ces sortilèges qui le captivaient comme les plus envoûtants contes de son enfance. Louve était une fée. On aurait pu dire aussi bien qu'elle était une sorcière. C'était une errante merveilleuse…

Oiseau Deux Couleurs offrit à Catlin la flûte d'amour qu'il lui avait promise. C'était une grande flûte tournée à sept trous, avec un diapason. Elle était emmaillotée d'une fine peau de daim perlée et de crins de chevaux peints de couleurs chaudes. Une touffe de plumes rouges était attachée à l'instrument dont les deux orifices extrêmes étaient eux aussi peints en rouge. La flûte prenait ainsi la plénitude de sa dimension érotique. Oiseau Deux Couleurs se mit à en jouer sur un mode mineur et délicat. Des enfants accoururent pour mieux entendre la mélodie du charmeur. Des jeunes filles quittèrent leurs travaux de broderie pour écouter elles aussi. Puis, ce fut au tour de Catlin d'essayer. Il n'obtint que deux notes maladroites et peu caressantes qui provoquèrent les rires de l'assistance. Oiseau Deux Couleurs multiplia les conseils en pédagogue de la sérénade et Catlin observa ses directives avec un soin tout écolier. Les jeunes filles adoraient le moment où le chamane, reprenant la flûte, l'orientait vers leur cohorte gaie pour les bercer d'un flot d'harmonie. Il exécutait en même temps une variation de la danse du bison, car l'animal lié à la flûte était un symbole de fécondité. Les jeunes filles baissaient les yeux, étouffaient des rires, se regardaient de côté, se bousculaient. Catlin mesurait à quel point certaines d'entre elles devaient regretter que ce bel Oiseau fût indifférent à leurs attraits. Mais sa féminité mêlée à sa complexion déliée, musclée qui transparaissait sous sa robe seyante ne laissait pas de les troubler. La bande quitta le tepee du visionnaire pour vagabonder dans le village. Oiseau et Catlin partageaient l'instrument et les squaws entourées de marmaille sortaient des tentes aux sons de la musique ensorceleuse. Certains se joignaient au cortège, suivis par des petits chiens, tandis que devant les tentes environnantes des vieillards s'emparaient de leur propre flûte pour entrer dans le concert d'amour.

Un moment, Oiseau Deux Couleurs interrompit la bacchanale car ils passaient devant un petit tepee surveillé par un guerrier. Catlin demanda la signification de ce rite qu'il ignorait. Oiseau lui dit qu'il s'agissait de la tente de l'Esprit du Revenant. La cérémonie était réservée à des familles riches de l'élite guerrière. Un petit garçon de Bison Tonnerre venait de mourir, Oiseau lui-même avait coupé une mèche de ses cheveux qui était devenue l'Esprit, le fantôme de l'enfant, et qui avait été déposée à l'intérieur du petit tepee dans un sac rempli de sauge et de flouve. Pendant une année, le tepee demeurerait à sa place et ferait partie des pérégrinations du campement. Pendant cette période sacrée, Bison Tonnerre et Cristal du Matin, son épouse, garderaient leur visage peint en rouge. Au terme de l'année, une grande cérémonie aurait lieu où serait délivré l'Esprit. Alors les riches et puissants parents gratifieraient les participants d'une profusion extraordinaire de cadeaux. Oiseau regardait Catlin en écarquillant les yeux pour mieux l'impressionner. Il ajouta que les chevaux seraient distribués, et même le tepee. Catlin était au courant de ces rites de prodigalité somptuaire mais ignorait qu'ils puissent être aussi attachés au décès d'un enfant. Il notait dans son calepin tous les renseignements d'Oiseau gonflé d'importance. Le peintre mêlait à ces informations des croquis de la tente qu'il dessinait au crayon. Les enfants s'empressaient autour de lui, se haussaient sur les talons afin de voir les dessins. Le tepee puéril faisait jaillir soudain la mort innocente au milieu de leur randonnée érotique et musicale. Mais il n'était plus temps de se lamenter, de se taillader la chair, de se couper les cheveux comme c'était la coutume lors d'un deuil. L'escouade ludique se dénoua. Chacun rejoignit sa tente. Oiseau et Catlin arrivèrent à celle d'Aigle Rouge et de Louve Blanche. Le chef était parti pour une grande chevauchée avec d'autres guerriers dans la prairie. Ne restaient pour s'occuper de Louve que les trois épouses : Herbe Sauvage, Menthe et Soleil de Midi. Ainsi que Cuisses, sa meilleure amie. Louve se tenait debout appuyée sur le bras de la fille de Tonnerre Riant. Elle avait retrouvé son éclat et son air intrépide. On sentait qu'elle n'aurait de cesse de s'échapper du carcan des épouses trop diligentes. Elle s'assit pour que le guérisseur puisse examiner sa jambe. Il tâta minutieusement l'éclisse de cuir, fit jouer la jambe avec douceur de droite et de gauche et ne constata aucun blocage inflammatoire. Il avait retroussé un peu la robe de Louve dont la cuisse au modelé superbe se dévoilait. Catlin ne put s'empêcher de poser les yeux sur le beau visage de Cuisses absorbée par les manipulations savantes d'Oiseau Deux Couleurs. Elle avait natté ses cheveux et ses oreilles étaient ornées de longs pendentifs de perles. Ses joues étaient fardées de deux ronds de vermillon. La contemplation de Catlin devenait si insistante que la jeune fille le sentit, croisa furtivement son regard et baissa aussitôt les yeux de pudeur. Mais ses cils semblaient allongés et comme poudrés d'une tendre complicité. Louve se redressa, aidée par Oiseau, elle s'enhardit soudain et lâcha son bras, esquissa quelques petits pas de liberté voluptueuse mais Herbe Sauvage la rattrapa aussitôt. Ce qui assombrit le visage de Louve agacée.

Catlin, saisi d'une impulsion hardie, demanda tout bas au chamane s'il ne serait pas possible qu'il invitât Cuisses à venir poser pour lui mais dans l'espace plus neutre de son tepee. Oiseau riva sur le peintre son œil noir de malice. Il entraîna Catlin hors de la tente et lui expliqua que certains chefs qui avaient été peints pouvaient trouver déshonorant qu'on les traite sur le même plan qu'une femme. Catlin avait rencontré le même problème l'année précédente. Certains modèles masculins avaient voulu détruire leur tableau dès qu'il avait entrepris de faire des portraits de femmes. Puis cela s'était arrangé… Oiseau Deux Couleurs intima donc au peintre une grande discrétion, il alla parler à Louve Blanche pour qu'elle juge de la proposition. Louve intéressée par la peinture se pencha à son tour vers l'oreille ourlée de Cuisses pour lui conseiller de se prêter de bonne grâce au portrait projeté par l'homme blanc qui était un peintre-médecine et avait la confiance de son père Tonnerre Riant. Tout serait accompli avec prudence. Si bien qu'ils quittèrent le wigwam d'Aigle Rouge en compagnie de la squaw aux belles enjambées volontaires. Les auvents latéraux du tepee d'Oiseau furent soulevés pour que survienne un flux lumineux qui remonterait le long du corps de la jeune fille. Catlin caressait depuis plusieurs jours de vifs fantasmes sur le portrait qu'il rêvait de faire. Lui venaient à l'esprit les scènes mythologiques de Bethsabée à sa toilette sous le regard de David embusqué ou de Suzanne au bain guettée par les vieillards. Car, depuis l'épisode du sauvetage qu'elle avait exécuté dans la rivière en se déshabillant soudain, il ne pouvait s'empêcher d'imaginer un tableau de Cuisses entièrement nue. Il savait que c'était hélas impossible. D'ailleurs, il n'avait jamais peint de nus dans la bonne société de Philadelphie. Mais il avait cédé à la tentation de quelques esquisses de Cuisses que sa mémoire lui restituait et où la jeune fille nue marchait sur la rive, révélant son corps vigoureux et leste. Il avait aussitôt détruit ces visions paradisiaques.

Catlin laissa Cuisses en compagnie du chamane, le temps de ramener tout son matériel de peinture. Il chercha l'angle idéal dans le tepee, fit déplacer l'Indienne selon les exigences de l'art en s'émerveillant de la facilité avec laquelle elle se prêtait à ces évolutions. Finalement, il opta pour un portrait assez classique debout et de face dans un foyer de lumière douce et intime. Cuisses portait une jolie robe en peau de cerf perlée qui pouvait se décolleter sur l'épaule comme il l'avait vu faire par des squaws assez coquettes. Il ne savait pas comment lui demander de délacer le haut de sa robe afin de dégager l'épaule. Il confia son tourment à Oiseau qui le gratifia d'une nouvelle rasade de regards complices. Le chamane n'hésita pas. Il fit part à la jeune fille de la requête de l'artiste. Celle-ci ne fut pas trop surprise par cette idée car elle avait vu plusieurs squaws exhibant largement leur cou et leurs épaules. Elle s'exécuta avec naturel tout en baissant les yeux. Alors Catlin contempla non seulement l'épaule exquise mais le bombé du sein droit ainsi écarquillé dans sa floraison. Cuisses ne devait pas avoir plus de quinze ans et c'était miracle qu'elle ne soit pas encore mariée et submergée de morveux. Catlin procéda à des esquisses à l'encre et passa à la peinture à l'huile avec une grande concentration. Il mesurait Cuisses, il la cadrait, la campait, l'élançait dans la tente sacrée. La comprenait, la possédait en son principe vital. Ses petits pieds dans des mocassins rouges et précieux, les jambes fuselées sous la fine peau de cerf, les cuisses tendues dans leur modelé plein de vigueur, le ventre de Cuisses arrondi, étiré dans la souplesse du cuir, ses flancs de baigneuse, d'amazone des naufragés, le charnu de ses seins dont l'un montrait la moitié de sa sphère enchanteresse. C'est en ces termes que Catlin le désignait… Puis le cou, le ravissant visage poupin et téméraire. Cuisses enfin à la peau dorée. L'épiphanie de la rivière torrentueuse connaissait ce prolongement, cet épanouissement, ce triomphe sous le pinceau de Catlin. Elle l'avait arraché aux tourbillons des eaux déchaînées. Lui l'extirpait de l'écoulement dévorant du temps, l'exhaussait dans la matière inaltérable de ses pigments. Cent vingt-neuf ans plus tard, en 1961, le tableau, parmi une vingtaine d'autres, serait exposé aux cimaises de la Maison-Blanche sur l'ordre d'un certain John Kennedy, grand chef plein de beauté, de médecine et de galanterie. Le roi du monde regarderait Cuisses… Pour le moment Catlin savourait les prouesses égoïstes qui les unissaient. Elle marcherait toujours, nue, le long de la rivière printanière. Elle serait l'Indienne des eaux éternellement vives. C'est ce que Catlin était venu chercher le long du Missouri, ce grand ruissellement de fleuve de l'Eden, projetant ses bras dans la matière des prairies profondes qu'il abreuvait inlassablement, entre les falaises et les collines où se nichaient les wigwams et leurs habitants libres au milieu des bisons. La chair de Cuisses peinte par Catlin participait de cette terre sauvage. Elle en était le fruit.

Le lendemain, Oiseau Deux Couleurs offrit à Catlin une petite bourse de daim qui était censée contenir un philtre d'amour. Catlin ne croyait pas au pouvoir des philtres mais l'amour affaiblissait ses certitudes scientifiques. Il accepta cette bourse que le chamane lui dit d'accrocher dans son wigwam. Il lui demanda ce qu'il y avait dedans. Oiseau lui révéla qu'il s'agissait de deux racines de tukosiwa qui représentaient par leur forme le principe mâle et le principe femelle, ainsi que leur union. Catlin l'interrogea de nouveau :

– D'où tiens-tu de telles racines ?

– D'un autre chamane qui me les a données.

Catlin suspendit le fameux tukosiwa au-dessus de sa couche. La plante secrète et la flûte, voilà qu'il était armé !

Oiseau regardait Bogard monter sur son cheval, accompagné de Lance Blanche sur son bel hongre blond tacheté de brun orangé. Les deux hommes avaient de gros sacs attachés aux flancs de leurs montures. Un troisième cheval de bât transportait un énorme ballot d'objets. Catlin surprit le regard d'Oiseau sur Bogard au moment du départ. Cela frisait l'œillade moelleuse… Certes, Oiseau avait coutume de faire les yeux doux aux uns et aux autres. Mais Catlin n'avait pas oublié la silhouette de Bogard quittant, au cœur de la nuit, l'antre du guérisseur.

Le peintre revint bien vite aux recommandations les plus graves. Car les chevaux étaient chargés des objets de sa collection et Bogard devait les acheminer jusqu'à Fort Pierre d'où ils descendraient le Missouri sur le vapeur nommé l'*Assiniboine* jusqu'à la confluence avec le Mississippi, à Saint Louis. De là, les objets seraient convoyés jusqu'à la côte est. Plus de quatre mille kilomètres où les trésors ne manqueraient pas d'être ballottés et convoités, ce qui faisait frémir Catlin. Mais il devait rester en pays indien jusqu'au milieu de l'automne quand déferleraient les grands vents remplis de neige.

Lance Blanche était un guerrier sûr, un redoutable tireur à l'arc. Bogard lui avait aussi confié un fusil qu'il lui avait appris à charger, à manier. L'Indien avait un air brutal et buté du meilleur effet. Mais, tout à coup, un sourire lumineux pouvait dissoudre cette expression bornée et révéler la face inverse du personnage. Heureusement, bientôt le sourire d'ange se refermait sous la carapace agressive comme dans un sarcophage étanche.

La cargaison était le fruit d'une multitude d'achats et d'échanges compliqués ou spontanés entre Catlin et ses amis indiens. Les partenaires s'appelaient Oiseau Deux Couleurs, riche et rusé donateur, Aigle Rouge, très généreux, Élan Noir dont la mélancolie versatile cédait à des bouffées de munificence, Tonnerre Riant toujours prodigue, Graisse de Bison, Bison Tonnerre, Mocassin Rouge, Jambières en Peau de Lièvre, Haute Corne Creuse, Pattes de Loup, Lance Blanche, Quatre Ours…

Le trésor comptait d'abord une coiffe d'aigle longue et ample offerte par Aigle Rouge lui-même, le fameux bouclier d'Élan Noir orné de ses six loups blancs, obsédants, un scalp crow aux abondantes mèches donné par Tonnerre Riant, mais il faudra reparler de ce scalp… S'ajoutaient quatre tomahawks dont un doublé d'une pipe, cinq casse-tête, deux lances, deux arcs, trois couteaux de scalp dans leurs étuis de crins de chevaux tissés, trois pipes somptueusement brodées, des robes, des tuniques, des pagnes, des jambières, des mocassins rares, un grand manteau majestueux criblé de symboles dont une belle main peinte sur le devant, des tentures, des draperies, des couvertures, deux berceaux richement décorés, deux pare-flèches d'une grande beauté ornementale, des sifflets en os d'aigle, des grelots, des crécelles, des amulettes et des fétiches, des bracelets, colliers, pendentifs, des broderies de piquants de porc-épic donnés par Louve Blanche, Cuisses, Petite Pluie et par l'adorable Punaise qui Rampe au regard doré.

Catlin avait accumulé ce butin sacré à ses yeux et qui devait entrer dans son grand musée indien promis à la postérité. Chaque objet avait une histoire, était associé à ses donateurs ou vendeurs, à un wigwam particulier, à une famille, à des faits de chasse, de guerre ou à de simples événements intimes. Catlin priait encore une fois Bogard et Lance Blanche de veiller sur ces pièces sacrées… leurs chevaux s'ébrouaient. Les ballots se balançaient, Catlin vérifiait encore leurs attaches. Bogard qui avait soif de voyage et d'espace se ragaillardissait sur sa monture, émettait de petits cris de zèle sioux, Lance Blanche relâchait son visage hostile pour décocher un sourire surnaturel. Il y avait, oui, du diable et de l'archange dans les deux convoyeurs du futur musée. Catlin était rassuré.

Catlin dans ses écrits n'évoque pas le scalp crow à cause de son caractère sanguinaire qui aurait risqué de susciter l'incompréhension des lecteurs soi-disant civilisés. Mais des sources secrètes autorisent cette révélation. L'abondante chevelure avait appartenu à un jeune chef crow d'une grande beauté et d'une séduction ardente. Il ne se contentait pas de ses cinq épouses mais passait le meilleur de sa vie à voler les squaws de ses ennemis. Tonnerre lui avait coupé cette envie incoercible en lui faisant la même chose que Dalila à Samson ! Si Tonnerre Riant, le guerrier illustre, avait consenti à livrer ce trophée sacré qui lui avait valu une plume d'aigle parmi beaucoup d'autres, c'est que Catlin avait fait son portrait et le lui avait donné. Jamais il n'agissait ainsi tant il était soucieux de sauvegarder les témoignages en les soustrayant à des tribus hélas vouées aux pérégrinations aléatoires, aux guerres et à l'invasion des colons. Mais un pacte sans doute plus personnel, plus mystérieux avait présidé à ces dons extraordinaires et réciproques. Même les sources secrètes restent muettes sur ce contrat. Le scalp connut une grande fortune lors des voyages de Catlin à Londres et à Paris. On ne sait quel Indien de la compagnie le sortait de sa cachette pour le montrer aux femmes en catimini à l'insu de Catlin. Mais les ladies anglaises et les belles Françaises adorèrent le scalp, sa magnificence noire. Elles s'en approchaient à tâtons, elles le regardaient en coulisse, puis de plus près, reculaient, se récriaient dans un battement de robes, de bouffants de tulle et de soie, puis revenaient voir la chevelure du Samson sioux, la frôlaient du bout des doigts en haletant d'effroi et de désir pervers, émettant des piaillements au bord de la pâmoison ou de longs soupirs silencieux. Elles posaient plus tard à Catlin mille questions sur l'amour chez les Indiens. Les femmes étaient-elles libertines et les hommes de grands séducteurs ? Quels étaient les usages de ces fiers guerriers nus dont elles avaient apprécié les avantages lors de la danse de l'ours ou du scalp, étaient-ils tendres, romantiques ? Ou se comportaient-ils comme des brutes paradisiaques ? Catlin riait de bon cœur et notait, cette fois, dans ses écrits, la légitime curiosité des dames.

Ce qu'il ignorait, c'était que le guerrier crow qui avait tant aimé les femmes des autres renaissait, grâce à sa chevelure, et connaissait, au-delà des années et des civilisations, un regain inespéré d'œillades, de cils peints, de cous cliquetants de colliers, de fins poignets ornés de bracelets dans une ronde de froufrous parfumés et de décolletés plongeants. Sa chevelure s'épanouissait bienheureuse dans la rosace des femmes blanches. Elle était, d'une certaine manière, l'Esprit du Revenant du grand Crow.

À Paris, le scalp occasionna un épisode plus scabreux. Les Iowas que Catlin exhibait dans sa troupe avaient été conviés à la fête de l'anniversaire du roi Louis-Philippe. Des fenêtres des salons du duc d'Aumale ils avaient assisté au beau feu d'artifice qui se donnait dans les jardins des Tuileries. Puis on les avait amenés au fameux bal Mabille du côté de l'actuelle avenue Montaigne. C'était un théâtre de débauche fameux. Et les Iowas virent les demi-mondaines étreindre la taille des hommes dans la danse pour les entraîner bientôt par la main vers leurs appartements privés. Les Indiens s'indignèrent d'un tel commerce des corps perpétré, selon leurs qualificatifs, par les « femmes communes », les « puces industrieuses » qu'ils avaient déjà vues manœuvrer à Londres, à la nuit tombée, dans le halo des lanternes. Nuage Blanc, le chef de la délégation, déclara que la prostitution était inconnue des Indiens. Il est vrai que dans les villages les femmes étaient surnuméraires par rapport aux hommes décimés par les guerres. On épousait plusieurs femmes, ce qui rendait inutile la prostitution. Toutefois, Nuage Blanc confessa une noble exception. Une fois par an, les jeunes guerriers conduisaient leurs femmes vers les vieux chefs et les glorieux vétérans auxquels ils les offraient. Cela n'avait rien à voir avec la prostitution parisienne et mercantile, c'était un acte de grande compassion envers les pères et les grands-pères qui avaient rendu tant de services à la communauté…

Une danseuse du bal Mabille se faufila dans la foule et rejoignit Nuage Blanc qu'elle considéra avec l'ardeur tout ethnologique d'en connaître davantage sur la vie intime des indigènes. Un authentique Peau-Rouge manquait à son tableau de chasse. La belle avait, hélas, entendu parler du scalp, et se cachant de Catlin, elle supplia Nuage Blanc de le lui offrir. Nuage aurait voulu adopter la mimique la plus courroucée mais la danseuse exhibait avec audace le plus beau paysage qu'il ait jamais vu, une grande prairie de chair éclatante et de collines laiteuses. Il aurait sans doute livré le scalp du Crow qui s'en serait bien trouvé si Catlin n'avait pas déboulé pour interrompre le honteux négoce. Dans quels macabres jeux érotiques ne serait pas tombée la crinière du don Juan des plaines… Catlin changea le scalp de cachette et garda un silence colérique sur son existence.

Bogard et Lance Blanche chevauchent parmi les prairies et les collines vierges. Ils longent les fleuves, bivouaquent sans jamais perdre de vue le trésor de Catlin. Bogard se ressouvient du fameux grizzly qui, une nuit, dévasta leur barda. Aussi, ce grand ronfleur compte-t-il sur la vigilance instinctive de Lance Blanche pour protéger le musée. Toute la vie de Catlin sur la terre se résumerait à ce musée, à l'alimenter, à l'accomplir, à le parfaire. Il rêve d'abord d'un musée flottant, une sorte d'arche indienne qui parcourrait les fleuves et les mers du monde pour transmettre les témoignages scientifiques et poétiques des cultures qu'il aurait visitées et étudiées. Des troupes se donneraient en spectacle sur la nef des Sioux, mille objets seraient exhibés, leur fonction expliquée aux peuples de la planète. Des chercheurs, des ethnologues, des peintres, des historiens, des philologues se réuniraient pour discuter, lancer de nouvelles thèses. *Le Radeau du Missouri* merveilleux n'en finirait pas d'exécuter son périple dont chaque escale serait le rendez-vous des foules profanes mais encore des érudits accourus de partout. Cette proue indienne glissant à travers l'espace ne cesse de le hanter. Il devra renoncer devant les difficultés techniques d'une telle odyssée...

Dans l'immédiat des prairies, Bogard et Lance Blanche transportent sur leurs chevaux les prémices de la galerie chérie. Au bord de la Wapiti, Catlin contemple à satiété le portrait de Cuisses. Il se promène le long de la rivière et s'entraîne à la flûte d'amour. Ce présent vécu est éternel.

Le lendemain du départ, Catlin est en proie à une mélancolie rêveuse. L'après-midi commence quand il voit Louve Blanche approcher de son wigwam, soutenue par Cuisses. Arrivée tout près de la tente, Louve paraît libérer soudain sa jeune amie. Elle repart seule, à pas lents mais assurés. Oiseau Deux Couleurs qui a tout vu se précipite pour l'aider au cas où elle aurait besoin de lui. Cuisses a ôté des deux bras sa robe à l'intérieur du tepee. Catlin revit le moment où dans le tumulte de la rivière l'Indienne s'est délestée ainsi de son vêtement. Toute nue, elle se glisse sous la couverture en peau de bison. Catlin la rejoint avec fureur. La vie à présent va se peindre dans le vif. La bourse contenant les racines d'amour est attachée à un arc. La flûte d'amour est couchée sur un tapis coloré. Catlin étreint le corps chaud et ferme de la belle squaw. Soudain, il écarte la peau du bison pour contempler Cuisses tout entière. Dense et dorée, s'épanouissant dans une délicieuse odeur d'onguents et de graisse d'ours… Il saisit les deux fesses drues de l'Indienne qui, une fois de plus, lui sauve la vie.

Ce n'étaient que randonnées capricieuses, chasses le long de la rivière Wapiti. Catlin emmenait Oiseau Deux Couleurs et Louve Blanche qui était rétablie. Cuisses, sa meilleure amie, galopait à côté d'elle. La fille préférée de Tonnerre Riant était souvent dispensée des corvées du campement. Grand Nuage, le fils d'Aigle, était de la partie. Mais le jeune guerrier avait quitté son rôle de chaperon de Louve qui désormais exerçait sur lui un magnétisme si fort qu'il se serait bien gardé de la trahir. Elle avait orné son arc des broderies les plus fines et de crins de chevaux. Grand Nuage croyait au pouvoir de la jeune femme même s'il n'y avait qu'Oiseau Deux Couleurs pour connaître le rêve qu'avait fait Louve à l'orée de sa destinée. Dès l'adolescence, Louve avait appris à décocher des flèches au cours des jeux qu'elle partageait avec certains garçons, mais elle n'avait jamais eu pareille occasion de s'exercer librement.

La troupe rieuse traversait une vaste plaine printanière et fleurie. C'était un fourmillement sans fin de nuances. Grand Nuage aperçut, le premier, une bande de loups en train de chasser des bisons. Catlin s'était déjà couvert d'une pelisse de loup pour approcher les bisons. Un tableau le représente lui et un acolyte rampant en pleine action. La ruse paraît facétieuse et primaire, digne d'un conte. Le peintre abandonnant son pinceau pour se déguiser en loup. En principe, le loup est un prédateur des bisons, ces derniers devraient donc fuir illico, faisant échouer le stratagème. Mais dans la prairie les loups sont d'une apparence plus familière que les hommes. Et, souvent en moindre nombre, ils se contentent de tournoyer autour de la forteresse des proies impossibles, gardées par les grands mâles armés.

Catlin eut besoin de sa longue-vue pour contempler l'attaque des loups qui avaient l'air cette fois bien déterminés. L'instrument passa de main en main. Cuisses suivait la course des loups avec passion. Ils se rapprochèrent des hommes. Les animaux totalement engagés les uns dans leur assaut, les autres dans leur fuite, ne prenaient plus garde aux miettes humaines. C'est cette indifférence qui subjuguait Catlin. Les uns allaient mourir, les autres se gorger de chair fraîche, tout leur univers se résumait à cette équation primaire. Ils étaient pris dans les nécessités de l'espèce sans aucun recul. Et Catlin qui était un savant réfléchi se demandait si lui et ses comparses n'étaient pas soumis aux mêmes limites. La distance qui leur permettait de surplomber les situations par la pensée était-elle si grande ? Que voyaient-ils en fait de la vérité de l'univers ?

Leurs chevaux gravirent un tertre d'où la scène de chasse leur apparut dans toute sa puissance. Catlin, bien sûr, avait dégainé son pinceau et ses feuilles, car le drame se déroulait avec une grande pureté. Au moins une vingtaine de loups poursuivaient une centaine de bisons. On entendait le tonnerre des sabots dans un nuage de poussière. Grondements, grognements, bêlements, abois s'élevaient de partout. Les loups déployés en éventail abordaient la masse des bisons. Ils ne tentaient pas une offensive à l'intérieur du troupeau mais testaient son aspect global, repéraient ses failles, tel veau époumoné, tel vieux mâle pantelant. Pas question de sauter à la gorge du plus fort, c'est le faible qui fascinait, c'est lui qui serait finalement la cible. Pour le moment, tout le monde fonçait, les bisons brun et noir, leur magma colossal et bosselé autour duquel semblait danser l'arabesque déliée des loups. Le peintre ne pouvait être que du côté des pirates fulgurants. Cuisses, elle aussi, aimait les loups. Mais qu'ils disputent à l'homme la nourriture du bison tempérait sa complicité. Grand Nuage qui était entré dans la prestigieuse confrérie guerrière des loups ne pouvait que céder à l'admiration devant cette élite à l'allure frêle mais dont les silhouettes saillaient comme des flèches.

Les loups réussirent à isoler un vieux mâle que leurs manœuvres et leur pression détachèrent du gros du troupeau. Tous se rameutèrent alors en triomphe comme pour emporter leur butin. Les autres bisons continuaient de se précipiter aveuglément, mais deux d'entre eux, par on ne sait quel réflexe de fraternité, coururent à la rescousse du vieux chef. L'armée des loups accusa le choc en se divisant, un groupe s'esquiva, contourna les deux agresseurs, puis revint sur eux par-derrière, les harcelant, les séparant, les repoussant malgré les contre-attaques, les brutales volte-face des géants toutes cornes dehors. L'opération réussit. Plus personne ne s'opposait désormais à l'attaque totale. Les loups formèrent un cercle qui empêchait la fuite du vieux mâle. Dressé de toute sa hauteur, écarquillant sa crinière, il regardait ses ennemis en surnombre. Tout son corps bronchait, haletait, son mufle était couvert de bave. Les loups dardèrent vers cette montagne de cuir en la prenant à revers. Il s'agissait toujours d'éviter les sabres du mastodonte dont le corps tournait sans cesse pour faire face aux intrusions des crocs. Se produisit alors une pause étrange et sadique. Au lieu d'accélérer le carnage, les loups parurent presque se désintéresser de leur proie. Ils se mirent à courir assez négligemment autour d'elle, certains même s'assirent dans l'herbe pour laisser vagabonder leur regard alentour. C'est alors que l'un d'eux s'avisa vraiment de la présence des voyeurs au sommet du tertre. Le loup diverti tendait le museau vers les cavaliers, cherchait leur odeur dans le vent. Mais ce relâchement n'était qu'une apparence. Les loups désormais étaient sûrs de leur fait. Inutile de se presser. Jouissaient-ils, comme l'eussent fait des humains pervers, de cette fausse trêve destinée à narguer les proies, à leur faire endurer plus longuement leurs affres ? Les loups reprenaient plutôt des forces. L'hallali se déclencha d'un coup, toute la meute sus au vieux fauve piégé. Il riposta par une sévère charge qui fit valser au-dessus de lui la pelisse ébouriffée d'un agresseur téméraire étripé d'un coup de corne. Mais dix-neuf autres loups ondulaient en sarabande autour du bison, décochant des raids furieux telle une volée de lances et de piques. La croupe de l'animal fut accrochée par quatre loups à la fois dont l'un monta carrément dessus. Le taureau tournoyait, se cabrait, ruait, rugissait, sautait, faisant rebondir son cornac dentu. La meute réussit à incliner les reins du bison dont l'arrière-train s'effondra. Mais il n'avait pas dit son dernier mot, en un sursaut éperdu de rage de survivre, il puisa au fond de ses forces et sembla éclater dans l'éruption volcanique de tout son sang galvanisé. Il se haussa, se secoua furieusement, se dégagea de la nuée mordante, fit face et chargea, éventra un loup dont le long cri miaulant atteignit les oreilles des spectateurs. Il y eut un faible temps de recul parmi les loups, un flottement parcourut la bande. On avait vu ainsi de vieux mâles sortir miraculeusement d'un siège désespéré. Mais les loups fournirent un nouvel effort. Ce fut un raz-de-marée de gueules et de crocs qui s'abattit sur les flancs du bison, une rosace voltigeante que Catlin peignait avec ardeur. Vrillant la roue des loups avec passion autour du moyeu monstrueux du bison.

Enfin, le vieux mâle perdit la partie. Deux loups lui serraient la gorge, dont l'un quittant le sol se suspendait ainsi à la viande de sa proie. La masse s'écroula et les mâchoires la trouèrent dans un élan de frénésie. Les culs des loups gloutons gigotaient tandis que toutes les gueules harponnaient l'immense rocher de chair fraîche dans des ruisseaux de sang.

Les spectateurs contemplaient à présent le tableau de Catlin. La violence de l'action ne lui avait pas fait négliger ses exigences esthétiques. Certes, il revendiquait son statut de peintre documentaire. Happer le vécu à la volée, c'était sa spécialité. Pourtant, en l'occurrence, il avait fait des choix personnels et cela donnait un de ses tableaux les plus extraordinaires. Il avait opté pour un fond de prairie d'un vert doux dilué qui se confondait avec l'éminence d'une colline lointaine et bleutée. Le tout semblait se résorber dans un ciel pâle. Cela avait peu à voir avec le vert dru et bien trempé de la prairie. Mais rien ne distrayait ainsi le regard de la prodigieuse tornade des loups ceignant la forteresse du bison. Les loups étaient peints d'un blanc très pur, très surprenant, quasi hallucinatoire alors que dans la réalité ils étaient un peu plus gris. Leurs silhouettes étaient exagérément amincies, étirées, élastiques, accélérées dans leur sarabande cinglante. Cuisses s'ouvrit de son étonnement devant de telles retouches apportées aux faits. Catlin ne savait lui expliquer combien l'expressivité l'emportait sur la véracité littérale. Ce qu'il avait voulu rendre était l'esprit de la scène. Ce mot d'esprit lui fit trouver le bon biais pour expliquer à la compagnie que les loups leur étaient à tous apparus comme une étrange escouade d'esprits, des émissaires immaculés de l'ailleurs. Ainsi, le tableau devenait acceptable. C'était donc, à sa façon, une vision. Et les visions c'était le milieu naturel des Sioux.

Tous les chiens aboyèrent, certains s'élancèrent en direction du bruit. C'était un chaos de grincements, de raclements, de cliquètements… Ces discordances n'existaient pas dans la prairie. Alors, ceux qui étaient dans le village, à cette heure de la matinée, virent apparaître au loin les deux chevaux traînant derrière eux la chose brinquebalante, le charroi de bois, coiffé de sa toile mal arrimée. Cela s'approcha, augmentant son raffut, tandis que les chiens redoublaient de jappements excités ou de grognements furieux, effarouchant les chevaux, provoquant les jurons du convoyeur qui tirait sur les rênes, poussait des ho ! ho ! comminatoires. Le chariot entra ainsi dans le campement, cerné d'enfants, de femmes, de guerriers alertés. Il s'arrêta alors que Catlin et Oiseau Deux Couleurs arrivaient. Le marchand avait déjà entonné son boniment dans une langue sioux approximative qu'il illustrait par un déballage théâtral d'objets, de tissus, de quincaille et de verroterie. Il extirpait de ses ballots accumulés toutes sortes d'ustensiles, marmites, haches, cordes, piolets, piquets, aiguilles, pelotes de fil, de laine de toutes les couleurs, graines, sacs, chapeaux, étoffes de coton pour se nouer des bandeaux autour du front, beau vermillon pour se peindre… Et soudain, en un tournemain de prestidigitateur, il brandissait des fusils à silex neufs, en choisissait un, le retournait dans ses mains avec volupté, le palpait, le flattait comme l'encolure d'un pur-sang, offrait la merveille à la vue, fourrait dans le canon une cartouche de poudre avec sa baguette, puis une balle, toisait la cohue avec une mimique belliqueuse, levait l'arme, tout le monde reculait, la faisait voltiger comme un arc ou une lance de guerre, tout le monde s'écriait, visait en l'air, le coup formidable retentissait, infligeait au tireur un recul spectaculaire. C'était un « ah ! » unanime.

L'assistance se rapprochait de nouveau, s'enhardissait, se mettait à tripoter les marchandises, les calicots et la pacotille de médailles métalliques, de bracelets, d'anneaux, de colliers… Catlin s'enquit de l'identité du marchand et apprit qu'il était un métis d'un Franco-Canadien et d'une Sioux Yankton. Son père avait fait du commerce sur le moyen Missouri à la fin du siècle précédent et s'était installé dans la tribu de sa femme. Pendant qu'il s'expliquait, l'homme soustrayait de son étal des bouteilles d'alcool. Elles auraient commencé de circuler si Oiseau Deux Couleurs, au nom d'Aigle Rouge qui était absent, ne s'était interposé d'un bond vigoureux, imprimant au bras du camelot une torsion dissuasive qui lui fit lâcher la gnôle. Oiseau déclara avec solennité au marchand qu'Aigle avait, dans le passé, scalpé un de ses confrères, qu'il abominait leur engeance destructrice et qu'il avait intérêt à remballer toutes ses bouteilles s'il voulait éviter que sa tignasse ne se balance dans le vent de la plaine au bout d'un piquet. Après un moment d'expectative où il évalua la personne et la détermination de cet homme habillé en fille qui lui avait tout de même fait mal au bras, le marchand écarta les armes et alla les planquer au fond de son chargement. Il revint avec son atout majeur qu'il déploya d'un mouvement majestueux, le visage empreint d'une expression de miel. On vit la robe d'un rouge vif resplendir dans le soleil matinal. Le marchand la dressait devant lui, avançait parmi les squaws, la plaquait sur sa poitrine et sur ses épaules, l'étalait comme un sang soyeux, pivotait, la projetait soudain vers les flancs d'une jeune fille, la retirait, la faisait s'envoler d'un corps à l'autre… Herbe Sauvage, Menthe, Soleil de Midi, Sauge Sauvage, Petite Pluie et Punaise qui Rampe voyaient le grand papillon danser, elles l'effleuraient au passage. Louve Blanche et Cuisses rejoignirent alors le cercle des admirateurs. Le marchand les prit pour cible, entreprenant ses entrechats vertigineux autour de ces proies dont il sentait la supériorité sociale. Catlin eut tout de suite envie d'offrir à Cuisses la robe d'apparat. Il interpella le camelot qui se précipita tout huilé d'obséquiosité. Oiseau comprit ce qui se passait et avec une autorité de guerrier écarta Catlin du même bras qu'il avait tordu celui du marchand. Il annonça que la robe était pour lui, qu'il voulait la donner à Louve. C'était un conflit majeur qui excita les spectateurs. Hélas, on ne pouvait guère espérer que les deux hommes tranchent le litige en un duel à la hache, torse nu, à moins que Catlin gardant sa redingote n'affronte Oiseau dans sa robe de cerf… Catlin décida de débattre du prix, ce qui enchanta le vendeur qui espérait une flambée des enchères. Il exécuta une série de figures aériennes qui passaient de Cuisses à Louve et les revêtaient de la robe rêvée, de son rouge pharamineux. Il happait la parure en arrière à chaque fois qu'elle semblait consacrer une des deux femmes. Catlin proposa une belle somme qu'Oiseau dédaigna en émettant un petit rire hautain. Il mit un cheval dans la balance. Catlin piqué se prit au jeu, oubliant totalement qu'il était venu parmi les Indiens en témoin neutre. Il faillait à ses devoirs d'ethnologue impassible mais n'y prit pas garde. Oiseau toisa le peintre d'un regard de dérision, il s'exclama: « Deux chevaux ! » Catlin douché revint soudain à la raison, prit conscience qu'il s'était emballé hors de la neutralité qui aurait dû être la sienne. Mais pouvait-il expliquer cela à Cuisses disposée à applaudir celui qui remporterait le trophée ? Il ne savait que lui dire. Dépité, il abandonna la robe rouge à Oiseau somptueux de fierté, se saisissant de la mer de plis, y plongeant tout entier, la humant, se berçant dans sa houle satinée avant de la tendre à Louve Blanche qui cédait de partout à la tentation des flots.

Aigle interrompit le ballet en cabrant son cheval devant l'immonde trafiquant qui comprit tout de suite que le pire éclatait, colérique et piaffant. Ce fut un déluge d'invectives, de coups de pied dans le carrosse de la convoitise. Aigle Rouge s'en donnait à cœur joie, faisait reculer son cheval, puis le lançait, chargeait le marchand remonté illico dans sa roulotte qui était lardée de coups de lance. Oiseau finit par obtenir un retour au calme qu'Aigle accepta car il s'était bien amusé. Le chamane révéla qu'il avait acheté la robe. Il hésita, ajouta avec habileté qu'il l'avait ainsi soustraite aux mains de Catlin, l'étranger. Aigle Rouge pressentit la ruse en voyant le regard de Louve que la robe allumait. Il s'exclama hautement: « Alors garde-la pour tes parades, Deux Esprits ! » Oiseau n'apprécia pas le ton de la sentence mais comprit qu'il ne fallait pas insister. Il emporta la robe au fond de son wigwam mais revint avec les deux chevaux de l'échange. Aigle Rouge s'étranglait d'indignation. Le marchand s'empara des longes des deux chevaux dont il remarqua aussitôt certains défauts de structure. Ce n'étaient pas, à coup sûr, les plus fringants du troupeau du sorcier ! Il aurait voulu protester, négocier davantage, comparer avec les autres mais la colère d'Aigle Rouge atteignait des sommets. Le marchand avait tout juste eu le temps de négocier quelques médailles de platine et deux ou trois coupons de coton. Ces Indiens devenaient intraitables. Il faudrait un jour que les soldats des forts les matent ! Aigle Rouge signifia de son regard noir que le marchand devait déguerpir sur-le-champ. Ce dernier ficela hâtivement ses ballots, monta sur son siège, fouetta ses bêtes avec une belle cravache indienne : ho ! ho ! Les deux chevaux échangés, attachés à l'arrière du chariot, hennissaient de peur, renâclaient, sautaient de côté. Le marchand n'arrivait pas à faire décoller son arche ainsi lestée. Il fut obligé de descendre de son siège et essaya de calmer les deux canassons effarés, rebellés contre l'exil. Il y parvint un peu en serrant davantage les licols et les longes. Il reprit sa place à l'avant, fouetta derechef sa cavalerie et fit le bonheur des chiens et des petits enfants enhardis, distribuant des grimaces au vaincu, houspillant de leurs pieds les roues qui s'ébranlèrent enfin dans le tohu-bohu de l'hétéroclite cargaison suivie des deux captifs tirant, s'étranglant, hennissant éperdument. Aigle Rouge vitupérait entre ses dents. Et au moment où le marchand jetait de côté un dernier regard au chef, ce dernier, d'un geste véloce de son couteau de scalp qu'il avait dégainé, fit le tour d'un crâne fantôme, ce qui provoqua les rires de l'assemblée. Le camelot cravacha de plus belle son équipage bousculé, freiné, cahotant. On l'aperçut plus loin, arrêté de nouveau, tentant d'apaiser les deux poneys arrachés au paradis.

Catlin avait beau avoir cédé à l'impulsion d'acheter la robe au marchand, il était le premier à comprendre la colère du chef. Les guerriers auraient eu tôt fait d'échanger des peaux contre les bouteilles de whisky ! Le marchand annonçait le flot de colons dont l'invasion prochaine obsédait le peintre depuis le début de ses voyages. Catlin avait déjà constaté les méfaits de l'alcool et des maladies importées. La variole décimerait, cinq ans après son séjour parmi eux, les Mandans qu'il avait chéris, décrits avec passion, multipliant les thèses sur leur origine. Catlin croyait que les partisans gallois de Madoc, après un conflit d'héritage, avaient traversé l'Atlantique, bien avant Christophe Colomb. Ils seraient venus fonder, au XIIe siècle, leur colonie sur le haut Missouri où ils se seraient mélangés ainsi aux Mandans ! Merveilleux mythe !

Une douzaine d'années après Catlin, John James Audubon, le fameux ornithologue, viendra dessiner ses sublimes planches, le long du Missouri. Il décrit avec un luxe de détails méprisants les derniers Mandans miséreux et malades. Ils étaient des milliers autour de Catlin, il en reste à peine deux cents ! Il trouve que le romantique Catlin a dû rêver. Il cautionne la thèse suivant laquelle un Indien aurait volé en 1837, sur l'*Assiniboine*, une couverture infectée. Ce vol aurait scellé le destin du peuple pécheur. Les partisans des Indiens soutiendront, bien sûr, la thèse inverse, en laissant entendre que l'armée américaine distribua exprès des couvertures infectées pour en finir avec ces tribus qui résistaient aux colons. Audubon contredit à plaisir tous les témoignages de Catlin tant sur les hommes du Missouri que sur la majesté des paysages : « Son livre en fin de compte doit être une pure supercherie. Pauvre diable, je le plains du fond du cœur… il aurait pu devenir un honnête homme. » Partout, dans son récit, l'oiseleur prétentieux insiste sur le contraste entre les

Indiens peints par Catlin et ceux qu'il croise le long des rivières. Il les trouve à peu près tous, Mandans ou autres, pouilleux, crasseux, malodorants, gluants et voleurs. L'Indien est toujours un « malheureux », c'est-à-dire un errant, proche de la bestialité, une race dégénérée, perdue. Le dindon Audubon ne tarit pas sur tant d'infirmités. La danse du scalp à laquelle il assiste est une sarabande sommaire et désolante. Le capitaine de son vapeur, l'*Omega*, multiplie les mêmes histoires de larcins, d'alcool et de déchéance. Ces discours annoncent que la chasse aux Indiens peut commencer ! Plus de scrupules devant une telle vermine ! On pourra les repousser, les parquer sur les terres les plus déshéritées.

Dans le journal d'Audubon, un épisode piquant fait pourtant exception. Le roi des ornithologues séjourne à Fort Union, sur le Missouri, à l'embouchure de la Yellowstone. Un des responsables du fort, M. Culbertson, qui a épousé une Indienne, décide une chasse aux loups où les participants seront habillés en Indiens. On joue déjà aux Indiens. Mme Culbertson, pour faire plus authentique, peint les visages des chasseurs « d'épouvantable façon », on dirait des êtres surgis « des gouffres de l'enfer », note Audubon. Mais il convient que l'Indienne est une « magnifique cavalière »… « Douée pareillement de force et de grâce ». Elle presse les flancs de sa monture avec hardiesse : « La superbe chevelure noire de Mme Culbertson flottait derrière elle tel un étendard. » On rêve à cette authentique sœur de Louve, à cette Mme Culbertson, l'intrépide Indienne transfuge, mariée à un Blanc et menant la danse. Transgressant allègrement les codes et les rites, elle peinturlure au petit bonheur les visages des envahisseurs blancs qu'elle a ralliés. Catlin aurait fait d'elle un portrait émouvant et tonique. Mais Audubon s'arrête là. Entiché de ses gelinottes à queue fine, de ses bruants bêtes et bleutés, de ses tyrans tapageurs et de ses hérons hypnotiques. Il ignore que le lecteur n'aura d'yeux que pour Mme Culbertson, qu'il ne se souviendra que de Mme Culbertson !

Mais Mme Culbertson fut si remarquable qu'elle laissa dans les mémoires des empreintes plus précises que chez Audubon. On sait qu'elle avait une vingtaine d'années quand elle le rencontra. Elle appartenait à la tribu des Gens du Sang, de la nation des Pieds-Noirs. Son nom était Natawista, on l'appelait couramment Medicine Snake Woman. Tout le monde s'accordait sur la grande beauté de la fille de Deux Soleils. Alexander Culbertson l'épousa à l'indienne. Elle resta toujours fidèle à sa tribu et fut la médiatrice éclairée dans les négociations officielles des Blancs avec les Pieds-Noirs. Elle eut cinq enfants d'Alexander. Quand il fit fortune grâce au commerce des fourrures et se retira dans l'Illinois, Natawista ne renonça jamais tout à fait à ses mœurs d'Indienne. On raconta que l'été elle délaissait sa grande robe stricte d'épouse blanche pour dresser une tente dans son jardin et se vêtir de nouveau en squaw pied-noir. Perles et jambières, mocassins brodés. Une trentaine d'années après son mariage, Natawista alla visiter ses frères les Gens du Sang. Elle ne revint jamais de cette escapade… Elle vécut avec son neveu Corbeau Rouge, puis elle épousa un marchand de whisky pour retrouver finalement Corbeau Rouge. Elle mourut à environ soixante-dix ans dans sa tribu. Louve, qu'adviendra-t-il de toi ?

Donc, Audubon a sa belle et bonne Indienne dans le tableau à peu près uniformément dépréciatif qu'il fait des tribus. Mais il s'intéresse manifestement plus aux loups et aux bisons qu'aux Indiens. C'est un chasseur effréné qui tire sur tout ce qui passe à sa portée. Des bisons, il souligne : « Nous en tuerons tout notre saoul ! » On doute que ce carnage qui affamera ses parents ait excité Mme Culbertson ! Même chose pour les loups qualifiés toujours de « scélérats, bandits, gredins » comme dans les contes pour enfants et massacrés à foison, tirés même du haut de la palissade du fort. L'ornithologue viandard tue les cerfs, les antilopes, les wapitis, voire les chiens de prairie traqués dans leurs galeries jusqu'à plus soif. Le moindre rat sied à son fusil grotesque.

Alors, qui exagère ? Catlin a-t-il magnifié ses Indiens dans un élan rousseauiste ? A-t-il procédé comme le baron de Lahontan, au siècle précédent, célébrant la noblesse, la sagesse des indigènes du Canada qui ignoraient l'argent, la cupidité et les inégalités de la monarchie ? Si George Catlin a grandi un peu ses modèles, la beauté des Crows, la superbe des chefs sioux, il ne les a pas inventées. Est-il crédible qu'en douze ans la condition des Indiens se soit dégradée partout à ce point ? On se demande alors où Crazy Horse et Sitting Bull trouveront leurs foudroyantes ressources pour battre Custer à Little Big Horn, trente ans plus tard, dans un ultime baroud. Mais une chose est sûre, les sombres pressentiments qui tourmentent Catlin depuis la scène de l'Oneida originel vont se vérifier avant la fin du siècle.

Louve Blanche et Catlin furent les premiers à jouir du privilège de contempler Oiseau dans sa robe écarlate. Louve adhéra spontanément à cette vision. Oiseau, quoi qu'il fît, la séduisait par son redoutable mélange de féminité et de force secrète. Catlin, qui s'était habitué aux panoplies de cerf ou de wapiti, fut tout de même surpris par la robe royale. Elle était cintrée à la taille, trop petite pour Oiseau qui était élancé, l'étoffe dissimulant mal une musculature fine mais de facture indéniablement masculine. Catlin n'avait pas de puissants préjugés mais il nourrissait un arrière-fond de petites préventions diverses. Et il ne put s'empêcher de trouver qu'Oiseau malgré sa beauté souple avait un air assez burlesque dans la robe de fée. Les manches n'arrivaient pas jusqu'aux poignets, les épaules tiraient sur le tissu et les jambes étaient découvertes trop haut. Le modèle n'en plastronnait pas moins sûr de son fait et de ses évolutions magistrales de long en large. Il annonça soudain à Louve qu'il lui offrait la robe en secret. Aigle l'ignorerait et elle pourrait venir se vêtir dans son wigwam à son gré. Louve ne craignit point de désobéir au chef. Elle bondit dans le pacte avec malice. Bientôt, elle eut envie d'essayer la robe. Oiseau et Catlin s'éclipsèrent dehors pour fumer une pipe et s'entretenir du Grand-Esprit et de ses messagers. La jolie voix de Louve les appela au bout d'un moment. Le peintre et le chamane s'exclamèrent de concert, confits en un émerveillement commun. Car Louve était d'une vénusienne beauté. Elle avait dénoué ses nattes et libéré sa chevelure de jais. La robe serrait sa taille étroitement, ce qui donnait de l'élan à sa silhouette séductrice. Les plis de l'étoffe épanouissaient leur corolle de feu, puis cela fusait jusqu'aux épaules dont la nudité perçait entre les cheveux. Le décolleté au lieu de dévoiler les pectoraux d'Oiseau révélait le gonflement des mamelons doux. C'était tout ce rouge rubis sur la peau qui fascinait Catlin et le tenaillait d'un besoin pressant de peindre la rebelle. L'éclat de ce rouge médusait… Car c'était un rouge citadin, intrus, étalé sur une étoffe soyeuse en opposition avec le cuir indien même le plus assoupli. Et pourtant cette pourpre scandaleuse jaillissait, ravissait de son charme abrupt et ardent.

Ils s'aperçurent soudain qu'ils étaient épiés par la vieille squaw, la voisine d'Oiseau Deux Couleurs qui s'était traînée jusque-là et venait de jeter un œil à l'intérieur du wigwam. Oiseau lui intima l'ordre de s'en aller et de ne rien dire sinon il cesserait de lui apporter comme il le faisait, de temps à autre, de la viande de cerf et de bison.

Peindre, oui peindre l'effusion du rouge même si la robe évasée ne participait pas de la culture sioux. Il se persuadait qu'il n'y avait là aucune trahison, aucune reddition à la civilisation des Blancs, des colons. Car Louve était une exception au sein des Indiens mêmes. Différente. Femme-Double. En rupture de conformité.

Louve était un cas. Il était peintre avant tout. Une singularité avait surgi si troublante qu'elle le subjuguait d'une manière absolue. Un tel rouge, il ne l'avait jamais perçu à Philadelphie ou plutôt il ne l'avait jamais regardé. Aujourd'hui il le voyait et cela aimantait toutes ses fibres de peintre. Mais peindre la jeune femme en cachette et manquer à la volonté du chef lui faisait franchir quand même un pas de plus. Il sentait qu'il aurait peut-être dû rester neutre. Mais il avait bien peint, sur le pont du *Yellowstone*, Tête d'Œuf de Pigeon aliéné dans sa redingote militaire, coiffé d'un chapeau de ville empanaché. Certes son portrait avait une valeur critique qu'il n'avait pas l'intention de donner à celui de Louve. Le seul enjeu était cette fois celui de la beauté. Il transcendait tout ce qu'il avait jusque-là pensé de l'objectivité de sa mission. Peindre le rouge foudroyant. Cette brèche.

La scène arriva au début de la lune des cerises rouges. La consécration dans le wigwam du travesti sacré. L'éros du rouge. Louve libre, inondée de la couleur du fruit, du sang. Elle avait cousu sous l'échancrure de la robe une rangée de dents de wapiti qui étaient des ornements précieux. Catlin tendu sur son tableau secret comme il ne l'avait jamais été. Il ne se sentait plus chez les Sioux, il n'était plus à Philadelphie. Il travaillait dans un ailleurs qui n'ébranlait nullement sa volonté. Il ne prenait plus la peine de s'étonner de sa passion. Il en aspirait le puits. Il ne transgressait aucun devoir. Il obéissait à une loi inédite. Il avait cherché, puis trouvé l'alchimie du rouge. Et ce fut une trouée, une abondance, le passage vers Louve, vers son élection. Le rouge ruisselant sur toute la chair de la Femme-Double. La couleur des cerises luxuriantes. Cette alliance du sang et du soleil. Ces derniers n'étaient-ils pas les attributs du bison ? C'était peut-être le Dieu qu'elle rejoignait au cœur de son apparente transgression. La Femme Rouge. Le peintre créait Louve Rouge Irradiante.

– Élan Noir a disparu…

Oiseau Deux Couleurs en prononçant ces mots avait adopté un air de mystère où il ne mettait pas l'habituelle pointe de comédie et de manipulation. Il était sincèrement inquiet. Catlin lui demanda des explications et Oiseau lui dit qu'Élan était parti à la chasse et qu'il n'était pas revenu depuis trois jours…

– Ce n'est pas beaucoup, trois jours…

– Oui, mais il était parti seul. Sans aide de camp, sans guerrier. On chasse plutôt en bande.

Avant son départ dont il n'avait prévenu personne, ses épouses avaient remarqué des humeurs très sombres et en avaient informé Aigle Rouge. Ce dernier pénétré d'un mauvais pressentiment venait de décider de partir à sa recherche, car les vagabondages d'Élan Noir pouvaient tourner à la quête désespérée.

Catlin alla tout de suite proposer au chef de faire partie de l'expédition. Aigle Rouge hésita, car l'affaire avait un caractère personnel. Il finit par accepter la présence du peintre au milieu d'une petite troupe d'élite composée de Pattes de Loup, son aide de camp, de Grand Nuage, son fils, de Bison Tonnerre, de Graisse de Bison, de Mocassin Rouge, de Jambières en Peau de Lièvre et de Loup Noir, auxquels s'ajoutaient trois éclaireurs qui s'étaient déjà élancés à la recherche d'indices dans l'environnement proche. On se réunit dans la grande tente du Grand Conseil pour évaluer la gravité de la situation et échanger des hypothèses sur les itinéraires possibles. On fit le point sur les habitudes d'Élan, ses randonnées favorites le long de la Wapiti, jusqu'à la Teton… Avait-il choisi de s'enfoncer dans les collines et les forêts loin des fleuves ? L'enquête était difficile à mener car le chef était un grand silencieux. Aigle Rouge réfléchissait aux dernières conversations qu'il avait eues avec lui. Oiseau, qui était là pour ses dons de prophète, ses intuitions subtiles, était plongé dans une méditation tourmentée car il aimait Élan Noir. On décida de se disperser en trois groupes. Aigle Rouge, accompagné de Pattes de Loup et de Catlin, se dirigerait vers le Missouri, du côté de Fort Pierre où convergeaient beaucoup d'Indiens, de trappeurs, de marchands qui seraient interrogés. Peut-être que Bogard là-bas aurait des renseignements précieux. Il faudrait dans l'immédiat retrouver aussi la trace du négociant dont le départ du camp précédait de deux jours celui d'Élan. Les éclaireurs avaient été chargés entre autres de cette mission. Le deuxième groupe était constitué de Grand Nuage, de Bison Tonnerre et de Graisse de Bison. Ils descendraient le cours de la rivière Wapiti et exploreraient les collines alentour. Quant à Mocassin Rouge, Jambières en Peau de Lièvre et Loup Noir, sans suivre la Wapiti, ils couperaient directement dans les monts et les prairies jusqu'à la rivière Cabri. Aigle Rouge qui n'excluait pas des représailles des Crows depuis l'enlèvement de Louve Blanche plaça le campement sous la direction des Anciens, de l'incontournable chef Tonnerre Riant, d'Oiseau Deux Couleurs qui était non seulement saint mais très malin et de quelques guerriers pleins de courage : Haute Corne, Renard Rapide, Loup Trompeur… On voyait à la mimique de Tonnerre Riant qu'il regrettait de ne pas faire partie de l'équipée à laquelle la disparition d'Élan Noir donnait une dimension mystérieuse et spirituelle. Les trois éclaireurs, dès qu'ils auraient fourni une piste, assureraient le contact entre le village et les groupes.

Catlin était heureux de chevaucher vers la Teton et d'échapper un moment à la situation difficile où le plongeait sa relation avec Cuisses.

Ils bivouaquèrent à la confluence de la Wapiti et de la Teton au pied d'un monticule rocheux qui les mettait à l'abri du vent. Ils recueillirent du bois dans la forêt proche et dînèrent de pemmican comme à la guerre. Avant de s'endormir, Catlin marcha au sommet des falaises qui dominaient les eaux dorées des fleuves. Il vit une file de daims emprunter un sentier escarpé pour descendre boire. Alors il fut rempli encore de sa surprise de l'enfance. Ce n'était plus le cœur battant du petit garçon, la panique de la chasse, la fusion aveugle avec la réalité vibrante, c'était un sentiment plus large, une palpitation plus douce, une impression de sérénité chaude avec la pointe d'une flamme dansante qui lui aurait donné un sentiment d'éternité.

Le surlendemain, un des éclaireurs les rejoignit. C'était Genou Boiteux. Il était affecté d'une nette claudication qui ne l'empêchait pas d'être un cavalier émérite doté d'une vue perçante. Il leur annonça qu'il avait retrouvé le négociant traversant une vallée non loin de là. Il les conduisit auprès de l'ineffable chariot. L'homme ne marquait nul bonheur à revoir le chef orgueilleux. Catlin observait les deux chevaux échangés par Oiseau Deux Couleurs. Ils semblaient s'être soumis à leur destin et paissaient l'herbe au bout de leur longe.

Aigle Rouge pressa le marchand de questions. Ce dernier daigna énumérer les Indiens qu'il avait croisés. Dès qu'Aigle Rouge comprenait que l'homme dont parlait son interlocuteur n'était pas Élan, il lui ordonnait de passer à un autre. Enfin, le négociant évoqua, en effet, un guerrier qui paraissait solitaire et chevauchait seul. Mais il était trop éloigné pour qu'il ait pu le dévisager. Toutefois, par prudence, il l'avait observé un moment dans sa longue-vue. Manifestement, il ne semblait pas s'intéresser à sa carriole et le marchand écarta bien vite l'hypothèse d'une ruse.

– Tu es soupçonneux comme un voleur, c'est ta marque ! lança Aigle Rouge.

Le voleur présumé se ferma et adopta un silence buté qui ne dura pas longtemps devant la colère qui flambait sur le visage du chef. Le marchand donna quelques précisions de plus. L'Indien avait les cheveux épars, il portait cinq plumes d'aigle, il était torse nu, son cheval était magnifique, une belle robe blanche pommelée de noir, croyait-il. Aigle Rouge reconnut les cinq plumes d'Élan et les couleurs d'Orage.

– Tu les as vus quand ?

– Je ne sais plus exactement, il y a trois ou quatre jours…

– Trois ou quatre ? Ce n'est pas la même chose !

– Quatre, le vent soufflait, la bâche de mon chariot battait comme un drapeau. C'est là que je l'ai aperçu chevauchant vite contre la rafale. Puis il a disparu dans un pli de terrain.

– Il allait dans quelle direction ?

– Il semblait vouloir remonter le long de la Teton mais à distance, en lisière de la forêt.

Aigle Rouge donna le signal du départ. Élan avait donc quatre jours d'avance. Mais il était sain et sauf et semblait viser une destination particulière, mais laquelle ? Fallait-il s'obstiner, contrecarrer sa volonté, l'intercepter, lui proposer de l'aide ou retourner au camp et l'attendre ? Pattes de Loup pensait qu'il valait mieux poursuivre leur route et se rapprocher de lui. Catlin se garda de donner un avis.

Ils arrivèrent à Fort Pierre trois jours plus tard. Le voyage s'était fait sans encombre, hormis une rivière profonde à remous qu'il avait fallu franchir. Ils avaient tué un cerf sur sa rive opposée et s'en étaient régalé. Aigle Rouge détestait ce fort fourmillant d'Indiens vendant des peaux à la Compagnie des fourrures, de trafiquants, de chariots, de forgerons, de charpentiers martelant des planches et de marchands avides, buvant, disputant… C'est là qu'ils tombèrent sur Bogard installé dans un wigwam avec une Indienne, au pied des tours de garde. Il s'était acquitté de sa tâche, avait déchargé les objets de la collection qui avaient été embarqués sur l'*Assiniboine*. Après tous ces tracas, il prenait juste le temps d'un jour ou deux de loisirs, pour se remettre de la fatigue. Quant à Lance Blanche, il était parti chasser.

– As-tu vu Élan Noir ? demanda Catlin.

– Non ! déclara Bogard péremptoire.

– As-tu croisé quelqu'un qui, lui, pourrait l'avoir vu, quelqu'un de bien informé ?

Bogard quitta sa squaw qui était ronde et brune, à longues nattes et rubans, colliers, bracelets, pendentifs de coquette, et les emmena voir un trappeur au courant de beaucoup de choses. C'était à l'intérieur du fort, dans l'effervescence marchande. Catlin apprit que Pierre Chouteau était absent et il ne pouvait pas compter sur son entremise. Aigle Rouge traversait les groupes, le front haut, et les gars lui jetaient toutes sortes de regards qui allaient de l'étonnement à la méfiance en passant par quelques éclairs d'admiration tant il avait belle allure, flanqué de Pattes de Loup vif et mince, de Catlin en redingote chic et courte et de Bogard bille en tête, un drôle de quatuor préoccupé. Ils ne semblaient tout de même pas avoir trouvé de l'or ou être en mesure de négocier une peau de bison blanc. Bogard les introduisit dans une baraque de rondins où officiait le trappeur au milieu d'un empilement de fourrures de ratons laveurs, de renards, de castors, de bisons. Il y avait deux types en grand conciliabule avec l'informateur. Ils se retournèrent, l'homme reconnut Bogard qui le prit à part pour lui exposer le motif de leur irruption. Le trappeur avait un œil d'un bleu vif, l'autre crevé, il était petit, sec, nerveux, tordu, barbu, avec une tresse de cheveux à l'Indienne tissée de crins de chevaux et de perles. Il portait sur la poitrine une sorte de gilet en peau de daim, orné d'un gros médaillon argenté. Il se plongea dans une profonde réflexion où il faisait défiler tout ce qui lui était apparu de bizarre en matière d'humanité depuis ces derniers jours. Le problème était que le pittoresque, l'insolite, l'extravagant, le sombre, le sanguinaire ne manquaient guère le long du Missouri. Il fit quelques suggestions que Catlin et Bogard écartèrent. Alors, le visage du trappeur s'éclaira comme après avoir fait remonter d'un insondable puits la scène adéquate. Quand il eut fini ses révélations, Bogard les raconta à Aigle Rouge. Un proche du trappeur lui avait fait part de la vision d'un guerrier étrange et solitaire qui se baignait avec son cheval dans le Missouri en dépit du courant. Le poney était blanc pommelé de noir et l'Indien ne regardait guère autour de lui, indifférent au fort qui se dressait plus loin, enveloppé de wigwams. Là où la scène devenait peu commune, c'était que près de la baignade dont elles n'étaient séparées que par quelques arbustes, de belles squaws lavaient leur linge et contemplaient le guerrier qui était entièrement nu. Or il ne répondait nullement à l'intérêt de ces squaws qu'il n'avait peut-être même pas remarquées. Il finit par émerger du fleuve en compagnie de son cheval. S'étira dans le soleil, enfila son pagne court, ses jambières et ses mocassins, lança son tomahawk plusieurs fois, avec une fureur concentrée, au cœur d'un bouleau et s'en alla en passant tout près des jeunes filles, certaines effarouchées, d'autres rieuses, toutes baissant les yeux. Ce qui avait surtout retenu l'attention du témoin était que l'Indien justement n'ait pas essayé d'entrer en rapport avec de si belles filles visiblement séduites.

– Portait-il cinq plumes d'aigle ? demanda Aigle Rouge.

Le trappeur qui parlait la langue des Sioux répondit qu'on ne lui avait pas donné ce détail mais que d'après le témoignage de son ami, il avait la prestance d'un chef.

Il fallut entrer en contact avec cet ami qu'on retrouva sur l'*Assiniboine* en train de charger des peaux. Aigle Rouge cacha ses étonnements sur le pont du vaisseau en proie à toute une effervescence de marchandises et d'hommes. Il effleura d'un regard volontairement inexpressif une fort jolie voyageuse étrangère en robe bleue. Bogard lui avoua combien elle était à son goût.

– Je suis venu pour mon frère, pas pour tes sœurs ! répondit Aigle, intraitable.

Mais Catlin observa que l'Indien coula plus tard un regard en douce le long des groupes jusqu'à le poser sur la voyageuse pétillante sous son ombrelle bleue tachetée de rayons.

Le camarade du trappeur n'avait guère le temps de fournir une description documentée de la scène du bain qu'il consentit à retracer très vite en transportant ses ballots de cuir. Catlin qui avait un certain ascendant sur les personnes lui demanda quelle direction l'Indien avait prise. Il ne pouvait rien assurer mais c'était un drôle de type, ombrageux, l'air possédé, le tomahawk prompt et précis. Il semblait n'avoir fait une halte que pour se reposer avant de reprendre sa course bizarre, car Fort Pierre ne l'intéressait pas, ni les marchandises ni les squaws.

Catlin profita de la visite du bateau pour aller vérifier avec le capitaine que sa collection avait été remisée en lieu sûr, dans des caisses étanches et verrouillées. À son retour, ils se posèrent de nouvelles questions sur Élan Noir. Avait-il essayé de franchir le fleuve, abandonnant son cheval dans un campement pour prendre un canoë ou nageant au flanc de sa monture jusqu'à la rive opposée ? Le fleuve en ce début d'été ne charriait pas des eaux trop profondes ni bouillonnantes. Son cours était parsemé d'îles et de bancs de sable où l'on pouvait faire des pauses, mais des troncs dérivaient partout. Il avait dû passer mais pour aller où ? Ils firent l'inventaire des destinations qui pouvaient aimanter Élan Noir. Chasser dans de nouveaux territoires ? Mais pourquoi au-delà du Missouri ? Non, le projet d'Élan devait tenir au plus secret de sa personnalité. C'est alors que revint à Catlin son désir de se rendre au Coteau des Prairies, jusqu'à la Carrière de la Pierre à Pipe. Il aurait été bien dans la nature d'Élan d'être happé par ce lieu sacré. Aigle Rouge trouva cette intuition juste mais il était allé lui-même en compagnie de son kola à la Carrière et ils en avaient rapporté deux calumets qu'ils avaient fabriqués sur place. Cela remontait à une dizaine d'années. Ils étaient de très jeunes guerriers. Élan pouvait-il avoir eu envie d'y revenir ? Aigle répondit que tout était possible avec Élan. Il pouvait même avancer sans but, pour se perdre aux limites des territoires connus. Mais à y bien réfléchir, oui, Élan était capable de retourner là-bas, comme au bout d'un cycle. Le lieu saint avait alors exercé sur lui une telle fascination, un tel emportement de passion qu'Aigle avait été obligé de l'en arracher. Donc, oui, frère, il fallait tenter l'entreprise, traverser à leur tour, et Aigle conclut en faisant : how ! how !… Ce qui était chez lui la marque la plus sûre d'une volonté partagée.

Ils bivouaquèrent hors du fort, car Aigle Rouge refusait d'y séjourner. Avant que le soleil se couche, Catlin sortit d'une des sacoches accrochées à son cheval une carte qui datait de la première expédition de Clark et de Lewis, trente ans plus tôt. Il adorait cette carte du cours moyen du Missouri, le tracé épais du fleuve, avec la boucle large du Grand Détour, l'efflorescence des multiples affluents et les emplacements précis de toutes les tribus : Ricaras Villages, Tetons, 1 500 Souls, Okandandas, Wa-pa-too-ta, A Band of 600 Souls, Sisatoone, A Tribe of Sioux, 900 Souls… Oui, entre Missouri et Mississippi se déployait le royaume des Sioux… Il leur faudrait traverser la rivière Jacque, alias la Yankton River du nom d'une tribu de Sioux. Puis franchir le Coteau, la Big Sioux… Tout était indiqué sur la merveilleuse carte du gouverneur Clark que Catlin avait eu l'honneur de rencontrer à Saint Louis et dont il avait reçu, avant d'entreprendre son grand périple, foule d'informations sur les Indiens et leur pays. On lisait sur la carte la vie des fleuves, on y repérait les reliefs des falaises longeant le Missouri et des différents monts. Quelque part sur ce territoire errait Élan Noir dans les lacis, au pied des buttes. Seul avec Orage sur les plateaux fouettés par les vents.

Ils renoncèrent à franchir le Missouri avec leurs chevaux qu'ils laissèrent à Fort Pierre. Ils trouvèrent un nouveau guide, Cheval à l'Oreille Unique, qui connaissait la région du Coteau des Prairies. Genou Boiteux et Bogard, auquel Catlin donna foule de recommandations, purent ainsi retourner au bord de la Wapiti. Le peintre, le chef, son aide de camp, et leur guide descendirent le cours du Missouri. Catlin avait transféré son matériel de peinture des sacoches des chevaux à l'intérieur du canoë. Ils naviguèrent jusqu'au Grand Détour où ils abordèrent dans une échancrure des falaises. Aigle Rouge et le guide partirent à la recherche de nouveaux chevaux tandis que Catlin escalada un tertre abrupt en compagnie de Pattes de Loup qui portait l'attirail de l'artiste. Le Grand Détour était un des spectacles les plus extraordinaires qu'il fut donné à Catlin de contempler. Il dépassait en majesté tout le reste. Il dressa son chevalet au sommet du piton et se sentit souverain de l'espace. Ce n'était pas tant une royauté fondée sur la domination qu'une immersion passionnée dans le paysage. L'immensité du vert de la prairie le cédait à une succession de reliefs aux teintes plus contrastées. Devant lui, de l'autre côté du fleuve, s'alignaient des séries de cônes et de pyramides rouges, des châteaux d'argile en forme de fours géants. À l'arrière-plan venaient des plateaux et des pics bleuâtres. Tout autour du peintre, des blocs escarpés d'un brun sombre s'érigeaient au-dessus d'une vallée piquetée d'arbres. Catlin décida de se peindre sur la plus haute cime juste devant le fleuve et le théâtre des colosses empourprés. Il se représentait ainsi comme le premier découvreur du monde, minuscule figure humaine noyée dans l'opéra tellurique que le fleuve inondait. Il n'était pourtant pas un intrus ni un voyeur glissé dans les coulisses du cosmos mais un attribut de cette imbrication de toutes les beautés. Sa lucidité concourait à la grandeur universelle. Mais elle en était un fragment plus intime et plus émouvant. Petit peintre solitaire perdu dans la vastitude et, en même temps, la déployant, la soulevant autour de lui grâce à son pinceau, à ses couches de couleurs, à ses larges traits balayant la surface des choses, y traçant le cours du Missouri… Ainsi il participait au mouvement de la création, il se fondait à l'effusion de sa naissance. Quand sur la toile les volumes s'organisaient, que l'architecture du paysage établissait ses lignes de force, ses perspectives, c'était ce double peint qui lui permettait de mieux adhérer au monde, de croire à ce qu'il voyait. Son regard voyageait sans cesse du cadre restreint de son chevalet au décor exorbitant mais c'est ainsi qu'il pouvait se sentir partie prenante du mystère et de la joie formidable des montagnes, du ciel et de la grande rivière. Il y était enfin ! Il n'était, en fait, ni noyé ni perdu comme la vision de son tableau le ferait penser plus tard à l'amateur de musée américain. Il naissait dans le miracle du monde, il s'en donnait le droit par la peinture qui l'intronisait au cœur du secret, et il y grandissait. Il était le fils et le frère des choses comme un Indien qui regarde.

Et Pattes de Loup regardait, allait lui aussi sans cesse de l'intérieur de l'œuvre à l'extérieur de la création. Et c'était la même chose immense qui se laissait saisir justement par la différence. La petite chose donnait la mesure de la grande et cette dernière recevait sa créance de la première. Il y avait là, oui, grande médecine puisque le mystère seul pouvait expliquer le mystère. Le rendre en quelque sorte acceptable et plus proche. Le tableau n'ouvrait une disjonction que pour la suturer à un niveau plus profond, plus vivant et sacré. Un lien était scellé, une connivence entre l'homme et les choses embrassés dans le même amour. C'est pourquoi Pattes de Loup qui était un guerrier en butte aux combats de la survie ne prenait pas l'activité de Catlin comme un jeu stérile qui ne rapportait ni bisons ni scalps. Il s'émerveillait au contraire de la magie créatrice qui produisait la scène où les hommes respiraient, chassaient, élevaient leurs wigwams. Pattes de Loup entrait dans le tableau avec ce trouble qu'imprimait en lui l'image des choses qui n'était pas les choses mais les reflétait. Le tremblement venait de ce reflet, l'étonnement et la jubilation intérieure. Pourquoi tant de joie jaillissait d'un reflet ? Pourquoi l'homme se reconnaissait, se mirait dans cette facette peinte ?

Ils chevauchèrent vers la rivière Jacque, du nom d'un trappeur qui avait séjourné sur ses bords pour y piéger des castors. Ils rencontraient dans la prairie des Sioux Yanktons qui les accueillaient avec amitié, renouvelaient leur stock de pemmican tout en partageant avec eux des côtes de bison rôties. Ils croisaient des trappeurs charriant sur des cours d'eau leur cargaison de peaux. À tous ils décrivaient l'Indien égaré. Certains croyaient l'avoir vu. Et le cheval blanc pommelé de noir se mettait à galoper dans les bois, sur les collines, traversant des gués bordés de saules et de bouleaux. Était-ce Élan Noir qui avait menacé ce voyageur habillé de noir tel un prophète ? Était-ce lui qui avait plongé du haut d'un pic au fond d'un lac, traversé un wigwam d'une seule course en hurlant ? Était-ce encore lui cette apparition intermittente, cet Indien nu offert au supplice du soleil, attaché à un arbre tout en se cinglant de son fouet ? Se pouvait-il que ce soit leur frère qui, déguisé en femme comme Oiseau Deux Couleurs, avait soudain assailli trois squaws qui se baignaient et les avaient étreintes tour à tour avant de s'éloigner dans les remous de la rivière sous la forme d'un cerf énorme étendant sa ramure de roi ? Ce conte n'était-il pas l'avatar d'une légende sortie de la mémoire ou de l'imaginaire d'un chamane ?

Le chemin était long, accidenté, hanté de ravines, de torrents, de cavernes et de grizzlys. Puis ce fut la Big Sioux et la quête d'un gué. Les eaux de la rivière étaient claires. Ils pêchèrent quelques beaux poissons-chats qui agrémentèrent leur régime. En descendant le long du fleuve, ils virent un troupeau de bisons essayer de le franchir. Hélas, sur l'autre rive, les animaux soudain déviés et entraînés par le courant se heurtèrent à une falaise escarpée. Toute la cohorte finit par s'accumuler au pied du rempart. Se bousculant, mugissant, tentant d'escalader, de trouver des gradins dans la pente. Certains réussirent, d'autres reprirent le cours des remous mais la fatigue les ralentissait, les faisait divaguer, refluer sans atteindre le passage d'un ravin coupant l'obstacle. C'est alors que surgit une bande de loups, des gris et un tout blanc. Ils foncèrent sur les bêtes coincées contre le butoir. Après quelques hésitations, courses de long en large du surplomb, humant leur proie, jappant, allongeant le cou, ils dégringolèrent la falaise quitte à déraper, à faire quelques culbutes. Ils réussirent à couper l'élan poussif d'un bison voûté dans l'effort. Ils l'accrochèrent jusqu'à la curée dans un éboulis de glaise et de sang. Sans cesse, ils glissaient avec le bison beuglant dans les eaux où ils continuèrent de le dévorer en grimpant sur son corps comme sur un radeau.

Aigle Rouge, Catlin et Pattes de Loup traversèrent la rivière bien en aval du carnage, là ou le tranchant de la rive enfin se brisait. Au-delà d'une vaste étendue de prairie, le Coteau s'élevait. Ses chaînes se déroulaient coupées d'étroites vallées. Le paysage n'était plus que rocs, plis et tables de pierre rouge où Catlin reconnaissait la stéatite fabuleuse dont il recueillait avec avidité des morceaux dans ses sacs parmi des fossiles, des racines sèches, des bris de coquilles, des chrysalides d'insectes. Un jour, ils rencontrèrent deux guerriers, deux Sioux Yanktons, solitaires illuminés par leur passage dans la Carrière de la Pierre à Pipe dont ils revenaient. Ils avaient vu deux ou trois voyageurs qui pouvaient correspondre au signalement d'Élan. Ils fumèrent ensemble le calumet et firent un festin de l'ours noir que les deux hommes venaient de tuer. L'un d'eux avait un couteau original et très beau dont la lame était justement de stéatite rouge effilée ajustée à un manche sculpté dans le sabot d'un élan. Catlin voulait le couteau, c'était enfantin, irrépressible. Il avait beau lutter contre cette indigne pulsion d'appropriation, rien n'y faisait, elle le brûlait, le tenaillait. Il demanda à l'Indien de l'échanger contre un de ses deux pistolets. L'Indien refusa d'abord et Catlin ne put s'empêcher de s'adonner à un diabolique rituel de tentation en tendant le revolver à bout de bras jusqu'à tirer une balle dans l'aile d'une buse qui fondait à ce moment entre deux sapins sur un mulot. En théorie, l'oiseau n'aurait pas dû être à la portée d'un revolver. Ce fut un tonnerre qui se répercuta entre les abrupts minéraux où la buse échoua, déployant son aile sauve tandis que l'autre tout arc-boutée se traînait, brisée, sanglante. Il fallut achever l'oiseau. L'Indien demanda de voir l'arme de plus près. Catlin la remit dans sa main gauche car l'homme était gaucher. La main se serra lentement sur la crosse courte, argentée. L'Indien se promena ainsi avec le revolver qu'il pointa sur les pins, puis sur un aigle pêcheur qui planait tout là-haut, descendait vers les lacs sauvages. Un aigle de guerre paré de son plumage de prouesse. L'Indien comprit qu'il était inutile de tirer à une telle altitude. Il suivit sur toute sa longueur le vol de l'oiseau suprême et donna l'impression que son revolver était le double même du rapace. Alors Catlin et lui s'assirent autour du feu. Ils échangèrent une multitude de signes, de mimiques semés de how ! how ! Ou de waughs ! waughs ! Catlin eut son couteau dantesque et l'Indien l'oiseau-tonnerre…

Catlin faisait de nouveau le constat de ses relations aisées, pacifiques avec les Indiens. Il écrivait : « J'aime ce peuple qui m'a toujours bien accueilli très chaleureusement… qui est honnête, qui n'a ni prison, ni hospice… qui n'a jamais prononcé le nom de Dieu sans pensée profonde… qui ne connaît pas l'intolérance religieuse… qui n'a jamais levé la main sur moi, ni volé ma propriété… Il n'a jamais livré bataille à l'homme blanc excepté sur son territoire… Oh, combien j'aime ce peuple qui ne vit pas pour l'amour de l'argent. » Tel enthousiasme ne vient pas d'une chimère rousseauiste mais d'une expérience vécue. On est loin du mépris qui sera celui d'Audubon quelques années plus tard.

Ils étaient désormais à l'intérieur du royaume rouge et sacré. Une terre de granit, de quartz, de cailloux s'étendait armée de murailles couleur sang. Le sang des ancêtres noyés dans le déluge primordial. Cheval à l'Oreille Unique les conduisit au sommet de la pierre centrale la plus haute, le Nid du Tonnerre. La surface du roc était mystérieusement lisse, patinée, miroitante. C'était le foyer d'un mythe sacré, l'histoire du couple fabuleux formé par une oiselle et un serpent furieux. Quand leurs œufs commençaient d'éclore, le tonnerre éclatait. Ce lieu entier était le théâtre des dieux. Le Grand Mystère devant toutes les tribus réunies y avait fumé le calumet de la paix. La pierre sacrée était la chair des ancêtres. Cheval à l'Oreille Unique pénétré de vénération leur montra des traces d'oiseau inscrites dans le glacis. Il s'agissait de l'empreinte même des pieds du Grand-Esprit qui avait consommé là un bison dont le sang s'était répandu alentour. Il y avait beaucoup d'autres versions aussi fascinantes les unes que les autres où deux déesses apparaissaient parmi les rochers. On venait les consulter avant d'extraire les joyaux. Et Catlin cherchait un équivalent dans la religion américaine, quelque chose comme une scène de Moïse édictant les Tables de la Loi dans un champ de foudres. Quel sacrifice d'Isaac ? Quel Agneau mystique ? Quel Golgotha ? Mais Catlin était agnostique, il ne pouvait partager l'extase de l'Indien qu'en se remplissant d'une exaltation liée au mystère de la création, qu'en retrouvant la croyance vitale de son enfance chasseresse. Tout alors était Dieu, présence, intensité, inspiration, fusion, merveille totémique. Daim, rivière, apparition de l'Oneida primordial, de sa femme, de son enfant. Sublime crèche. Pèlerinage vers le chaudron d'or. Cène, partage du gibier. Sacrifice du guerrier nu tué par les soudards.

Catlin reconnaissait alentour des girons de gneiss, de nouvelles armures de quartz rouge comme vitrifié où les Indiens au fil du temps avaient sculpté leurs totems et leurs signes. La pierre sacrée était un autel tatoué de présences ferventes. Il puisait des échantillons, la future catlinite, qu'il fourrait dans ses sacs, se régalait des récits des Sioux et d'autres tribus, parfois ennemies, qu'il rencontrait et qui prélevaient leur parcelle du trésor. Aigle Rouge ne pouvait plus douter qu'Élan était là, quelque part dans les entrailles des dieux, dans les carcasses de sang des bisons engloutis par le Grand-Esprit. Car tout était grandiose et sauvage. Une colonne séparée de la falaise principale s'élevait à trente mètres du sol. On disait que des guerriers tentaient le saut au-dessus de l'abîme. Certains s'étaient tués en retombant sur l'escarpement de quartz, disloqués, éventrés, leur sang ruisselant sur les flancs du mont rouge. On voyait à son pied des tumulus attestant la présence des dépouilles. Des Indiens avaient aperçu Élan Noir, d'autres hésitaient, le confondaient avec toutes sortes d'orants, d'hommes-médecine et de chamanes accourus sur la terre sacrée. Aigle Rouge sentait l'existence proche de son kola, il fouillait les moindres plis du terrain, traversait des fontaines, grimpait sur des pics, explorait toutes les cavités camouflées dans les redents du roc. Catlin l'accompagnait et ils tombaient sur des Indiens prosternés qui parlaient au Grand Mystère et aux deux déesses. Ce n'étaient plus les cavaliers belliqueux des prairies mais des chercheurs de vérité, de reliques, des espèces d'ermites qui campaient sur le corps de leur dieu.

Ils bivouaquèrent dans la formidable forge. Catlin peignit la scène rouge. L'atmosphère était envoûtante. Le soleil couchant alluma toute une muraille que Catlin saisit sur son tableau. Le chant d'une flûte monta dans le silence, c'était comme une fontaine étroite et sonore fusant doucement dans la nuit venue. On aurait dit aussi la fumée d'un calumet changée en mélodie.

Le lendemain, ils reprirent leur recherche, dans les failles et les niches. Était-il reparti muni de sa pipe fraîchement découpée dans la roche, illuminé, chevauchant vers le nord-est, vers le Mississippi immense ? Alors ils n'avaient plus de chance de le retrouver, dans l'inconnu.

Il faudrait revenir bredouille le long de la Wapiti, sans le frère, sans ses humeurs, sans sa mélancolie ardente. Aigle Rouge redoutait ce deuil.

Un après-midi de grand soleil, dans un dénivellement qui succédait à une table haute, ils découvrirent un trou où une forme humaine semblait recroquevillée, figée. Le soleil dardait dans la cavité écarlate. Le cœur d'Aigle s'emballa dans sa poitrine. Il se rua vers le fantôme. Et c'est lui qu'ils atteignirent enfoncé dans la matrice des dieux, un enfant maigre et nu, enduit de poussière pourpre, serrant dans sa main un calumet taillé. Son visage épuisé baignait dans une sorte d'hallucination. Aigle Rouge l'appela :

– Frère ! Frère, réponds-moi.

Élan, du fond de son visage osseux, leva vers lui un regard de fièvre cerné de noir. Il se laissa soulever entre les bras d'Aigle et de Cheval à l'Oreille Unique. Ils le firent boire et avaler un peu de pemmican. Ils le portèrent jusqu'au campement. Ils demeurèrent deux jours sans bouger à s'occuper du frère transi. Dans l'écrin des quartz, des miroitements. Le matin du deuxième jour, ils lui demandèrent ce qu'était devenu Orage. Il leur apprit que son cheval blanc tacheté de noir était mort en arrivant à la Carrière de la Pierre.

Au cours d'un lent voyage, ils regagnèrent les rives de la Wapiti et l'intimité de leurs wigwams. Alors Oiseau Deux Couleurs revêtit sa fantastique panoplie de chamane, d'homme sacré, de Wicasa Wakan, tous ses oripeaux de plumes, de poils, de cornes et de squames. On entendit ses grelots, son tambour et ses crécelles et il commença vraiment de ramener le chef perdu vers le monde quotidien et familier.

Matin Rouge appartenait au chef, il rivalisait de beauté avec Lumière du Matin qui était son cheval favori. Aigle offrit Matin Rouge à son kola. Il fit entrer directement le poney dans le wigwam du convalescent auprès duquel veillaient le chamane, Louve, Sauge Sauvage et Punaise qui Rampe pleine de grâce et de délicatesse envers son mari. La lumière intime de la tente enrobait les courbes de l'animal d'une teinte blonde. C'était un cheval tendre que les femmes entourèrent d'un halo de murmures émerveillés. Élan l'accueillit avec une grande douceur. Matin allongea son encolure et se prêta aux caresses du guerrier. Aussi souvent que possible Aigle Rouge venait, accompagné de Matin. Le cheval frémissait au milieu des épouses du chef qui lui parlaient, le flattaient de leurs mains fines de brodeuses. Jusqu'au jour où, sorti de la tente, Élan enfourcha sa nouvelle monture qui s'ébroua, trotta, galopa en rond autour du campement. Tout le monde souriait, regardait le chef sur son poney. Il était encore maigre, lui ne souriait pas. Mais ils l'avaient si rarement vu sourire que cela ne les inquiéta pas. Eût-il souri qu'ils auraient redouté le retour d'une crise.

Un jour de fort soleil, Catlin déploya au-dessus de sa tête une ombrelle, avant de peindre le portrait de Genou Boiteux. Les Sioux s'émerveillèrent de l'objet vaporeux. Eux qui avaient distribué tant de cadeaux au peintre demandèrent « l'aile de colombe », mais pour se protéger de la pluie. Catlin n'était pas possessif mais tout de même ennuyé, car l'ombrelle lui était bien utile pour travailler à l'abri du soleil. Après tout, il ne possédait qu'une colombe pour tous les membres du village. Alors, les plus hardis proposèrent un concours à l'arc. Celui qui tirerait le plus de flèches vers le soleil dans le minimum de temps serait le propriétaire de la merveille. Catlin fut obligé d'accepter. Une rangée de guerriers se disposa sur la même ligne. Les flèches fusèrent à toute allure. Lance Blanche remporta le tournoi, son fameux sourire lumineux jaillit soudain du boîtier de son visage clos et buté. Il prit l'ombrelle avec délicatesse et se promena avec elle entre les wigwams. Des jaloux se mirent à le railler en lui lançant qu'il ressemblait à une biche précieuse, oui, à Oiseau Deux Couleurs… Ce dernier qui assistait à la scène ne broncha pas, sûr de ses pouvoirs. Mais Lance Blanche qui appartenait à la société des loups avisa un plaisantin appartenant, lui, au clan des renards. Les deux groupes se rassemblèrent l'un en face de l'autre et commencèrent d'échanger des menaces. Ils en seraient venus aux mains si Élan Noir ne s'était interposé sur son cheval blond, hautain comme jamais, avec un beau tranchant de voix autoritaire. Tout le monde se sentit ravigoté par cet aplomb de chef en pleine forme. On se dispersa de bon cœur. Lance Blanche n'abandonna pas pour autant l'objet de la discorde. Il ouvrit l'ombrelle et poursuivit de plus belle sa promenade. Alors Élan sourit.

Oiseau se précipita dans le wigwam de Catlin pour lui annoncer la grande nouvelle : le sourire d'Élan. Catlin pensa qu'un grand peintre eût réussi à rendre ce sourire. Et il douta de lui et de son art. Oiseau qui devinait ses semblables lui demanda ce qui l'assombrissait. Catlin lui déclara qu'il n'aurait pas su peindre le sourire d'Élan, que peindre ce mystérieux sourire aurait été probablement le chef-d'œuvre de la peinture. Oiseau Deux Couleurs ne comprenait pas bien pourquoi un sourire rare pouvait prétendre à un tel honneur. Certes, il avait été ému par ce sourire de renaissance mais peindre un authentique portrait d'Élan consistait à le saisir en pied et en grande tenue de chef, arborant l'air le plus grave. Catlin lui répondit que ce n'était pas si sûr.

– C'est beau aussi de capter l'intimité d'une expression délicate et fugitive…

Oiseau était fin, il ne manquait pas d'être intrigué par cette réflexion d'un peintre aussi éminent que Catlin. Il réfléchissait, se creusait la cervelle, levait le visage dans toutes les directions comme pour évaluer les hypothèses les plus improbables. Alors il se lança :

– Si tu veux peindre mon sourire vas-y, Djoodje !

Mais Catlin lui expliqua que tout cela devait être naturel et spontané, saisi au vol.

Cuisses retrouvaient Catlin dans son wigwam quand Bogard s'absentait pour rejoindre lui-même souvent une Indienne. Catlin s'aperçut bientôt que Tonnerre Riant connaissait depuis longtemps cette relation. Il en était flatté car Catlin avait la réputation d'être un homme-médecine. Certes, le peintre savait que les chefs pouvaient offrir leurs filles à des visiteurs de haut vol. Le gouverneur Clark, délégué général aux Affaires indiennes, lui avait raconté à Saint Louis que lors de sa fameuse expédition, en compagnie de Lewis, trente ans plus tôt, en 1804, il s'était vu proposer une femme par les Sioux Tetons qu'il avait refusée. Ce qui avait fort envenimé ses relations avec les Indiens. Chez les Mandans, les compagnons de Clark avaient beaucoup profité des largesses de ce peuple luxurieux. Ce que Clark avait tu mais que Catlin avait appris plus tard, c'est que l'auguste explorateur, surnommé Cheveux Rouges par les Indiens, aurait eu en 1806 un enfant d'une Indienne Nez-Percé ! Depuis plus longtemps, des métis étaient nés des étreintes entre les premiers trappeurs, traiteurs et les Indiennes. Ils faisaient de bons guides et des interprètes précieux. Ainsi l'histoire de Sacagawea et de Toussaint Charbonneau était-elle célèbre. Sacagawea était une Indienne Shoshone enlevée comme Louve, mais par les Hidatssa, au cours d'un de ces sempiternels conflits entre tribus. Le trappeur et marchand Charbonneau allait la gagner dans un jeu de paris ! Clark et Lewis feraient appel à lui comme guide et interprète et lui demanderaient d'emmener Sacagawea en tant que traductrice et médiatrice, ce dont, entre autres services excellents, elle s'acquitterait avec brio dans la négociation de paix avec les Shoshones hostiles, sa tribu d'origine. Elle n'avait que quinze ans. Elle accoucherait de Jean-Baptiste, un enfant métis, pendant l'expédition. Mais Charbonneau son mari était une brute qui la maltraitait, elle mourrait à vingt-cinq ans. En 2000, l'Amérique frapperait un dollar à son effigie ! Alexander Culbertson, lui, fut toujours aux petits soins pour sa belle Mme Culbertson, Natawista, elle aussi émissaire et intermédiaire avec les Indiens de sa tribu. Catlin ne faisait qu'entretenir cette tradition de reconnaissance et d'échanges chaleureux. On fumait le calumet spirituel que complétait le dialogue charnel… Bien sûr, Catlin se taisait rigoureusement là-dessus dans ses écrits que Clara, son épouse bien-aimée, pourrait lire et qui étaient destinés à la postérité…

Ce n'était pas une danse comme les autres et Catlin le perçut peu à peu jusqu'à n'en plus croire ses yeux. Les guerriers suivaient Oiseau Deux Couleurs en une file fantasque de corps déhanchés. Ils mimaient sa féminité et le moquaient. Les flûtes et les tambours retentissaient dans un concert orgiaque. Aigle Rouge riait de bon cœur à cette coutume. Mais Louve assise à côté de lui fronçait les sourcils et son visage se fermait de désapprobation. Élan Noir restait impassible, ses épouses, Sauge Sauvage, Petite Pluie et Punaise qui Rampe, s'esclaffaient. Tout le campement était très excité à ce spectacle, on écarquillait les yeux, on montrait tel ou tel danseur qu'on encourageait à plus d'audace. Et l'arabesque des guerriers se tortillait en un dragon sinueux, ébouriffé de plumes, que conduisait Oiseau Deux Couleurs sans marquer de sentiment particulier. Il marchait comme un automate tandis que les autres sautaient et bondissaient. Bientôt, ils l'encerclèrent et Catlin trouva que les choses se gâtaient alors que Bogard ravi devenait rouge de plaisir. Les uns allongeaient carrément la main vers le sexe d'Oiseau, d'autres faisaient mine de se coiffer avec mille manières, de se mirer, de se pavaner fastueusement. Soudain, ils pivotaient, offraient leurs fesses…

Tonnerre Riant poussa un rire tonitruant. Catlin détournait les yeux mais les ramenaient tant ses devoirs d'ethnologue l'obligeaient à tout regarder. Les crécelles et les grelots crépitaient comme feu de braises et boucan d'escarbilles. Louve paraissait de plus en plus blessée. Aigle Rouge la somma de se ressaisir mais elle ne lui obéit pas. Elle se leva pour partir. Alors Herbe Sauvage, Menthe et Soleil de Midi l'entourèrent et la pressèrent de s'asseoir de nouveau.

Puis, tour à tour, les danseurs se mirent à raconter leurs prouesses amoureuses. Ils se vantaient de mille séductions, enlèvements, acrobaties sexuelles et métamorphoses animales dignes de Jupiter. Chacun rivalisait d'outrance et de détails scabreux avec les autres. Certains allaient jusqu'à narrer une aventure complète au bord d'une rivière avec de jolies lavandières ou des baigneuses appartenant à un clan ennemi. Des razzias étaient l'occasion d'abus de toutes sortes. Le sommet fut atteint quand plusieurs firent cas de leurs relations réelles ou imaginaires avec Oiseau dont ils imitaient les cris de plaisir. La sarabande reprit de plus belle, elle roulait, tanguait, les bras se levaient, ondulaient, les mains claquaient les unes dans les autres, les ventres se dandinaient avec volupté. Et tous les spectateurs chauffés seraient presque entrés dans la bacchanale si les chefs Aigle Rouge, Élan Noir et Tonnerre Riant en avaient donné le signal.

Quand la danse prit fin, Oiseau fit volte-face et affronta toute la bande de débauchés. Le chamane avança vers eux, l'air crâne. Surpris, ils reculèrent. Alors Oiseau dégrafa sa robe de wapiti blanc, découvrit largement son torse élancé où apparurent plusieurs amulettes, wotawes, grigris, fétiches qui étaient reliés à son cou en guise de pendentifs. Les danseurs reconnurent les emblèmes des pouvoirs de l'ours et du tonnerre. Mais surtout ils furent frappés par les effigies du bison hermaphrodite et de l'hirondelle. Oiseau Deux Couleurs continuait de les faire battre en retraite et de reconquérir son territoire spirituel. Il contrevenait ainsi au déroulement normal de ce rituel de moquerie. Louve le regardait avec un petit sourire fier, c'était sans doute ce que le chamane savait, voulait.

Le soir, dans ses carnets, Catlin évoque brièvement l'épisode de la « danse du berdache » qu'il trouve d'abord drôle mais stigmatise très vite comme une coutume insupportable dont il veut épargner à ses lecteurs les détails « écœurants ». Il souhaite même que cette fête disparaisse dans un avenir proche. Pourtant il a peint un tableau qui représente le rituel. Des danseurs endiablés gesticulent autour de l'homme-femme et l'on distingue nettement des bras qui se tendent vers lui, des signes équivoques.

En s'effarouchant de la danse du berdache, Catlin si peu puritain condamne d'abord l'humiliation du travesti. Il veut aussi devancer les réactions négatives des lecteurs américains en matière de libertés sexuelles. Car ce seront justement les colons armés de leur Bible qui condamneront l'homosexualité et les travestis indiens. Et si plus tard des comportements de discrimination sévère apparaissent dans les tribus et les réserves, ce bannissement découle de l'emprise des nouveaux maîtres qui multiplieront encore d'autres interdits, séparant les enfants des tepees, les embrigadant dans des écoles où ils sont punis, maltraités, les faisant renoncer à leur langue et à leurs rites les plus essentiels…

Louve passait trop de temps dans la tente d'Oiseau Deux Couleurs pour y broder de concert, y deviser en liberté. Un jour, elle eut une altercation avec Herbe Sauvage, la première épouse d'Aigle, donc la plus âgée, la maîtresse du gynécée, celle qui distribuait les tâches et parfois faisait travailler les autres épouses à sa place. Louve Blanche, la favorite, s'était soustraite aux basses besognes, mais cette fois-là, Herbe Sauvage se fâcha. Louve devait impérieusement participer à la corvée de bouses sèches de bison et de fagots de branches pour le foyer. Sa belle robe de Louve ne convenait guère à ce travail. Elle se rebella et maudit Herbe Sauvage, appelant sur elle les mauvais esprits. Apeurée, Herbe Sauvage se plaignit à Aigle Rouge. Il n'avait jamais supporté ces chamailleries entre épouses qui pouvaient s'envenimer d'un wigwam à l'autre, rameuter les beaux-frères et ces belles-mères redoutées qu'aucun mari n'avait le droit de regarder dans les yeux ! Mais il ne rabroua pas Herbe Sauvage. Il fit irruption dans la tente d'Oiseau Deux Couleurs qui jouait de la flûte tandis que Louve lui brodait des piquants de porc-épic pour une nouvelle robe. Cette intimité tranquille déplut au chef, elle contredisait ce qu'Oiseau lui avait laissé entendre, à savoir qu'il s'apprêtait à initier Louve à certains de ses secrets de guérisseur par les plantes, les pierres, les visions. Mais cette espèce de halo très domestique qui englobait le couple n'avait rien de surnaturel. Aigle somma Louve d'aller ramasser les bouses et les branches. Louve préféra ne pas regarder son époux dans les yeux. Elle déclara que les bouses des bisons souilleraient sa robe. Il lui commanda d'aller changer de robe. Louve adopta un petit air dégoût en disant que les trois épouses l'ennuyaient de leurs propos futiles. Aigle Rouge fut surpris par cette hauteur et ces exigences de Louve en matière de conversation. Il la regarda avec une pointe de perplexité dans sa colère. De quoi voulait-elle donc qu'on lui parle ? Il s'adressa à Oiseau Deux Couleurs :

– Qu'est-ce que tu lui racontes, toi !

Oiseau, qui ne manquait pas de culot, répondit :

– Quand je n'interprète pas ses rêves, je lui parle des esprits-gardiens, des légendes anciennes, du grand rocher et des plantes.

Aigle Rouge trouva que cela faisait beaucoup :

– À quoi servent tant de discours quand une femme doit d'abord gratter les peaux, préparer le repas, s'occuper des petits, aller chercher du bois et des bouses.

– Louve fait partie de la confrérie des brodeuses qu'elle domine par son art inégalable, répondit Oiseau. Elle est très respectée. Jusqu'ici elle a été dispensée du travail subalterne… Alors pourquoi changer son statut ?

Élan Noir, qui était entré sur ces entrefaites et avait compris l'enjeu du débat, sembla s'y intéresser, ce qui était un événement et fit plaisir à Aigle lequel, avec un soudain entrain, demanda à son kola :

– Louve doit-elle aller chercher du bois et des bouses, oui ou non ?

Élan se gratta la tête. Il regarda Louve et son beau visage révolté. Il n'aimait pas la rébellion mais elle l'émouvait quand même secrètement. Louve lui plaisait, parce qu'elle le divertissait de sa mélancolie, le surprenait. Il bredouilla :

– Les bouses, les bouses…

Oiseau Deux Couleurs réprima un fou rire. Tant la mine d'Élan était évasive. Alors Élan Noir finit par déclarer :

– Broder des mocassins rares, c'est mieux que ramasser des bouses.

Aigle Rouge répliqua :

– L'un n'empêche pas l'autre !

Élan se gratta la tête de nouveau :

– Emmène plutôt Louve à la chasse, c'est une bonne cavalière. Elle dépècera le cerf que tu tueras avec son couteau. Ce sera une belle peau où elle te taillera des jambières frangées, brodées de subtils motifs.

Aigle Rouge fut séduit par l'image de la scène. Son kola avait l'air d'adhérer pleinement à ce qu'il disait. Il était envoyé à la chasse par son frère. Il regarda Louve :

– Viens ! Nous allons chasser !

Louve courut chercher son poney. Aigle lui tendit un arc et des flèches. Ils partirent au galop dans la prairie. Louve pressa les flancs de sa monture qui distança Aigle. Elle fit bientôt volte-face et revint vers lui. Aigle jouissait du spectacle de la liberté de Louve, car elle embellissait la jeune femme dont la chevelure déployée laissait des mèches se mêler dans le vent à la crinière de sa monture. Elle galopait à toute force, directement sur lui, grandissait. Le cheval réjoui hennit, lui-même exalté par la course, décuplant ses énergies musclées. Aigle Rouge voyait les cuisses dorées de l'épouse saillir de la robe assez large pour se retrousser, car Louve enfourchait son poney comme toutes les Indiennes. Ils remontèrent le cours de la rivière Teton, virent des bisons courir au loin sur les flancs d'une colline mais ils continuèrent. Ils rejoignirent cette forêt où Louve s'était échappée en pleine nuit, poursuivie par son ravisseur. D'un commun accord, sans rien dire, ils retrouvèrent la fontaine entre les rochers. Ils descendirent de leurs chevaux pour boire. Louve qui ne manquait pas de finesse fit mine de s'endormir comme pendant la fameuse nuit. Mais cette fois, Aigle Rouge ne se coucha pas pour s'endormir à son tour. Il se défit de sa tunique de cuir et de ses jambières de cerf, enleva son pagne court. Il s'allongea sur le corps de Louve qui gardait encore les yeux fermés. Aigle releva la robe de la chasseresse. Il caressa son beau, son étrange visage d'ennemie crow, de squaw autour de laquelle flottait cette rumeur de la Femme-Double, d'hirondelle fourchue, zigzaguant entre ombre et lumière, d'une saison à l'autre, de mystérieuse infidèle. La main du Sioux alla palper ces cuisses longues de fille crow encore imprégnées de l'odeur de son cheval. Aigle remonta vers ce qui brûlait Louve, les embrasait tous les deux maintenant dans le bois de la quête nocturne tandis que la fontaine bruissait, les inondait de ses flûtes.

C'est le temps des cerises mûres et tout le monde prépare la cérémonie annuelle de la Danse du Soleil qui des préliminaires à la fin dure douze jours.

L'éclaireur, Genou Boiteux, un guerrier courageux, est envoyé à la recherche de l'arbre idéal, il a parcouru les rives de la Wapiti bordée de saules, de bouleaux. Il s'est arrêté devant un beau spécimen de peuplier-coton qui présente la fourche nécessaire pour suspendre les cordes.

Le soir, un grand festin de chiots et de langues de bison est donné dans une atmosphère joyeuse. On échange des plaisanteries crues, des allusions obscènes. Bogard réjoui, rouge et festif, dit tout de même à Catlin que le déroulement du rite sera de moins en moins drôle…

Oiseau Deux Couleurs est chargé de capturer « l'ennemi ». La tâche sacrée de couper l'arbre est confiée à Lune, la fille d'Élan Noir réputée pour ses vertus, elle est assistée de trois squaws. La partie sectionnée mesure dix mètres de long. Les femmes l'écorcent entièrement. Puis une vingtaine de guerriers s'emparent du tronc vénérable et le transportent jusqu'au campement.

On aménage la cavité où l'on plante la base de l'arbre qu'une quarantaine d'hommes doivent redresser avec des cordes. Quand le mât est debout, au nom de l'arbre on chante : « Je me tiens de manière sacrée, au centre de la terre, à la vue du peuple, face à ma tribu rassemblée autour de moi. »

D'autres guerriers ont taillé vingt-huit longues perches qui sont appuyées sur le sommet du poteau sacré. Cela forme une charpente circulaire largement épanouie dans le soleil.

Le matin du dernier jour avant la cérémonie, les chefs et Oiseau Deux Couleurs sont allés saluer le soleil levant au sommet d'une haute colline. Ils sont conduits par Tonnerre Riant, car c'est un grand rêveur du bison, un visionnaire sioux. Il sera le maître de cérémonie.

Les participants à la danse sont Aigle Rouge dont ce sera la seconde cérémonie sacrificielle, Lance Blanche et Loup Noir qui s'offriront au soleil pour la première fois.

La cérémonie commence. Quand le soleil point, on peint de rouge les pieds et les mains des danseurs. On trace des lignes célestes et bleues plus ou moins nombreuses suivant le niveau de danse choisi par l'initié. D'abord sur les épaules, on en rajoute sur la face quand le degré est supérieur. Ils portent sur la tête une touffe de sauge et tiennent dans leurs mains deux bouquets de la même plante purifiante. Un collier orné de fleurs de tournesol orne leur poitrine. Leur torse est nu, leurs reins sont ceints d'un pagne de daim teint en rouge. Les danseurs font trois fois le tour de la hutte d'ouest en est, pénètrent par la porte solaire et vont s'allonger sur des lits de sauge à l'intérieur.

Tonnerre Riant, le chef de cérémonie, entre dans le sanctuaire en portant le crâne décoré d'un bison, Oiseau Deux Couleurs tient dans ses mains le calumet sacré.

Les parents des danseurs les suivent en cortège, ainsi que les chefs de la confrérie de police, ceux des confréries guerrières. C'est un moment très solennel auquel Catlin a la chance de pouvoir participer aux côtés de Cuisses, de Louve Blanche et d'Herbe Sauvage, de Menthe, de Soleil de Midi, les autres épouses d'Aigle. Élan Noir est présent avec Sauge Sauvage, Petite Pluie et Punaise qui Rampe dont le visage si pur semble transfiguré par l'importance des circonstances. Les sages du grand wigwam du Conseil sont tous là ainsi que les guerriers les plus valeureux, Bison Tonnerre, Graisse de Bison, Mocassin Rouge, Jambières en Peau de Lièvre, Haute Corne Creuse, Grand Nuage, Quatre Ours... Les dignitaires s'installent sous un large auvent de feuilles et de peaux brodées.

Tonnerre Riant dépose le crâne du bison au pied du poteau sacré, en le dirigeant vers l'est, Oiseau Deux Couleurs place le calumet sur un trépied dans la même direction solaire. Des officiants entretiennent un feu où ils feront brûler des feuilles de flouve comme encens.

La surveillance du campement pendant la danse a été confiée à Pattes de Loup entouré de sentinelles.

Oiseau Deux Couleurs offre le calumet aux six directions et le fait circuler dans l'assistance. Les chanteurs et les musiciens sont installés devant le poteau de l'offrande. Ces derniers frapperont avec des bâtons sur de grands tambours de cuir tendu et s'accompagneront de leurs crécelles. Les premiers entonneront les hymnes sacrés.

Alors survient le rite des ravisseurs. Des guerriers qui ont déjà été initiés à la Danse du Soleil, Bison Tonnerre et Graisse de Bison, s'élancent vers les danseurs, chantent leurs propres exploits qui justifient leur assaut.

Ils feignent de capturer les danseurs, les maîtrisent. Armés d'un couteau, ils pincent, entre leurs doigts, des ourlets de peau qu'ils trouent de leur lame. Deux trous sur la poitrine pour Loup Noir, quatre trous, dos et poitrine, pour Lance Blanche, quatre trous encore pour Aigle Rouge. Alors, ils enfilent avec soin des broches de bois qu'ils retournent dans les plaies pour qu'elles ne glissent pas. Ces pièces sont reliées à des cordes de cuir cru attachées au mât.

Lance Blanche a choisi la plus haute épreuve de la danse. On le hisse directement du sol par les broches et les cordes glissées dans la fourche pour descendre et remonter le corps. Il restera ainsi suspendu en regardant le soleil. Lors de leur première initiation, Aigle Rouge et son kola Élan Noir ont subi la même épreuve. Loup Noir dont le torse est percé de deux broches tournera autour du poteau sacré. Quant à Aigle Rouge, il est relié à quatre cordes par autant de chevilles, deux dans la poitrine, deux sous les omoplates mais quatre gros crânes de bison attachés aux liens exercent des pressions vives sur les blessures.

Les chanteurs ont entamé leurs hymnes et les musiciens frappent leur tambour en cadence. Le Bison Soleil a commencé sa course dans le ciel de la vallée. Toute la vie du village est concentrée sur la danse qui s'élève vers Wakan Tanka, le Grand Mystère.

Lance Blanche pend et saigne en silence. Loup Noir s'est mis à tourner ainsi qu'Aigle Rouge tractant les quatre crânes pesants. Ces deux danseurs lèvent les bras en avançant, ils serrent entre leurs lèvres un sifflet en os d'aigle qu'ils font retentir en se tournant, chaque fois, vers le poteau sacré. Ils dansent, ils sifflent, ils piétinent, ils tournoient, ils tirent sur les cordes et sur les broches. C'est au début qu'ils souffrent le plus, avant la venue de la transe. Quand les broches acérées travaillent les plaies. Mais c'est là que leur détermination est la plus forte, que leur élan vibre vers le sacrifice. Chacun chante : « Je me donne à toi Grand Mystère, prends-moi pour ce que je vaux. Aie pitié de moi, car je veux que mon peuple vive »...

Le soleil monte dans le ciel d'été. C'est un feu triomphant et pur. Les guerriers dansent. Ils savent qu'ils dansent pour le soleil, qu'ils s'offrent au Père de toute vie. Au sang du bison. Nulle idée adventice ne peut briser la tension qui les porte. Ils prient. Catlin tente de comprendre pourquoi ils prient. Ils tiennent des promesses, ils s'acquittent de vœux exaucés. Peut-être qu'Aigle Rouge se donne en sacrifice pour Élan Noir, pour que se dissipe sa folie, peut-être que Louve entre dans l'envol de ses prières. Il remercie le ciel pour la venue des bisons. En réalité, ce que Catlin ne saisit peut-être pas complètement, c'est qu'ils dansent, au-delà de tous les vœux personnels, pour leur tribu, pour en raffermir le cercle, pour le sanctifier, pour le fondre au grand cercle de la création, à Wakan Tanka, à sa lumière.

Tous les Indiens sentent cela, cette ferveur de la fusion, tous baignent dans l'encens, les sons des tambours et des crécelles...

Il y a une première pause. On descend Lance Blanche qui est déjà ravagé par la douleur. Aigle Rouge et Loup Noir s'arrêtent, ils halètent. Leurs femmes se pressent vers eux pour leur essuyer le visage avec des feuilles de sauge. Aigle Rouge aurait voulu la caresse de Louve Blanche mais c'est sa première épouse, Herbe Sauvage, la sœur d'Élan Noir, qui lave ses sueurs. Ils ne se reposeront pas sur les lits de sauge. Ils ne mangeront ni ne boiront.

Le Grand Soleil déploie ses ailes et ses cornes sur la totalité de l'enceinte. Ses rayons inondent le poteau sacré, ce centre du monde. Dès la reprise, les chanteurs chantent plus haut, les musiciens vont accélérer leur rythme. Les tambours battent de plus en plus vite et les crécelles excitent leur vocifération mystique.

C'est alors que les danseurs entrent dans la transe bénie, qu'ils habitent la danse, qu'ils en occupent le foyer dilaté. C'est un songe illuminé où la souffrance disparaît dans un état sublimé. La cruauté des broches ne fait que renforcer le soleil de la danse. Tout devient feu, le corps et l'esprit fondus. Alors dans la brume de la plaie merveilleuse, du fond de l'être et du ciel, les esprits apparaissent. Le bison bouge. Il vient, il grandit, le Grand-Père : « Un bison vient, il est ici maintenant ! Le pouvoir du bison vient, il est sur nous maintenant ! »

L'assistance entend monter les prières et les supplications des visionnaires. Leur clairvoyant délire descend sur les témoins. Les danseurs tirent sur les cordes et sur les broches, le sang gicle. Les mères et les sœurs gémissent en chœur. Le chant d'immolation des hommes se mêle à la compassion de l'assemblée. Les tambours frappent plus fort, possédés par les gémissements. Les chanteurs s'enthousiasment. C'est le midi de la danse, son pic ardent. Tous les rayons du ciel dardent et volent, oiseaux voraces, et les esprits-gardiens visitent les âmes. Parfois, quand la grâce manque, ce ne sont que formes furtives, halos happés, bruissements, galops vides, chevauchées sans corps. Lance Blanche, torturé au-dessus du sol, semble geindre, n'être que sa souffrance, se débattre contre elle ou s'y abandonner, sans devenir autre chose que ce corps effondré, sanguinolent. Voit-il ce qui le sauverait des tourments de sa chair arrachée ? C'est Aigle qui hante et foudroie l'assistance. Aigle vénéré qui danse pour la seconde fois. Louve ne le lâche pas du regard. Il flamboie. Il voit le bison, ce dernier disparaît dans une faille de nuit, il réapparaît, géant, d'un roux doré. Aigle marche, les bras levés, il danse, il siffle sous sa couronne de sauge. Le sang ruisselle sur les lignes bleues tracées sur sa poitrine. Le bison galope et s'assied, profère de nouvelles paroles. Aigle chante, les chanteurs reprennent son chant. Toute l'assemblée chante et pleure. Aigle rit dans sa folie sainte.

Il y a une nouvelle pause… L'épouse de Lance Blanche inondé de sang lui apporte furtivement de l'eau.

George Catlin détourne les yeux. Tant de complaisance exaltée dans la souffrance le hérisse… Que cherchent donc les Sioux ? Ils ignorent le péché originel. Ils n'ont nulle faute à racheter. Le Christ leur est fondamentalement étranger. Pourquoi ces délices du sang, cette plongée dans l'abîme de la plus grande douleur ? Catlin bute là-dessus.

Mais ils ont repris leur danse, ils volent, ils voient, peut-être qu'ils rencontrent les six Grands-Pères du monde. Leur cosmos est bien plus vaste que celui de Catlin. Ils dépassent l'ici-bas rationnel. Ils versent dans un globe d'hallucination spirituel où les différences entre les êtres disparaissent. Tout devient possible dans l'apesanteur de la possession. Les crânes de bison dansent et transportent la danse. Tout ordre est inversé. Les fleuves coulent dans les cieux et l'on traverse des paysages où hommes et animaux apparaissent et se métamorphosent.

Tout à coup, la tête de Lance Blanche s'affale, menton sur la poitrine. Il semble mort. Aussitôt les assistants font glisser la corde qui le redescend. Lance

Blanche s'écroule. Sa femme accourt, l'essuie, le soigne. Mais c'est le pire qui vient de lui arriver. L'échec en plein rituel, avant la tombée du jour. Il a présumé de ses forces. Les dieux ne sont pas venus. Il n'a fait que traverser un désert de sang. Aucune lumière, nul souffle, nulle tempête, nul messager. On le retire de l'aire sacrée.

Les deux danseurs poursuivent leur quête du Grand Mystère. Et pour les soutenir, les tambours, les chants, les crécelles ne connaissent aucune relâche, mais s'intensifient jusqu'à un grondement continu de tonnerre zébré d'éclairs. La flouve brûle et fume. Les parents redoublent de pleurs. La course d'Aigle se ralentit un moment, il halète, à bout de forces, comme tombé du ciel, il ne cesse de se retourner vers le poteau sacré en soufflant dans son sifflet d'où sortent des sons affaiblis. Il piétine ainsi dans le vide. Louve se lève d'un bond pour essuyer son visage. Aigle la voit. Il continue de marcher dans le soleil qui a commencé de décliner doucement. Il se redresse. Les quatre crânes de bison déchirent sa peau, vrillent les broches du dos et de la poitrine, le sang dégorge. Il marche. Il lève les bras comme un brave du soleil, la sauge tombe de sa tête. Louve accourt pour déposer sur son crâne une nouvelle couronne. Elle place dans ses mains des touffes de sauge fraîche. Il siffle de nouveau à cadence vive. Le voilà virulent soulevé par une vague de force mystérieuse. Il ôte le sifflet de sa bouche et entonne un chant de gorge lancinant : « Aie pitié, Grand Mystère… » Toute l'assemblée reprend le chant dans une transe. Femmes et guerriers. Louve chante. La belle voix grave d'Élan Noir traverse les hymnes, fervente, vouée à son frère. Tonnerre Riant chante et Bison Tonnerre, Graisse de Bison, Mocassin Rouge, Jambières en Peau de Lièvre, Grand Nuage… Tous sentent qu'il faut tenir à présent, avancer sur la cime, au bord du précipice, que les danseurs oublient leur corps, s'écarquillent, se répandent jusqu'à ce qu'il n'y ait plus de crêtes ni de gouffre mais le passage béant vers le Grand Wigwam des dieux.

Un dernier temps de repos s'ouvre où les danseurs titubent, pantelants, épuisés, hagards, joues caves, yeux dévorés de cernes noirs. Ils émergent du foyer de l'illumination. Les broches sortent de la chair, ils n'ont plus qu'à se libérer d'une traction brusque, en emportant le lambeau sanglant, les femmes accourent… Soudain, des coups de feu retentissent, des cris s'élèvent. Tonnerre Riant le premier se dresse et fuse, court chercher son arc et ses flèches. Grand Nuage et Élan Noir bondissent hors du rêve. Bison Tonnerre et Graisse de Bison sont déjà sur pied. Ils se précipitent vers leurs armes. Un ennemi crow galope vers Grand Nuage en brandissant son tomahawk. Grand Nuage est désarmé. Tonnerre Riant se retourne, au bout d'une allée, entre les tentes, il tend son arc, ajuste sa flèche qui vient transpercer le dos du Crow. Les cris se multiplient dans la confusion des femmes et des enfants qui refluent devant la horde ébouriffée de lances et de massues. Elles se réfugient dans les wigwams où les ennemis engouffrent leurs chevaux pour les enlever. Bison Tonnerre frappe un poney d'une flèche mortelle. Le cavalier qui tient une squaw hurlante saute de sa monture qui s'effondre, il se redresse, tente une riposte de son tomahawk mais Bison le traverse d'une nouvelle flèche. Les cavaliers crows assaillent de tous les côtés.

Louve Blanche à l'intérieur de la hutte sacrée s'est précipitée sur Aigle Rouge qu'elle débarrasse complètement des broches, aidée par Oiseau Deux Couleurs. Il faut boucher les plaies jaillissantes avec des feuilles de sauge. L'épouse de Loup Noir le libère mais le guerrier épuisé s'évanouit sous la douleur. Aigle Rouge reste impuissant un moment, hagard. Privé des dieux. En butte à l'attaque imprévisible. Les sentinelles ont tout de suite été débordées. Pattes de Loup n'a pu empêcher l'invasion. Aigle se lève, titube. Louve et Oiseau le soutiennent. Il s'écrie : « Mes armes ! Mes armes ! » Herbe Sauvage surgit avec l'arc et le bouclier. Elle-même serre une lance dans sa main. Ils sortent. Au détour d'un wigwam, deux cavaliers foncent sur le couple. Mais Mocassin Rouge et Jambières en Peau de Lièvre les frappent de leurs tomahawks. Les Crows ne sont que blessés et le corps à corps éclate dans un tourbillon furieux. Jambières de Lièvre a le dessous, alors Aigle Rouge transperce l'ennemi d'une flèche. Ce dernier s'écroule, sa dernière vision est celle de son vainqueur à la poitrine gluante de sang, constellée de feuilles de sauge.

Catlin et Bogard sont restés au fond de la hutte sacrée, ils tiennent à garder leur neutralité ! Ils entendent le bruit de la bataille, anxieux. Bogard a sorti ses deux pistolets au cas où il serait obligé de s'en servir.

Les Crows et les Sioux poussent des cris et s'affrontent entre les tentes. Ce sont des échauffourées tonitruantes. Tonnerre Riant est partout, c'est lui qui rassemble les hommes, organise la contre-attaque. Élan Noir se bat avec un grand Crow dont la chevelure immense jaillit de son sac en bandoulière. Élan se saisit des cheveux, en enveloppe le guerrier dans une vrille frénétique, le précipite à terre et lui assène un coup de casse-tête fatal. Les Crows ne peuvent plus avancer. Dans la volte-face de tous les guerriers du village. Ils reculent, font tourniquer leurs chevaux, les cabrent, tentent des assauts obliques mais les Sioux rameutés leur barrent la route et les tuent.

Ils finissent par donner le signal de la retraite. Ils ont réussi dans la pagaille à enlever dix chevaux et quatre scalps. Ce qui est une victoire. Les Sioux frappés renoncent à les poursuivre. Ils s'appellent, se regroupent, comptent huit morts et plusieurs blessés. Daim Rouge a succombé, ainsi que Pattes de Loup, l'aide de camp d'Aigle Rouge. C'est lui qui gardait le village, il a dû être visé le premier. On retrouve une sentinelle tuée autour du campement, puis, plus tard, une autre dans les collines. Cela fait dix victimes. Les Crows ont perdu onze guerriers. Même s'ils ont bien préparé leur coup.

Louve a tenu à voir les dépouilles de ses frères au cas où son deuxième mari, Grand Pied, aurait péri. Elle a identifié plusieurs guerriers mais pas lui. Elle est troublée par les visages familiers. Mais elle s'est toujours sentie étrangère à sa communauté. Elle détestait son beau-frère, son deuxième mari.

Oiseau Deux Couleurs recoud une blessure ouverte au flanc de Bison Tonnerre. Il raboute deux tronçons de tibia de Haute Corne Creuse et lui fait des attelles de cuir.

Quatre Ours, assommé, a miraculeusement gardé sa chevelure, mais s'est fait voler sa bourse-médecine et se sent exposé à tous les maléfices et comme privé d'identité. Oiseau Deux Couleurs aime beaucoup ce beau guerrier souvent malchanceux avec lequel il a partagé, il y a quelques années, des moments d'intimité. Après que Quatre Ours se sera soumis au rituel de l'imploration d'une vision, le chamane, avec force incantations adéquates, reconstituera le précieux réceptacle et son dépôt. Il annonce qu'il ajoutera aux herbes sacrées une médaille rare qui daterait de la première expédition de Clark, alias Cheveux Rouges, et de Lewis. Pour le prouver, le chamane sort, de dessous sa robe, un sac de cuir dont il extirpe la fameuse médaille qui montre la tête de l'auguste Grand-Père, le président Jefferson. Le visage de Quatre Ours s'éclaire. Son père lui a parlé des voyageurs, de leur grand bateau et des richesses qu'il transportait. Oiseau Deux Couleurs fait bien mesurer à Quatre Ours, le beau vaincu, que c'est une grande faveur qu'il lui fera bientôt.

Hélas, Oiseau Deux Couleurs annonce aussi, en secret, à Louve Blanche que, si les Crows n'ont pas réussi à la récupérer, ils ont volé le tableau à la robe rouge.

Catlin reviendra dans ses lettres sur la Danse du Soleil. Il cale sur cette outrance mystique… Il échoue à comprendre la grande cérémonie des Sioux dont il ne donne qu'une version très partielle. Alors qu'il décrira très longuement tous les détails cruels d'un rituel voisin chez les Mandans sans porter de jugement. Mais les Mandans le passionnent pour d'autres raisons, ces hypothétiques et secrètes corrélations avec un héritage blanc très ancien. Ce fabuleux débarquement de Madoc, chez les Sioux, au XIIe siècle… Catlin renâcle au spectacle des mortifications. Il condamne le rituel de torture, de prodigalité sanglante. Son esprit humaniste, son esprit des Lumières l'emporte alors sur son romantisme. Il aime le monde d'un autre amour que ces Indiens qu'il découvre, soudain, radicalement différents de lui, emportés dans une dimension inconnue qui lui répugne. C'est la seule fois où on le voit qualifier les Indiens de pauvres êtres « ignorants et superstitieux ». Lui ! Catlin le curieux, le lucide, le tolérant, le magnifique est touchant car il passe à côté du rituel le plus central et le plus pur des Sioux. Au milieu du XXe siècle, Tahca Ushte, alias Lame Deer, Cerf Boiteux, un célèbre voyant-guérisseur sioux, souligne dans son autobiographie le caractère essentiel, incontournable de cette Danse du Soleil que le pouvoir blanc s'empressera d'interdire. Un jour, dans une bibliothèque, il lit Catlin ! Il fait l'éloge de son intelligence, de sa finesse. Il se passionne pour ses dessins. Manifestement ce Blanc le séduit, il n'est pas comme les autres. Mais il remarque des inexactitudes et des lacunes sur quelques points… On devine qu'il a vu, parmi d'autres, les lacunes sur la Danse du Soleil.

Les parents des guerriers morts se coupèrent les cheveux et pratiquèrent des entailles sur leur chair en guise de deuil. Après avoir assuré les funérailles, les chants et les rituels, Aigle Rouge, entouré du Grand Conseil, décida de lever le camp. Le héraut alla annoncer la nouvelle parmi les tentes… Toute une effervescence parcourut le village, une turbulence de femmes adroites qui démontaient les tepees en un tournemain. Aux épaules des chevaux de bât on attachait deux perches dont les extrémités traînaient sur le sol. Une perche en travers maintenait le travois sur lequel on roulait la tente et amassait tous les objets. Les enfants et parfois les vieillards trônaient au sommet du barda. La tente de l'Esprit du Revenant bénéficiait d'un véhicule spécial.

La vieille femme, cette voisine d'Oiseau Deux Couleurs qui s'occupait souvent d'elle, ne voulait pas partir. Elle avait perdu son fils dans l'attaque des Crows. Pourtant, ce dernier, qui n'appartenait pas à une grande famille, était pauvre et ne pouvait guère subvenir à ses besoins. Oiseau Deux Couleurs insista pour qu'elle monte sur un de ses travois. Elle lui répondit que le temps était venu pour elle de rejoindre la terre des nombreuses loges… Alors, on lui donna de la nourriture et on l'abandonna, comme c'était souvent la coutume, quand on ne pouvait plus transporter un vieillard infirme, épuisé. Oiseau dit des prières et chanta avec la vieillarde. Catlin sentit son cœur se serrer même si ce n'était pas la première fois qu'il assistait à la cruauté de tels faits.

L'ordre de marche fut donné par le chef Aigle Rouge et les officiers, les porteurs des pipes sacrées. Tonnerre Riant et les membres du Grand Conseil avaient pris part à la décision. Les officiers de la marche confièrent le déroulement des opérations à l'élite de la confrérie de police.

Un peu en avant de la colonne chevauchaient donc les porteurs des pipes sacrées. Celles-ci étaient gainées dans des étuis fastueux. Suivaient Aigle Rouge, Tonnerre Riant et les sages du Grand Conseil. Ils étaient flanqués d'Élan Noir et d'Oiseau Deux Couleurs. Venait le porteur de feu. Puis la tente de l'Esprit du Revenant sur un petit travois spécial. La mèche qui contenait l'âme de l'enfant allait participer à la pérégrination.

Chaque famille avait sa place dans le cortège. Personne n'aurait eu l'idée de dépasser ceux qui le précédaient. Une escorte fournie de guerriers de police enveloppait la file étirée. On ne redoutait pas une attaque des Crows ainsi en rase campagne, quand les hommes étaient en armes. Des escouades d'éclaireurs lancés en avant dans la prairie et les collines s'assuraient qu'aucune menace ne pesait sur le village en route. Les uns portant leur fardeau marchaient à côté de leurs poneys et des travois formidablement chargés de tentes et de mâts, des groupes suivaient derrière, d'autres trottaient auprès des chevaux de bât. Les garçons galopaient sur leurs montures. De rares jeunes filles chevauchaient elles aussi. Des poneys en surnombre attachés par des longes s'intégraient à la caravane. Ils formaient des grappes ondulantes et nues autour desquelles cavalait une centaine de chiens qui montaient, descendaient, circulaient partout. Mais certains d'entre eux, les plus robustes, étaient bâtés comme les chevaux, les femmes et les travois. Un grand dogue placide transportait d'un côté une marmite et de l'autre un gros bébé aux yeux écarquillés, serré dans son berceau accroché verticalement. Il ne perdait pas une miette de ce spectacle plein d'enseignements. Mais il avait peur de certains chiens hargneux qui venaient mordre exprès les pattes du molosse qui le transportait. De vieilles squaws, des ancêtres boucanés, édentés, squelettiques, recrus et des enfants serrant dans leurs bras des chiots ou des poupées oscillaient, juchés au sommet des ballots et des travois.

Louve évoluait en liberté non loin des femmes des chefs et de leurs filles. Elle parlait à Cuisses en riant. Elle aimait ce moment du départ qui défaisait le cercle du campement et le dénouait en une longue colonne nomade qui pénétrait les paysages. L'allégresse du voyage vivifiait sa beauté.

Catlin ne s'étonnait plus de voir la femme crow désormais si liée aux Sioux, si adaptée à leurs usages. Il avait souvent été étonné par les récits qu'on lui avait faits d'exemples semblables. Mais ces cas d'intégration vertigineuse étaient courants chez les Indiennes ou les Blanches qui avaient subi la violence pourtant radicale d'un enlèvement. Catlin savait que la porosité entre les tribus était plus large qu'on ne le croirait. On lui avait raconté l'histoire d'un enfant cheyenne, enlevé par les Mandans au cours d'une guerre et qui était devenu un de leurs chefs. Il y aurait encore le cas de Cynthia Ann Parker enlevée en 1836, à neuf ans, par les Comanches, puis mariée à un chef. Des chasseurs blancs découvrant en 1855 cette jeune femme de vingt-sept ans, blonde aux yeux bleus, lui proposèrent de la récupérer. On imagine la stupeur, l'émotion des visiteurs devant la Mélusine claire des Comanches, passée d'une culture à une autre, basculant de sa langue, de son dieu, de ses parents, de leurs coutumes à une vie d'authentique squaw. La blonde Cynthia répondit à ses frères blancs que son mari était bon, aimable et qu'elle ne pouvait abandonner ses enfants. On la ramènerait deux fois chez les Blancs contre son gré… Le couple avait donné naissance à Quanah qui deviendrait un illustre chef de la résistance comanche. L'aventure la plus extraordinaire était celle de Feuille de Pin, née en 1806, qui appartenait à la tribu des Gros-Ventres et avait été enlevée par les Crows. Elle fut élevée comme un garçon et devint une guerrière renommée et redoutée : « Woman Chief ». Feuille de Pin s'habillait en homme, elle vivait avec quatre femmes. Elle fut considérée comme un « berdache », un « deux esprits », pareil à Oiseau Deux Couleurs mais dans l'autre sens. Catlin n'eut pas le privilège de peindre la belle et furieuse amazone crow, le guerrier hermaphrodite. Il peignit Louve, autre femme crow ambiguë et remarquable. Ainsi, tout prisonnier finissait par s'adapter, se marier dans la nouvelle tribu qu'il intégrait.

Les Sioux connaissaient bien les bords du Missouri et de ses affluents. Ils savaient où ils allaient. Il s'agissait d'épouser la migration des grands troupeaux de bisons. Suivre leur trace, épouser leur piétinement fantastique, apercevoir le flot des bosselures et des crinières.

Le soir, les officiers de la marche décidèrent de la halte. On campa et le lendemain, au lever du jour, le lent cheminement recommença. Parfois, des guerriers se détachaient de l'ensemble pour chasser, ils rapportaient des cerfs, des daims, des antilopes. Mais le pemmican restait l'aliment le plus sûr tout au long du voyage.

Il fallait retrouver les gués pour traverser les rivières. Les chevaux piaffaient dans les éclaboussures, les travois étaient trempés, les enfants s'esclaffaient. Certains guerriers allaient nager dans des bassins plus profonds. Tout le monde se rafraîchissait en plongeant les mains dans l'eau, en se baignant le visage et les épaules. Les femmes retroussaient leurs robes. Aigle regardait Louve dont la chevelure ruisselait. La tribu croisa un vieux cimetière sioux logé dans un bois. Oiseau fit des incantations. Puis on contourna les lieux en gardant un profond silence.

Des loups couraient sur le flanc des collines. On vit fuir un grand troupeau d'élans qui sauta dans une rivière et souleva l'écume éblouissante. Les chefs se consultèrent sur les repères des forêts, des tertres, des gros rochers et des méandres. Ils traversèrent une prairie monotone, farcie de petits cactus qui piquaient les jambes, s'accrochaient aux habits. Les femmes s'écartèrent, un moment, pour déterrer des pommes blanches ou cueillir des baies. Mais le convoi ne s'arrêtait pas, c'était un flot sinueux sur deux kilomètres. Les guerriers voltigeaient d'une extrémité à l'autre, encadraient, resserraient les groupes qui s'échelonnaient. Une escouade de squaws se mit à trottiner plus vite. Les sentinelles faisaient des signes du haut des collines. On évitait les bois, les défilés où la troupe se serait effilochée et exposée aux embuscades. Les chefs préféraient la plaine illimitée où le vent chaud soufflait. Le soir, la température tombait et chacun s'emmitouflait dans les couvertures de bison autour des feux. Les tambours, les flûtes et les chants retentissaient sous les étoiles. La nuit était tardive. Et le ciel restait clair.

Un matin, ils contournèrent une grande ville dédaléenne de chiens de prairie qui s'étendait sur cent cinquante hectares avec leurs trous, leurs buttes. Le terrain était farci de leurs labyrinthes infinis. Ils voyaient les sentinelles sortir, se dresser, ils entendaient les abois qui se ralliaient. Ils croisaient de temps en temps des groupes de chasseurs : Sioux Tetons, Yanktons, des Minatarees, des Riccaras avec lesquels ils n'étaient pas en guerre pour le moment. Ils marchèrent pendant plusieurs jours. Un soir, ils débouchèrent sur une belle vallée large et sinueuse au gré de la rivière Cheyenne à une vingtaine de kilomètres de sa confluence avec le Missouri. Les collines alentour étaient couvertes de troupeaux, des milliers de bisons paissaient, certains dévalaient pour boire le long des rives.

Ils étaient là et c'était la même joie. Un sentiment de connivence intime. Ils ne pouvaient qu'apparaître tôt ou tard au détour des paysages qu'ils traversaient. Les grands troupeaux du commencement du monde et de toujours. Leur abondance, leurs beuglements, leur martèlement, leur rythme, leur course, leurs haltes. La symphonie des corps colossaux. Leurs têtes massives, fabuleuses. Leurs cornes et leurs crinières divines, leurs barbes de grands faunes. Catlin en recevait le choc, c'était une vision de bonheur. Partout, tous les bisons.

Le campement fut dressé dans un joli méandre, abrité de rochers, de saules et de bouleaux. Les guerriers de police distribuèrent les places. On monta les tentes avant la nuit. La vie reprit très vite son cours habituel.

Le surlendemain, une grande chasse aux bisons fut organisée. Beaucoup de bêtes furent tuées, apportant des provisions de viande fraîche. Mais Grand Nuage avait été désarçonné de son cheval qu'un mâle furieux avait empalé. Le jeune chasseur avait été tiré d'affaire par Lance Blanche qui avait dévié la colère du bison sur lui. Alors d'une flèche à bout portant, il avait transpercé le cœur de l'animal. Son intervention courageuse avait fait oublier un peu sa défaillance lors de la Danse du Soleil.

On entendait dans la prairie les grondements, les mugissements formidables des mâles en rut. Ils s'affrontaient et se heurtaient. Les cornes s'accrochaient, crâne contre crâne. Les mastodontes refluaient, assaillaient, tournoyaient, se poursuivaient, s'entrechoquaient. Les coups de boutoir éclataient. C'était la guerre, la mêlée des mâles pour la domination, la possession des femelles. À cheval, Louve Blanche, Catlin, Bogard, Cuisses et Oiseau Deux Couleurs vinrent assister à l'opéra martial. Ils contemplèrent la bataille du haut d'une colline. Oiseau Deux Couleurs se lassa du tintamarre. Mais Louve, Cuisses et les deux Blancs étaient fascinés par les cris des bêtes amoureuses. Les masses géantes harcelées de pulsions et de rages rivales se précipitaient, les bosses et les crinières se convulsaient dans le soleil, accéléraient. Des ouragans de muscles se percutaient et s'éventraient. Alentour, les femelles regroupées regardaient.

Ils revinrent. Bogard cavala vers un wigwam de l'autre côté du campement. Catlin et Cuisses excités par les duels se changèrent en animaux d'amour, avides et mordants, ils se chevauchaient dans le musc de l'étreinte. Leurs sueurs se fondaient. Leurs chairs s'aspiraient et s'agglutinaient par tous les pores, les palpes. Ils s'arc-boutaient. Ils se lâchaient, se séparaient, s'épiaient comme deux ennemis gourmands. Ils rampaient. Ils bondissaient, s'entravaient et se nouaient sur la couverture de bison qui les parfumait. Catlin jouissait de la puissance de son amante qui voulait le coincer dans l'étau de ses cuisses. Il les voyait se bomber et luire. Elle dressait le buste et le pavanait de volupté. Elle souriait triomphante, mordillait ses lèvres, secouait sa chevelure. Quand il réussit à la retourner et à lui grimper dessus, il sentit ses beaux reins braqués, son gigotement charnu, ses ruades rieuses sous les torsades en fouet de ses cheveux de jais. Elle se cambra longuement, gémit, se creusa, attendit, le sentit… resta en suspens, respira plus fort, narines dilatées, yeux effarés de biais. Alors ils s'engouffrèrent dans la transe. Puis roulèrent, faisant mine encore de se rebeller, chavirant. Ils s'abandonnaient à de longs regards de plaisir dans une imbrication plus douce, haletant à cadence régulière et suave. Il caressait des yeux ses deux seins bruns et durs.

Catlin en apparat. Le virtuose voulait-il épater la galerie ? Il était coiffé d'une ineffable casquette rouge. Tous les Indiens lorgnaient la casquette, proposaient des marchandages que Catlin repoussait. Il était debout devant son chevalet, élégant, gentleman de l'Ouest, en redingote cintrée, la palette d'une main, le pinceau de l'autre. Conquérant, démiurge. Après l'attaque des Crows, la peur, il fallait reprendre le dessus, ferrailler dans la création. Beaucoup de Sioux l'entouraient, assis, à demi couchés, debout. Un grand afflux de curieux. Car il se peignait en train de peindre. Et c'était une alchimie étrange. Tout le monde s'exclama, chuchota, s'étonna quand sur la toile ce fut Catlin, lui-même, qui se dressa en redingote et casquette rouge, armé de son pinceau. Il avait décidé de se peindre sans miroir, de mémoire. Il faisait son autoportrait. Et c'était cela qui subjuguait. Non seulement lui mais un chef superbe debout de l'autre côté du chevalet. Était-ce Aigle Rouge, Élan Noir, Tonnerre Riant ? Le visage était encore incertain. Voilà que le modèle portait une coiffe d'hermine, ornée de cornes. Les plumes d'aigle dévalaient jusqu'au sol. Le chef tenait une lance dans sa main gauche. Oui, c'était Aigle Rouge et ce n'était pas lui. La coiffe était inventée, magnifiée. Le décor était constitué par deux wigwams qui se succédaient, placés l'un derrière l'autre, juste derrière le peintre et le chef. Sur les parois de la tente étaient dessinés des cavaliers, des guerriers. Sur la toile même, toute l'assistance assise, debout, à demi couchée, attroupée contemplait Catlin en train de peindre son propre portrait mais encore ceux du chef et des spectateurs. Sur le tableau était reproduit un tableau représentant le chef. Et cela provoquait un vertige. Catlin se peignait en train de peindre le chef, il y avait dans le tableau le reflet du tableau. Les Indiens se perdaient dans ce tour de passe-passe où la réalité et l'image ne cessaient de se répercuter. Ils s'interrogeaient, perplexes, tentaient de reconstituer la démarche… Pourtant, c'était un vieux truc de la peinture que Catlin connaissait bien. Une mise en abyme. Mais les Indiens étaient perturbés, excités, stupéfaits. Ils s'approchaient du tableau et ce qu'ils voyaient surtout, ce n'était pas tant le chef que la casquette rouge. C'était elle, le centre, la couronne, la cible, le modèle. La casquette ! Elle étonnait, elle était belle, ils la désiraient mais, tout de même, elle n'était pas aussi importante que le chef. Surtout que, sous la casquette, il était évident que c'était Catlin, le chef ! L'ordre était inversé, c'était lui qui commandait la scène, qui dirigeait avec prestance, sûreté, aplomb, la jambe en avant, pointant le pinceau magique. Il marchait ! Il faisait un pas de danse ! Sous le soleil. Oui, guerrier plein d'audace, il raflait la mise. C'était lui le prince et le principe de toute chose. Pas de chef sans lui. Le chef tenait un second rôle, affadi par rapport à la superbe du peintre. Sa silhouette emplumée se répétait en plus petit dans le tableau du tableau… Les Sioux marmonnaient.

Tonnerre Riant et Élan Noir qui revenaient d'une course arrêtèrent leurs chevaux devant la scène, le tableau qu'ils scrutèrent, explorèrent, en se grattant la tête. Tonnerre Riant émit un petit sifflement de surprise puis de gaîté. C'était une farce mystérieuse… Élan Noir fronça le sourcil. Avait-on le droit de bousculer ainsi l'ordre des choses en restant de sang-froid, en ne perdant nullement de sa contenance, en adoptant une pose de supériorité ? Car Élan mesurait que le tableau n'était pas né d'une vision spirituelle ni d'une apparition mais d'une décision orgueilleuse, d'une volonté centrale et lucide.

Tout le monde regardait Catlin, certains éprouvaient les mêmes sentiments qu'Élan Noir. Catlin avait exagéré. Il avait outrepassé certaines limites. Il troublait la belle ordonnance. Certains en étaient impressionnés, pétris d'un respect apeuré, d'autres s'écartaient, pleins de réprobation. Les autres peintres qui, après Catlin, firent des portraits d'Indiens le long du Missouri connurent des problèmes semblables, par exemple les deux Suisses Karl Bodmer et Rudolf Friedrich Kurz. Ce dernier dans son journal dit voir ses tableaux accusés d'être responsables d'une épidémie de choléra ! On se méfie du pouvoir du peintre, de ses manipulations contre-nature, on ne tient pas toujours à lui laisser un double de soi-même... Catlin réussira à faire un autre tableau de lui-même en train de peindre. Le décor des tentes cette fois disparaît. Le chef somptueux est plus rapproché, mieux mis en valeur. Catlin arbore toujours la casquette rouge. Il est entouré d'Indiens encore plus nombreux que dans le précédent tableau, une grande foule curieuse, agglutinée en gros plan. La peinture est vraiment une cérémonie vertigineuse qui fascine, effraie…

On alla chercher le chef qui déboula à grands pas, flanqué de Louve et d'Oiseau Deux Couleurs. Aigle Rouge vit la casquette, le peintre-chef, le chef plus effacé qui était lui et n'était pas lui… Il attendit, fit la moue, haussa les épaules. Il ne voulut afficher aucun désarroi. Il tourna les talons. Louve et Oiseau, eux, s'attardaient, observaient le jeu, la jonglerie de l'image. Cela leur plaisait, le tremblement, le réel qui se démultipliait…

Catlin pensa que Louve avait été dépossédée du tableau à la robe rouge. Quand plusieurs Sioux excités voulurent échanger des présents de toutes sortes contre la casquette magique – qui sait si ce n'était pas elle, la responsable de l'opération vertigineuse –, Catlin l'enleva soudain de sa tête et la déposa sur celle de Louve. Tous contemplèrent Louve couronnée, Louve à la casquette rouge. Ses cheveux noirs dévalaient de chaque côté. Elle était très surprenante ainsi, bizarre, métamorphosée, pleine de hardiesse, d'une beauté inconnue.

Aigle Rouge qui s'était éloigné pour ruminer l'effet du tableau revint, vit Louve transfigurée. Il hésita, la regarda fixement. Elle choisit de baisser les yeux sous la casquette cramoisie. Aigle lui fit signe de le suivre, il l'emmena, ils firent le tour complet du campement, des clans. Les vieillards rameutés sortirent des tentes, tous les petits accompagnèrent le cortège. La plupart des mères s'émerveillaient de la casquette rouge. Mais certaines condamnaient cette coiffe des Blancs. Et rentraient dans leur wigwam avec leurs marmots qui braillaient, voulaient continuer de regarder. Elles se méfiaient de Louve, de sa bizarrerie.

Le chef, une fois accompli le périple de parade, entra avec Louve dans sa tente. Bogard, qui n'en perdait pas une dès qu'il s'agissait de rituel amoureux, souffla à Catlin :

– Le grand chef va se payer la casquette !

Quand on en eut fini avec les bisons, que mille lambeaux de viande séchèrent sur les perches, ce fut, bien sûr, aux Crows qu'il fallut penser. À l'attaque, aux pertes, à l'humiliation, même si l'ennemi avait été repoussé. Le Grand Conseil se réunit. Il s'agissait de retrouver la trace des agresseurs, de repérer leur campement. Aigle Rouge envoya ses éclaireurs les plus furtifs. Des as du renseignement qui pouvaient survivre de longs jours avec un peu de pemmican. Genou Boiteux et le chasseur Bison Tonnerre furent chargés de la mission. Ils demandèrent à Catlin sa longue-vue. Était-ce à lui, l'anthropologue, de sortir de sa neutralité ? Il hésita. Cuisses lui fit signe de consentir pour eux, pour elle. Il prêta l'instrument optique.

Les jours suivants, Catlin et Bogard explorèrent les rives de la rivière Cheyenne. Le peintre captait des paysages, des îles, des roselières, des buttes, des rochers, des bois de frênes et de pins. Il recueillait des galets et des fossiles. Les cavaliers croisèrent un radeau de trappeurs qui ramaient dans le courant. Des peaux s'entassaient sur l'esquif fruste mais qui tenait la route. C'était un appel au voyage, à l'aventure. Catlin aurait aimé poursuivre son voyage, visiter d'autres tribus, mais il y avait Cuisses. Elle méritait cette trêve.

Il en profiterait pour relire, corriger ses notes. Ce qu'il ne pouvait pas faire au plus fort de ses courses et des bivouacs qui se succédaient. Cette pause lui permettrait de réfléchir, d'écrire des réflexions générales et plus profondes sur les Indiens, de prendre du recul. Et puis, il ne tenait pas à rater ce conflit entre les Sioux et les Crows. Puisque la guerre était leur grande affaire. Pas de Sioux sans la guerre qui le fonde, l'incarne. C'était cruel, c'était absurde. Mais Catlin pouvait-il juger les guerriers selon ses propres valeurs ? Alors, il lui faudrait observer, décrire, noter, affiner ses connaissances. Il ne pouvait pas se contenter de colporter le mythe de tribus paisibles occupées à chasser d'intarissables troupeaux dans des paysages édéniques. Il lui fallait entamer le délicat sujet de la guerre. Enfin, il avait réuni toutes les raisons de temporiser. Pour le moment, il restait.

Genou Boiteux et Bison Tonnerre ne revinrent qu'au bout de longs jours. Ils avaient écumé plusieurs zones, recueilli des renseignements, tout en veillant à la plus grande prudence. Le chef crow, Nez Levé, avait dressé son campement à des kilomètres de la Cheyenne, le long de la rivière des Couteaux. C'était toute une expédition pour rejoindre ce site. Aigle Rouge et le Grand Conseil se consultèrent. Il fallait attendre un peu avant de contre-attaquer, laisser la méfiance des Crows s'effriter au fil des jours. Catlin était tenté de proposer une mission de médiation entre les deux tribus, mais il n'avait aucune autorité pour le faire. Seul un délégué aux Affaires indiennes se serait risqué à une telle interférence. Mais qu'adviendrait-il de Louve, seraitelle ramenée à sa tribu ? Cela ne semblait plus être sa volonté. Genou Boiteux s'apprêtait à retourner le long de la rivière des Couteaux pour épier le campement crow. Catlin désira l'accompagner, bouger, traverser le pays, observer le village crow. Mais il courait le danger de se faire prendre avec Genou Boiteux et d'être considéré comme un ennemi. Ils se sépareraient donc en arrivant sur les lieux. Bogard et Catlin d'un côté, Genou Boiteux de l'autre.

Ce fut un voyage sans embûches, tant Genou Boiteux connaissait les gués, de quel côté il fallait contourner les collines, quels ravins il fallait suivre. Catlin et Bogard jouissaient de cette liberté retrouvée. De temps en temps, Catlin s'arrêtait pour saisir l'aspect d'un paysage. Bogard partait chasser.

Quand ils abordèrent la zone critique, Genou Boiteux indiqua à Catlin la direction à prendre et plusieurs points propices à une observation discrète des Crows. Il ne précisa pas où il allait lui-même s'embusquer pour ne pas mettre en difficulté le peintre s'il rencontrait les Crows et que ces derniers se mettaient à le questionner. Catlin et Bogard voyagèrent ainsi seuls pendant deux jours. Ils ne chassaient plus mais tiraient leur subsistance de leurs réserves de pemmican. Leurs chevaux se glissèrent dans un long défilé de collines escarpées dont on sortait pour pénétrer une forêt qui montait en pente jusqu'à un observatoire naturel entre les rochers et les troncs serrés. Genou Boiteux leur avait signalé l'emplacement des sentinelles crows.

La longue-vue permettait au peintre de scruter en profondeur la vallée de la rivière des Couteaux. Elle se déroulait étroite et comme infinie entre des bois, quelques collines peu élevées, des rocailles. Les Crows avaient installé leurs wigwams dans un méandre calme planté de bouleaux et de saules. C'était toujours pour Catlin la même fascination devant un campement encore lointain, mystérieux, clos dans son intimité. La centaine de tentes échelonnées se chevauchant dans la perspective, rapetissant, enveloppées par l'espace gigantesque. L'impression de majesté, de silence, de paix. Les tepees sphériques et pointus… La beauté du monde humain alliée à celle du paysage. Identiques. Voir cela. Le contempler à satiété. Être envoûté. Vivre.

Il aurait été plus simple de rejoindre innocemment leur village et de nouer un contact avec eux. Mais Catlin, connaissant les projets des Sioux, aurait eu le sentiment de trahir leurs hôtes. Par ailleurs, observer pendant un temps les Indiens sans être vus offrait l'avantage de ne perturber en rien le cours de leur vie. Nul troc, nul marchandage. Ce serait un document brut.

Mais bientôt ces heures de guet se révélèrent creuses. Les Crows vivaient à peu près comme leurs ennemis. Mêmes retours d'expéditions de chasse, activités des squaws, peaux, fagots, transport d'eau, jeux, réunions, danses et chants. Les chevaux étaient divisés en deux troupeaux, l'un au bord de la rivière, l'autre à l'est, à l'entrée du village. Louve leur avait dévoilé que le chef Nez Levé possédait un magnifique hongre noir du nom de Soleil Fou. Aigle Rouge partageait ce secret. Nul doute qu'il ne nourrisse le dessein de s'emparer d'un si beau trophée au cours de la prochaine attaque. Mais la distance empêchait de repérer le bel hongre qui devait paître autour du wigwam du chef et non parmi les autres chevaux.

Un divertissement survint qui enchanta Bogard. Des jeunes filles, montées sur leurs poneys, accompagnées de deux sentinelles, galopaient le long de la rivière dans la direction des observateurs. Leur escouade s'approcha et s'arrêta dans une anse assez près du peintre et de son guide. Les sentinelles s'éloignèrent et prirent position sur des tertres environnants. Sans doute, quelques vieilles squaws étaient restées sur la rive pour chaperonner les belles. Les jeunes filles ôtèrent leurs robes de daim et se baignèrent. Bogard n'en perdait pas une bouchée, rivé à la longue-vue. Catlin fit un dessin du bain avec son guide, voyeur planqué dans l'herbe haute. Les demoiselles s'ébattaient, se dressaient dans le flot, empoignaient leurs chevelures, les dénouaient, revenaient s'allonger, bavardaient, criaient, riaient, amenaient leurs poneys piaffant dans les remous. C'était parfait. L'Éden jusqu'au crépuscule où toute la bande se rhabilla et regagna le village.

Bogard confia à Catlin qu'il avait joué au jeu de la couverture avec des Indiennes. L'usage consistait pour un jeune couple à se réunir sous une peau de bison devant le wigwam des parents afin de faire plus ample connaissance, de se tester, de s'expérimenter sans être vus. Il s'agissait, la plupart du temps, de conversations chuchotées, d'un flirt. Certains allaient-ils plus loin ? En tout cas, Bogard, sous la couverture, prétendait avoir été encouragé par tout le village à plus de privautés. Des saillies obscènes fusaient tandis qu'il s'occupait de sa partenaire dans les soubresauts de la peau de bison.

Bogard était un vantard mais l'épisode intéressait Catlin !

La réputation des Crows en matière de licence était solide. Quelques années plus tard, Edwin Thompson Denig, un négociant de la Compagnie américaine des fourrures, écrirait ceci dans son journal : « La seule activité, diurne et nocturne, des guerriers crows est de courir après les femmes qui, mariées ou non, ne semblent même pas soupçonner l'existence de la vertu de chasteté. Leur mauvaise conduite s'étale au grand jour et la présence de témoins ou de spectateurs n'est pas pour les effaroucher. Elles aiment mieux qu'on les voie que de se donner la peine de cacher leurs infidélités. »

Louve ! Baigneuse originelle, ainsi appartiens-tu à cette tribu libre, belle et voluptueuse…

Cet Edwin Thompson Denig épousa, quant à lui, Petite Daim Femelle, une Assiniboine dont il eut deux filles, et il développa son commerce à Fort Union auprès des Culbertson. Il eut donc le doux privilège de contempler la très belle Mme Culbertson, Natawista, Medicine Snake Woman dont le raciste Audubon fut, comme on le sait, bien obligé de faire l'éloge, tant l'étendard de ses cheveux luxuriants pendant la chasse aux loups l'avait ébloui. Edwin Thompson Denig aida aussi – nul n'est parfait – le sieur Audubon dans ses courses pour débusquer et étudier la faune du Missouri. Il va sans dire que si le personnage d'Audubon est détestable, ses planches représentant les oiseaux sont, elles, miraculeuses. Le sordide et le sublime font souvent bon ménage.

Le plus beau c'est qu'à défaut de rencontrer Oiseau Deux Couleurs, Denig connut parfaitement Feuille de Pin, Woman Chief, cette petite fille gros-ventre enlevée par les Crows, devenue l'une de leurs chefs, habillée en homme et vivant avec quatre femmes. Considérée comme un « berdache », un « deux esprits ». Denig fut le premier à la décrire dans son journal. L'amazone n'avait pas froid aux yeux. Elle fit la guerre contre les Pieds-Noirs, leur vola soixante-dix chevaux. Elle scalpa deux guerriers en un tournemain ! Woman Chief venait à Fort Union. Elle vit Natawista.

Un peintre arriva à Fort Pierre et à Fort Union en 1851, après Catlin, après Bodmer, huit ans après Audubon, c'était Rudolf Friedrich Kurz, suisse comme son maître Bodmer. On lui doit des tableaux et d'admirables dessins des Iowas, des Crows, des Gros-Ventres… Contredisant totalement Audubon, et rejoignant Catlin et Edwin Denig, il célèbre les superbes Indiens « qu'aucun Blanc n'égale en grâce et en beauté ». Il raconte dans son journal qu'il convole avec la belle Niukogra « ma gracieuse compagne, cependant que la lune se reflétait devant moi dans les eaux du Missouri et près de moi dans ses grands yeux humides et langoureux… ce n'est que tard dans la nuit que nous rejoignîmes notre tente ». La scène est accompagnée de la mélodie des flûtes tandis que d'autres couples énamourés roucoulent dans la forêt… Chateaubriand est largement battu ! Kurz qui porte des lunettes est appelé « Quatre Yeux » ou « Œil de Fer »… Il épouse ensuite Witthae, la fille d'un chef iowa. Il lui offre des perles, des calicots rouges, des couvertures, des colliers… Mais cette alliance ne dure pas. La belle s'ennuie tant de sa tribu qu'elle la rejoint bientôt ! Un dessin de Rudolf Friedrich Kurz représente une très belle Iowa androgyne, en gros plan, de profil, complètement nue, déliée, le sein pointant, debout devant son cheval, cheveux noirs ceints d'un bandeau et coiffés d'une plume tandis qu'une autre Indienne est assise, nue, de dos… La figurante de l'idylle est-elle Witthae ?... Est-ce ainsi que nous voyons, que nous aimons Louve ?... Mais le très romantique, l'érotique Rudolf Friedrich n'en a pas fini avec ses amantes indiennes, l'une d'elles lui volera toutes ses affaires et disparaîtra !... Quand Œil de Fer débordé se refuse à celles qui l'assaillent pour l'épouser, ces ardentes nourrissent contre lui de sombres projets de représailles. Une Indienne éconduite lui vole même son crayon ! La perte semble irréparable… Eût-elle mieux fait de lui voler ses lunettes ? Non, il dessinera encore beaucoup de ses Indiens nus, adamiques. Serinant comme Baudelaire et George Sand que c'est Phidias et la Grèce qui recommencent ! Le motif de la même Indienne nattée, nue, offrant à la vue ses fesses sinueuses est chez lui lyrique et récurrent... On ne refait pas Kurz ! N'empêche qu'il accumulera de nombreuses informations sur les mœurs et surtout sur la langue des Mandans, des Iowas, des Gros-Ventres que les philologues reprendront ensuite. Kurz, l'amant des Indiennes, ce don Juan du Missouri, est aussi un savant.

Les baigneuses nues des Crows surprises par Catlin invitent à tant de correspondances, de détours luxurieux autour de l'ineffable Mme Culbertson ! Rudolf Friedrich Kurz la rencontre bien sûr à Fort Union : « L'une des plus belles femmes indiennes... elle aurait fait un excellent modèle pour une Vénus »... Kurz est toujours au paradis ! Hélas, Kurz renonce à peindre Natawista car, en deuil de son jeune frère, elle coupe, selon l'usage, sa luxuriante chevelure noire ! Une photo de Natawista existe à l'époque où elle vit encore avec Alexander Culbertson. Il est vêtu d'un habit noir. Il a un nœud noir à sa chemise. Ses cheveux sont argentés. Mme Culbertson est en robe sombre et corsage blanc, elle est nattée à l'indienne et offre son beau visage pur aux pommettes saillantes, elle porte une petite croix chrétienne car depuis Fort Union le couple s'est marié catholiquement, un de leurs enfants pose sous leur présence protectrice... On ne devinerait jamais que cette épouse et mère modèle, assez stricte d'aspect, mais au bel œil noir, va se faire la belle bien des années plus tard, la catholique volage retourne au tepee, aux robes de wapiti, aux mocassins ailés, auprès de son neveu Corbeau Rouge !

Le fringant Kurz, décidément comblé, pourra contempler aussi celle qu'il appelle joliment « la fameuse amazone Absaroka », autrement dit une Crow. Oui, elle ! Woman Chief… Denig la lui présente et en buvant un verre, primesautier, montre à son ami le scalp d'un des Pieds-Noirs que la chef crow lui a offert. Cependant Kurz trouve la scalpeuse fort calme, fort convenable, les mains reposant jointes sur sa robe comme dans la prière, écrit-il. Une carmélite coupeuse !

Un jour, n'en pouvant plus de leur retraite dans les rochers, Catlin et Bogard dévalèrent le versant de la colline sans leurs chevaux. Les sapins dissimulaient leur progression. Ils purent ainsi s'approcher davantage des Crows. Alors Catlin suivit dans sa longue-vue et dessina le déroulement de la toilette de plusieurs hommes au bord de la rivière. C'était un rituel long et minutieux, car les Crows baignaient leurs fameux longs cheveux qui descendaient jusqu'à terre. Les guerriers étaient des hommes de grande taille qui atteignaient souvent le mètre soixante-quinze. De tous les Indiens, Catlin trouvait qu'ils étaient les plus beaux, les plus élégants. Les hommes entraient dans la rivière pour se laver et plonger leurs immenses chevelures. Ils sortaient, se séchaient. Leurs squaws accouraient et entreprenaient de tordre les formidables crinières, d'en séparer les pans, de les coiffer. C'était merveille que le voyage des peignes dans un tel flot noir et brillant. Les guerriers étaient d'une coquetterie à faire pâlir Oiseau Deux Couleurs. Les squaws les tapotaient, faisaient passer des herbes sur leur peau, leur appliquaient des onguents, les chouchoutaient, les cajolaient, les pomponnaient longuement. Elles reprenaient leurs peignes et parcouraient les sillons des tignasses géantes, en soulevaient les chatoyantes grappes, les faisaient flotter dans les airs ou les partageaient en nattes. Les mâles se rengorgeaient sous tant de caresses habiles. Les guerriers laissaient une frange de cheveux courts et dressés sur le front, ce qui était une coquetterie délicate. Les femmes accrochaient enfin à la chevelure des tresses de perles et de coquillages peints en bleu, en vert. Les oreilles étaient ornées de pendentifs du même type. Autour du cou, les squaws passaient des colliers de wampum, constitués de plusieurs bandes de coquillages ou de perles. Toute cette préciosité, Catlin la voit, Edwin Denig, grand connaisseur des Crows, la décrira longuement. Ainsi que Kurz. Seul Audubon veut rester aveugle ou Bodmer quand il accuse Catlin, son confrère, d'exagérer, d'être un charlatan.

Bogard proposa à Catlin d'en finir avec leur comédie, leur espionnite. Quand il suffisait de monter sur leurs chevaux et d'entrer dans le village en toute simplicité pour partager quelques moments sensibles avec une tribu si charmante. Genou Boiteux continuerait à faire le guerrier, bien à l'affût, c'était son problème. Eux n'avaient rien à voir avec ces conflits perpétuels qui étaient la spécialité fatigante des braves. Catlin aurait presque hésité s'il n'avait pensé encore à Louve détenue par les Sioux. Pouvait-il garder le silence là-dessus, tromper les Crows, jouer un double jeu ? Une nouvelle fois, il refusa.

Un matin, ils virent un splendide cheval noir monté par un guerrier et qui traversait la prairie vers les bois au pied de la colline où ils étaient postés. Il devait s'agir de Nez Levé chevauchant Soleil Fou. Le chef était accompagné d'une nuée de cavaliers. Catlin et

Bogard eurent peur d'avoir été repérés. Mais la troupe se contenta de galoper librement, elle longea la base de la colline et disparut.

Catlin peignit alors un tableau extraordinaire. Le chef crow faisait cabrer son cheval prodigieux. Nez Levé portait une couronne de plumes d'aigle dressées, teintées de rouge, et la tête de son cheval était ornée de la même coiffe en écho. La chevelure immense du chef flottait derrière lui majestueusement jusqu'à rejoindre la queue de Soleil Fou, elle-même répandue jusqu'au sol. La tenue frangée de l'Indien était somptueuse, brodée de jaune, de bleu et de rouge. Soleil Fou était couvert d'une tapisserie armoriée. Un de ces tableaux dont le sieur Audubon douterait de l'authenticité, accusant Catlin de s'exalter dans des chimères lyriques. Alors, d'où sortaient ce chef et sa monture couronnés, caparaçonnés, colorés, sublimés, déployant la scène de leur joie, de leur triomphale beauté ? En fait, Catlin se fondait sur la chevauchée qu'il venait de surprendre et sur les témoignages de Bogard, grand connaisseur d'Indiens. Il ne manqua pas de régaler le peintre de détails originaux tant ces spectacles de baignades de nymphes crows, de messieurs crows à leur toilette excitaient sa mémoire et sa verve. Épier, il devait se l'avouer, ajoutait un sel. Comme si les Crows leur apparaissaient. Crows interdits. Crows plus beaux d'être inaccessibles au commun des mortels. Aujourd'hui, les tableaux les plus intimes de Catlin sur les Crows – toilette, bain, nudité – sont sertis dans des cadres ovales, ce qui renforce leur caractère clandestin de vignettes pour initiés.

Un matin, Genou Boiteux jaillit au milieu de leur campement rudimentaire. Ils sursautèrent. Bogard brandit son pistolet et reconnut l'éclaireur sioux. Ils prirent le chemin du retour.

Le Grand Conseil écouta tous les renseignements de Genou Boiteux qui fut questionné et répondit avec la plus grande clarté. Tout le monde observait l'Indien vif qui s'était fondu dans le paysage, avait passé des jours seul à couler sa monture entre les taillis, à ramper, à guetter. C'était un guerrier petit, sec, noueux, au visage émacié de fouine, percé d'yeux noirs et durs. Il ne portait pas de coiffe emplumée, mais avait les cheveux attachés en une sorte de chignon médian avec deux pans qui retombaient de chaque côté. C'était un solitaire mobile, agile malgré son infime claudication dansante. Il aimait vivre de rien dans les accidents de la prairie, comme à cru. Invisible parmi les loups, les aigles, les cerfs qu'il approchait et lardait d'une flèche à bout portant. Il dépiautait sa proie dont il dévorait le foie saignant et des morceaux de chair vive car il se gardait d'allumer un feu. Le long des nuits glacées, il s'enroulait dans sa couverture d'ours auprès de son cheval petit, muet, fluide et mimétique comme son maître. Quand le vent soufflait trop fort, ce qui était souvent le cas dans ces contrées, l'Indien s'abritait derrière un rocher, un arbre, restait ainsi figé, stoïque. Invisible, traversé par le monde ambiant. Autour de lui, les bêtes sortaient de leur trou. Il avait vu passer devant lui des bandes de guerriers rôdeurs, des trappeurs, des cueilleuses de prunes sauvages. Il se confondait avec l'écorce, le roc. Son discours s'en tenait au strict rapport des faits. Entre ses missions, il vivait dans son wigwam avec deux squaws plutôt jolies. Il avait enlevé l'une d'elles qui s'était écartée d'un village mandan. Oiseau Deux Couleurs raconta des histoires sur Genou Boiteux. Il vivait dans une profonde communion avec la nature et connaissait ainsi des moments d'hypnose, de vision. Les esprits-gardiens le visitaient. Il voyait toutes sortes d'animaux surnaturels. Il aurait pu devenir un grand chamane. Oiseau sans sourciller déclara que l'éclaireur se métamorphosait parfois en loup, voire en femme. Ainsi, il était entré dans le tepee d'un guerrier, et au moment où celui-ci sans se méfier, ébloui par sa beauté, avait voulu l'étreindre, il avait sorti un couteau et l'avait scalpé. Puis il était redevenu homme et avait couché tranquillement avec la squaw de sa victime.

Bogard avait beau être un mécréant, ces détails le laissaient bouche bée. Il quitta Oiseau Deux Couleurs en s'ébrouant comme pour sortir du rêve et dit à Catlin :

– Oiseau invente mais il raconte de fortes choses !...

Oiseau Deux Couleurs et Louve avaient profité de l'absence d'Aigle Rouge parti parlementer avec une tribu voisine pour se carapater dans la nature. Catlin les vit filer, et cela ressemblait à une fuite enchantée qui le laissa rêveur. Il n'en parla pas à Bogard et se sentit ainsi complice du travesti et de la Femme-Double. Le bruit courait qu'Oiseau Deux Couleurs, au cours de ses conciliabules avec Louve, l'initiait à ses pouvoirs. Les voyants-guérisseurs agissaient toujours ainsi, ils communiquaient leur science à des disciples. Une femme pouvait aussi devenir chamane même si c'était rare, à moins que cette rumeur d'initiation ne fût qu'un alibi permettant à Oiseau et à Louve de se voir dans l'intimité…

Louve Blanche avait un fusil que Bogard avait échangé avec elle contre une couverture brodée. Très vite, elle avait maîtrisé le maniement de l'arme même si elle préférait l'arc qui était d'un usage plus facile quand on allait à cheval. Car il était difficile de recharger un fusil par la gueule en galopant. Oiseau Deux Couleurs portait un arc. L'attaque des Crows les inclinait à quelques précautions. Ils galopèrent le long des méandres de la rivière Cheyenne. Ils en quittèrent soudain le cours pour entrer au cœur du paysage, dans des bois de frênes percés de clairières ensoleillées. Louve arrêtait son cheval et parlait avec le chamane. Il n'y avait qu'avec lui qu'elle s'ouvrait de ses sentiments singuliers. Oiseau l'écoutait toujours sans la juger. Il la couvait des yeux tant ce qu'elle révélait le passionnait. Lui aussi avait un tour d'esprit très surprenant. Il voyait les choses sous un angle cocasse ou visionnaire. Il attisait la curiosité de Louve et alimentait son extravagance secrète. Tous les deux fortifiaient leurs natures divergentes par rapport à la communauté. Ensemble, ils se sentaient libres et leurs discours audacieux les excitaient.

Il cueille des fleurs qu'il pique dans la chevelure de la jeune femme. À son tour, elle va chercher des iris au bord d'un ruisseau et en orne les cheveux d'Oiseau. Et de rire et de sourire et de marcher entre les arbres tandis que les chevaux flanc à flanc broutent les menthes sauvages.

Un coup de feu claque soudain. Oiseau se saisit de Louve avec une grande force, la bascule, la couche derrière un arbre. Le silence est effrayant. Ils ont beau scruter éperdument le couvert des branches et des fougères, nul frémissement. Le tireur est-il isolé ou sont-ils tombés dans une embuscade plus fournie ? Ils attendent. Ils ne comprennent rien. Des voleurs veulent-ils s'emparer de leurs chevaux ? Mais pourquoi ne bondissent-ils pas sur les deux montures qui se tiennent à l'écart, effarouchées par la détonation ? Oiseau a tendu son arc et pointé sa flèche sans trouver de cible. Louve se dégage suffisamment de l'entrave protectrice du chamane pour glisser sous l'épaule de ce dernier le bout de son fusil. Ils sont prêts à défendre chèrement leur peau quand rien ne bouge.

Le silence devient assourdissant. Ils entendent un froissement, ils perçoivent un mouvement furtif. Oiseau tire une flèche au petit bonheur. Le cheval de Louve prend peur et s'enfuit dans les taillis. Un cri de victoire fuse et le cheval hennit. Ils devinent ce qu'il s'est passé, ils dégagent leurs membres encore mêlés, ankylosés. Ils se faufilent dans le sous-bois en tenant leurs armes pointées. Ils constatent que le cheval de Louve a disparu. Volé ! C'est bien un maraudeur qui les a surpris en pleine cueillette des fleurs et a profité de l'idylle. Louve a honte. Oiseau, pas vraiment.

Oiseau Deux Couleurs fait grimper sur son cheval Louve privée de sa monture. Elle serre spontanément les bras autour de la taille de son sauveur. Et ils repartent ainsi au petit trot. Oiseau sent le souffle de Louve dans son cou, il aime beaucoup le lacet de ses bras chauds. Il voit les deux mains fines réunies au-dessus de son ventre. Et Louve prend du plaisir à enlacer le chamane. Ce n'est pas la première fois qu'elle apprécie son aplomb, sa souplesse et sa vigueur. Elle a été surprise par son réflexe au moment du coup de feu. Il s'est emparé d'elle comme un ravisseur chevronné. C'est mieux que le coup de main d'Aigle qui lui a fait peur. Mais elle a subi l'affront de s'être fait voler sa monture. Ils s'approchent du village et Louve regarde le troupeau des chevaux en train de paître. Oiseau lui indique où sont les siens. Il y a un poney assez semblable à celui de la jeune femme. Il fera illusion, le temps de rejoindre chacun son wigwam. Louve court lestement dans la prairie et, de sa longue main douce, se saisit du poney qu'elle enfourche. Heureusement, Aigle Rouge n'est pas encore rentré de sa mission. Catlin finit des tableaux devant sa tente. Il procède souvent ainsi en plusieurs temps, dessinant une esquisse plus ou moins avancée qu'il remplit ensuite, nuance, porte à l'accomplissement. Ce travail ne requiert pas une grande concentration. Il voit aussitôt les deux cavaliers rentrer au bercail. Le coloriste qu'il est remarque que le poney de Louve a renouvelé ses taches…

La saison devint très sèche et venteuse. De grandes bourrasques solaires balayaient la prairie. Des incendies éclatèrent partout. C'était ce que les Sioux redoutaient le plus. Ils ne savaient où fuir car le feu risquait de les rattraper, de les prendre à revers, de les encercler. Certes la rivière les protégeait. Ils pouvaient toujours au dernier moment plonger ou monter dans leurs canoës. Mais la perte des wigwams était lourde. Les canoës ne pouvaient emporter beaucoup d'objets.

Aigle Rouge, Élan Noir, Tonnerre Riant, Catlin et Bogard galopèrent au bord de la rivière Cheyenne. Ils atteignirent une colline d'où la vue s'élargissait. Le spectacle qui s'offrit à eux était beau et tragique. Des flammes couraient sur le dos de collines avoisinantes, on eût dit des écailles hérissées de dragons. Le vent soufflait, soulevait les herbes hautes, arides, les crispait, les transformait en torches. D'épaisses fumées noires se répandaient dans l'azur. D'autres feux s'activaient dans la prairie, crépitaient dans les bois, sinuaient le long des méandres de la rivière. La terre était trouée, brodée, passementée de brasiers.

Des troupeaux de bisons fuyaient sous la tourmente. Leur galop grondait, roulait, les poussait en hordes serrées. Toutes les têtes fonçaient en avant, les bataillons des bosses énormes, les barbes, les crinières rousses, les échines, les reins étroits. Les bisons bifurquaient, se divisaient en flots pantelants, grimpaient sur une pente, filaient dans des vallées.

Une bande venait d'être rattrapée par les flammes, elle tournoyait dans un tourbillon d'étincelles, de panaches brasillant. La fumée dressait un écran infranchissable. Les bêtes s'accumulaient, piétinaient, coincées, en un pullulement de volumes bruns, noirs. Elles beuglaient, sautaient, se cabraient, corps tordus sous l'ouragan du feu qui les assaillait, les mordait, les éperonnait, bondissait sur leurs dos. Les flammes éructaient, crachaient, les fumées s'épaississaient, les bisons sombraient dans ce cyclone ardent. Ce n'étaient plus que des formes battues, convulsées, des fantômes géants, calcinés, perdus dans le tohu-bohu des nuées zébrées d'or rouge, de soufre, de cendres. Il faisait noir. Les cavaliers atterrés ne respiraient plus, tout en sueur, le visage souillé de traces sombres. Les bisons poussaient encore des beuglements, certains parvenaient à sauter hors de la couronne flamboyante et ils fusaient au hasard, leurs crinières criblées de braises, leurs flancs à moitié carbonisés, ils s'écroulaient, la langue dehors, agonisaient dans la lunette de Catlin horrifié. Tonnerre Riant avait le visage pincé de stupeur, ses lèvres émettaient des petits sifflements courts. Il haletait tout ramassé sur sa monture, il épiait le feu qu'il admirait, qu'il haïssait. Il était hypnotisé.

Aigle Rouge, au retour, alla prendre à partie le chamane, lui reprocha son impuissance, le pressa, le harcela, le menaça. Oiseau se précipita dans ses incantations. Et l'incendie dansait partout, tonnait, attaquait. Louve était en proie à une excitation de tous les sens, entre l'effroi et des désirs bizarres dont elle n'arrivait plus à faire part à Oiseau Deux Couleurs. Aigle Rouge, exaspéré d'inquiétude, un soir, la repoussa et lui lança furieux :

– Tu n'es même pas capable de me donner un fils !

Elle se rabattit, se recroquevilla sur sa couche, blessée, humiliée, tandis que la troisième épouse, la dernière, Soleil de Midi, écoutait l'insulte du chef, elle qui était déjà mère.

La nuit, les sentinelles restaient alarmées, humant l'air brûlé, scrutant les profondeurs au cas où surgirait une lance de feu, la torsade d'un serpent arqué, dévorant et doré, annonciatrice des supplices. Genou Boiteux ne couchait pas dans le campement. Où était-il embusqué, dans ces ténèbres illuminées ? Incrusté dans quelque trou du roc, accroupi, la tête dans les mains, épiant la rumeur, couvant des yeux, autour de lui, la meute des flammes. Guetteur sans trêve, flanqué de son petit cheval furtif.

Alors, Élan Noir décida d'aller implorer une vision.

Il commença par se purifier dans la hutte de sudation. Un foyer était creusé à l'intérieur de la loge ronde, couverte de branches de saule et de peaux de bison. C'était là qu'on déposerait les pierres chaudes. Avec la terre enlevée du trou, un monticule avait été dressé à l'entrée orientale de la hutte. On y avait couché un calumet lui aussi dirigé vers l'est. Tout près, un assistant du rite faisait chauffer de belles pierres aux fins motifs sur un feu de bois. Un sentier sacré conduisait du monticule à l'intérieur de la loge qui était tapissé de feuilles de sauge.

Élan Noir guidé par Oiseau Deux Couleurs entra nu, en se courbant, dans la tanière de pureté. Il en fit le tour en fumant dans les quatre directions le calumet que lui avait tendu le chamane. Puis il s'assit et Oiseau, vêtu d'un pagne court, torse nu, alla prendre quatre pierres brûlantes offertes par l'assistant au bout d'une fourche. Oiseau, avec une louche de bois, versa de l'eau sur les pierres qui se mirent à fumer. Le chamane et le chef échangèrent le calumet. Oiseau chanta un hymne.

Lorsque quatre nouvelles pierres sacrées furent apportées et arrosées d'eau, il se produisit un long crépitement, suivi d'un brouillard d'étuve qui remplit la hutte. Élan Noir baignait dans ce nuage, en aspirait la bouffée brûlante qui était son énergie fondue à celles du ciel et de la terre. Il se recroquevillait dans le ventre noir de la grotte de peaux, il nageait au cœur de la création comme dans le fourneau d'une pipe matricielle. Il n'avait plus d'yeux, plus d'oreilles, mais sa peau palpitait, embuée, poreuse. Il se fondait aux pulsations du rocher, de l'eau, du feu, de l'air. L'écoute s'ouvrait lentement de l'intérieur. Il s'écarquillait comme une puissante fleur de ténèbres et psalmodiait : « Tous mes parents », ce qui fortifiait son lien avec ses ancêtres et toutes les créatures du Grand Tout.

C'était le cœur de l'été, l'air était déjà torride, rendu plus étouffant encore par la proximité des incendies. La vapeur devint insupportable. La sueur ruisselait sur le corps brillant d'Élan Noir dont les traits se creusaient. L'atmosphère avait beau être religieuse, Oiseau ne pouvait s'empêcher d'admirer les formes violentes et superbes du chef verni de sudation.

Quatre fois les quatre pierres arrivèrent et la chaleur atteint un paroxysme. Élan Noir priait, se cinglait avec des branches de sauge. Il s'abandonnait dans une hallucination à un souffle vivant qui lui masquait la douleur, l'ardeur de sa chair, la brûlure de son sang, la précipitation de son pouls.

Quand la fumée s'épuisa, Élan et Oiseau fumèrent une quatrième fois le calumet et dirent: « Tous mes parents. »

Élan régénéré, comme ressuscité, sortit de la tente et courut vers la rivière où il plongea.

C'est Oiseau Deux Couleurs qui le conduisit au sommet de la plus proche colline, épargnée par le feu. Les deux hommes marchaient.

Là-haut, un poteau avait été planté, entouré d'un tapis de sauge. Le chamane fuma le calumet et le passa à Élan Noir avant de le quitter.

Élan n'était vêtu que d'un pagne. Il tenait le calumet sacré rempli d'herbes et de tabac. Il marcha d'abord vers le poteau central en fumant puis revint en gagnant l'ouest, qui était la première direction. Il pria, chanta, repartit vers le centre, toujours en tirant des bouffées, puis rejoignit le nord et ainsi de suite, allant, revenant vers l'est et le sud. Il s'arrêtait, il priait Wakan Tanka, le Grand Mystère, s'exclamait: « Aie pitié de moi ! »

Du village, tous les Sioux le regardaient. Sur le visage d'Aigle Rouge se peignait un mélange d'inquiétude et d'exaltation.

Le soir tomba et l'on voyait marcher Élan Noir, sa minuscule silhouette solitaire au sommet de la colline.

Il fit une pause et se coucha auprès du poteau dans une sorte de fosse. Il but un peu d'eau contenue dans une panse de bison. Il attendit la visitation des rêves.

Au milieu de la nuit, Catlin réveillé sortit de son wigwam et observa la colline. Dans une lueur de lune, il vit Élan Noir recommencer sa marche. Cette scène nocturne et mystérieuse le frappa, le troubla. Cette présence orante d'Élan Noir. Sa ferveur tenace.

Genou Boiteux veillait-il lui aussi ? De son trou dans le roc, voyait-il le chef aller et revenir du poteau aux quatre directions en fumant le calumet sacré ?

Élan ne regardait pas l'essaim des feux, leurs broderies mobiles, leurs écrins sur les collines. Il répétait : « Aie pitié de moi ! » Mais aucune vision ne venait encore. Nul lien, nul pouvoir. Nulle harmonie.

Un jour passe, chacun va son train. Le village bouge par groupes, escouades, couples, individus solitaires. Les chevaux paissent, courent, se flairent. Un étalon copule avec une jument. Et c'est une formidable figure hennissante qui épate Bogard. Les femmes rapportent de belles prunes sombres et marbrées et les font goûter à Catlin. Les enfants se chamaillent, se poursuivent, galopinent, jouent à la guerre. On entend le fleuve. Des canards étincelants filent au ras de l'eau. Les saules et les bouleaux bruissent dans une passe du vent. La masse des feuillages ploie, saisie d'un frétillement infini, miroitant. On pourrait rester là, se confondre avec la vie. S'il n'y avait sur la colline ce marcheur obstiné dans sa quête. Alors que la vision semble immédiate, déployée partout, épanouie dans tous les éléments, les sons, couleurs, mouvements accordés, que tout le monde finalement le sent. Louve qui a levé les yeux de sa broderie, Catlin qui regarde, vacant, Oiseau qui fume.

La seconde nuit, il marche. Il entre dans un long vertige. Soudain, il perçoit une phrase : « Écoute une voix qui t'appelle. » Il est entouré de bruissements furtifs. Il sent des ailes le toucher. Il croit voir un faucon sortir d'un nuage. Des lumières percent la nuit, les nuées courent autour de lui. Il plonge dans un rêve…

Le lendemain s'étire, long, pesant, écrasant de chaleur. Il marche.

La troisième nuit, Catlin embusqué veut contempler encore Élan Noir. Oiseau Deux Couleurs et Louve le rejoignent. Puis c'est Aigle plein de gravité. Tous les quatre, sur le fond d'une indicible aurore montée des incendies, voient le fantôme émerger de sa fosse remplie de sauge, se dresser et marcher.

Élan entend : « La voix t'appelle. » Le faucon s'est changé en loup qui court dans une plaine fouettée par un vent d'orage. Cela lui pique la peau. Des étincelles fusent, éclatent. Il marche enveloppé de messagers. Il s'effondre et s'endort, de nouveau les rêves le ravissent.

Pendant la traversée du jour, le soleil le frappe, l'étourdit. Il en est tout aveuglé. Il se repose dans la fosse, s'essuie le corps avec de la sauge. En se relevant, ébloui par l'outrance du soleil, il titube, il se sent tomber au fond d'un gouffre. Le vide va le dévorer. Un vide noir dénué de visions, la mort, rien que la mort. Le désert noir de l'angoisse. Il boit. Il a peur de ne plus pouvoir marcher, de rester là pétrifié, cloué par un soleil inexpressif, inhabité. Il marche.

Dans le village, ses frères le voient. Les femmes qui cuisent les viandes. Par en dessous, elles suivent la marche d'Élan. Les petits enfants interrogent leurs mères sur le chef solitaire. Les guerriers qui galopent autour des wigwams soudain tordent le cou pour le voir marcher.

Bogard hausse les épaules, marmonne quand Catlin s'arrête de peindre pour observer l'Indien fou. Le peintre s'interdit de dessiner la silhouette du visionnaire sur la colline. Il a promis à Élan de ne jamais reproduire sa figure. Les six loups blancs du bouclier sacré échangé contre cette inertie ont sans doute achevé leur périple au long du Missouri, puis du Mississippi. Qui les regarde maintenant ? Clara, l'épouse de Catlin ?... Qui peut comprendre ?

La quatrième nuit, cela devient plus intense. La marche d'Élan Noir est happée. Il a la vision d'un orage tonnant, terrible. Les loups disparaissent. Il marche, aimanté vers un but dans la puissance du vent. Il entend : « Petit-fils, lève-toi, tu peux maintenant voir tes Grands-Pères. »

Alors lui apparaît le Grand Tepee mais ce n'est pas la Grande Tente où l'attendraient les six Grands-Pères du monde, c'est une vision confondante. Un grand tepee de pierres noires, ocrées, rougies par une sorte de soleil couchant, oui, comme taillé dans la Carrière sacrée de la Pierre à Pipe. Mais c'est encore autre chose comme des murailles dressées ou comme l'étrave d'un immense canoë-tonnerre très brillant. Il y a des trous dans cette muraille pareils à des oreilles de wigwam, des milliers avec des visages au travers. Et au pied de ces tours pullulent des myriades de petits chariots rutilants telles des punaises, coléoptères pétaradants. Les grandes falaises s'érigent, tantôt sombres, tantôt lumineuses. Leur proue se campe au-dessus des grandes eaux. Et cela se dresse avec fierté dans le bruit. Des espèces d'oiseaux volent droit. Mais nul Grand-Père.

Pourtant, pendant sa vision, une voix lui dit : « Regarde devant toi et prends garde à ne pas abuser de ce que tu as vu et entendu. » Puis tout se tait. Il ne sait plus s'il marche encore, si du tabac reste au fond de son calumet. C'est comme s'il ouvrait les yeux et il voit autour de la colline, dans les lointains, mais aussi à proximité, les feux, tous les feux, les grands feux qui courent comme des fleuves. Alors dans un souffle, il entend murmurer encore : « Souviens-toi de ce que tu as vu. » Mais Élan Noir ne se sent pas relié, fortifié, uni à l'harmonie universelle. Aucun pouvoir ne paraît le vivifier.

Dans son wigwam, Oiseau Deux Couleurs interrogea le visionnaire. Il interpréta le sens des bruissements, des lueurs vives et mobiles, des picotements, des frôlements, du faucon et du loup, de l'orage. Il traduisait les visions à Élan Noir possédé, hébété, épuisé. Alors Élan décrivit le Grand Tepee de pierres ocre, noires et trouées.

– C'était une tente, tu as vu la Grande Tente ?...

– Non, c'étaient comme mille tentes soudées, dressées à l'orée des grandes eaux.

– Il n'y a qu'un wigwam immense, qu'est-ce donc que tu crois avoir vu ? Et les Grands-Pères ? Ils t'ont bien parlé, j'ai reconnu leurs paroles dans ce que tu m'as rapporté.

– Oui, mais je ne les ai pas vus, j'ai vu mille et mille visages qui me regardaient dans les trous de la muraille aux mille facettes taillées !

Oiseau fronça les sourcils :

– Il n'y a pas trente-six Grands-Pères, Élan, tu sais depuis l'enfance qu'il y en a six ! Six pouvoirs !

– Je ne les ai pas vus, j'ai vu tous les visages...

Oiseau fatigué par le feu, les veilles, l'angoisse, s'énerva soudain :

– Élan, tu dis tout de travers comme un Heyoka !

Un Heyoka était une sorte de clown sacré qui disait et faisait le contraire du bon sens. L'été, un Heyoka se couvrait d'épaisses peaux de bison, l'hiver il se baladait torse nu ! Élan piqué, lui aussi à bout de nerfs, lança :

– C'est toi qui ne comprends rien et qui fais l'Heyoka avec ta robe de femme !

Le chamane se cabra :

– Méfie-toi de ma robe ! Elle est sainte ! Ce ne sont pas des mèches de scalp que j'y ai brodées !

Élan se mit à ruminer un silence orgueilleux et plombé. Puis il déclara :

– Oiseau ! Tu prétends tout savoir de la Grande Tente et des six Grands-Pères ! Tu parles, tu parles ! Mais celui qui sait ne parle pas !

Alors il fixa des yeux le chamane ébranlé et lui assena le coup final :

– Celui qui parle ne sait pas !

Ils se turent.

– Fumons la pipe sacrée, déclara Oiseau vaincu.

Et il purifia Élan Noir en frottant son beau corps avec de la sauge.

Catlin peignit les collines en feu, dénudées, grillées, avec des pans de prairie verte que les flammes rouges attaquaient. Des cerfs fuyaient le brasier.

Louve confia à Oiseau Deux Couleurs la colère qui la rongeait depuis qu'Aigle Rouge lui avait reproché d'être stérile. Cette question était accessoire pour le chamane. Depuis longtemps, il avait fait son deuil d'une progéniture improbable. Mais il comprenait les tourments de Louve. Il lui posa directement la question :

– Tu aurais voulu avoir des enfants comme toutes les femmes ?

Ce « toutes les femmes » l'excluait quasiment du genre féminin. Cela la laissa songeuse. Être la seule à différer du commun était un destin assez lourd. D'une certaine façon, instinctivement, elle revendiquait sa rébellion, son individualité dans une société où c'était la loi du groupe qui réglait tous les rapports. Mais quand elle prenait un peu de distance par rapport à sa position, elle en était presque effrayée, elle s'en ouvrit à Oiseau :

– Je n'ai rien choisi, je me vis comme je suis mais, tout à coup, si je mesure ma singularité, je m'apparais monstrueuse, incompréhensible. Si j'ai le malheur de me voir à travers les yeux des autres squaws, c'est un songe noir… Que m'est-il arrivé ?

– Et moi, si tu crois que je ne suis pas saisi par la même stupeur dès que je me compare à mes frères. Certes, je suis l'homme-médecine, mais tout de même… Ils chassent, ils font la guerre et des enfants et moi je suis à l'écart à les regarder faire. Tantôt ils me méprisent, tantôt ils me craignent, mais ce ne sont jamais les mêmes sentiments que ceux qu'ils éprouvent entre eux.

– Sommes-nous victimes des esprits mauvais, de nos rêves mauvais ?

– C'est la volonté du Grand Mystère, Louve. Voudrais-tu vivre comme eux ? Le pourrais-tu ?

– Non. Je sais bien que non. Le retour est impossible. J'ai essayé de faire comme mes sœurs avec mon premier époux. Après sa mort, je n'ai cessé de subir la bêtise et la tyrannie de mon beau-frère Grand Pied.

– Mais Aigle ? demanda Oiseau Deux Couleurs, intrigué par les secrets du couple.

– Il m'a arrachée à ma rivière, à ma tribu. Il n'a obéi qu'à sa volonté, à son désir… Et pourtant, il a su me surprendre, m'attacher peu à peu, me gagner. N'ai-je pas réagi alors comme toutes les autres femmes, enlevées, puis intégrées dans la tribu ennemie ? Mais je n'y ai pas fondé de famille, voilà la différence. Voilà l'obstacle. Et Aigle va me haïr.

Oiseau Deux Couleurs aurait voulu en savoir plus sur l'intimité du couple, leur lit, ce qui se passait dans leur couche. Aigle était-il bien le chef, le plus valeureux, le guerrier magnifique ? Malgré la complicité que le chamane avait nouée avec Louve, ils n'allaient pas jusqu'à évoquer cela. Aurait-elle répondu ? Oiseau Deux Couleurs craignait que oui. Il ne voulait pas entendre certaines phrases qui lui auraient paru irrémédiables. Car il savait bien que Louve lui plaisait, le tentait, le fascinait, qu'elle avait conquis une part de son cœur. Et ce qui le troublait le plus, l'émouvait, entretenait en lui beaucoup de rêveries, c'était qu'elle avait fait naître en lui des désirs. Ses cuisses béantes, quand elle avait enfourché le poney en cachette, après s'être fait voler le sien. Il la revoyait, l'image s'incrustait en lui. Son bras, sa main glissée sur l'encolure du cheval frémissant. Sa manière de bondir sur le grand corps docile. La chair des cuisses exhibées dans l'élan qu'elle avait fourni, ses longues cuisses brunes enserrant le volume soyeux de sa monture. Et il y avait bien d'autres scènes. Cette robe rouge qu'elle avait enfilée et dont l'échancrure dévoilait sa gorge. Le mouvement de la robe cintrée, les plis, la légèreté, le feu, cet embrasement du rouge sur la peau. Comme cela remuait, les reins, les seins… La sensation de leurs corps enchevêtrés dans la forêt, après le coup de feu. Le corps de Louve sous son corps, les fesses de Louve contre son ventre. Là, sans bouger, Louve enveloppée, captive, consentante, sans révolte. Ferme, chaude, tendue. Sa vie. Son flux, ses muscles bandés dans l'alerte. Sous lui. Et cela entrait en lui. Elle le pénétrait, l'envahissait, l'entêtait. Il la désirait. C'était elle désormais qu'il voulait. Mais le pire était tous ces petits moments partagés, ce bien-être, cette facilité, cette grâce, les conversations, les gestes qu'elle adoptait, toutes ses mimiques. Ses manières l'envoûtaient, ce mélange de force, de volonté et de douceur insoupçonnée. Les instants où elle devenait simple, étonnée, curieuse de ce qu'il lui racontait, de son tour d'esprit à lui. Sa réceptivité alors, sa disponibilité. Il la sentait séduite. Il s'en étonnait secrètement, se demandait si ce n'était pas une illusion. Mais il devait en convenir, ils se plaisaient, ils se comprenaient. Louve, alors, n'était plus conforme à l'image qu'elle donnait aux autres membres de la tribu. Il était probable qu'Aigle Rouge lui-même ignorait ce visage inconnu. L'autre Louve, aisée, ouverte, sans volonté acérée, sans combat. Comme si le même fluide les avait unis elle et le travesti sacré.

Aigle ne quittait plus Élan car il était sorti du rite de l'imploration encore plus égaré. Il ne cessait de se demander ce que voulait dire l'apparition du Grand Tepee. Il en avait parlé à son frère qui restait muet de stupeur. Car Élan Noir était un grand rêveur, un grand visionnaire, même si ses visions dépassaient l'entendement, les récits connus. C'étaient des signes, mais quels signes ? Quelle menace ? Quel monde Élan avait-il vu, fallait-il avoir peur, qu'annonçait le Grand Tepee ocre et noir sur les grandes eaux ? Alors Aigle Rouge avait donné des ordres discrets. S'il ne pouvait accompagner, en personne, Élan dans ses occupations, il fallait suivre ce dernier et l'informer, lui, le chef, de ses comportements. Genou Boiteux avait ainsi révélé qu'il avait pris en filature Élan Noir le long de la rivière Cheyenne. Le visionnaire quitta brusquement les méandres pour rejoindre l'aire du feu. Il galopa devant les flammes, sous la bourrasque des fumées. Il revenait à la rivière et recommençait sa course, sa jonglerie terrible, narguant la tempête de braises, remontant à contre-courant les troupeaux d'animaux affolés…

Genou Boiteux quant à lui se dérobait comme il pouvait derrière les arbres et assistait de loin au manège. Il ne pouvait pas intervenir, interdire au chef ses envolées mortelles. L'éclaireur, qui avait surpris beaucoup de scènes insolites au cours de ses longs affûts, avait du mal à comprendre la folie d'Élan Noir, tant leurs tempéraments divergeaient. Genou Boiteux ne trahissait jamais un quelconque tourment, la moindre division intérieure. Il restait calme et froid, invisible, concentré, squameux comme un lézard, pupilles fixées sur sa proie tandis qu'Élan bouillonnait de pulsions intempestives ou s'abîmait au fond de méditations moroses.

Aigle Rouge entendait le témoignage de l'éclaireur qui ne laissait pas de l'inquiéter. Mais il ne savait pas parler à son kola. S'il s'énervait, le disputait, ce dernier ne l'entendait pas, les sentences d'Aigle glissaient sur lui. De temps en temps, pourtant, au milieu de l'algarade, Élan levait les yeux vers son frère qu'il regardait avec surprise, comme s'il le découvrait, indépendamment de lui-même et des circonstances. Comme s'il ne s'était pas agi de lui, Aigle ! Il le regardait du dehors, semblait noter les traits de caractère que son kola dévoilait dans ses admonestations, ses revendications, ses tiraillements d'amitié. Élan avait presque l'air de s'intéresser à lui mais nullement au contenu de ses paroles. Et ce décalage perturbait Aigle qui était une nature entière, monolithique. Le chef tournait les talons, accablé.

Catlin jouissait d'une pause avant d'accueillir Cuisses dans son wigwam. C'était un moment délicieux. Et ce qu'il voyait lui plaisait. Il se demandait s'il aurait réussi à peindre la scène qui n'avait pas de particularité ethnologique marquée. Cela aurait pu donner des portraits, mais peu exemplaires. Pourtant, son œil ne perdait rien du spectacle, de la promenade de Tonnerre Riant et de Genou Boiteux. Ils ne parlaient pas. De temps à autre, Tonnerre Riant brisait le silence en poussant son petit rire jappé. Un rire qui disait que le monde était une farce plutôt savoureuse. Les deux Indiens marchaient au même rythme. Mais il n'y avait aucune harmonie, aucune majesté indienne dans leur allure. Genou semblait propulsé par son boitillement même qui était vif et tonique, et Tonnerre Riant sautillait, les jambes arquées, le buste braqué en avant, déboîté, cabossé, regardant autour de lui, s'amusant, jubilant sans doute d'être vivant. Il aimait beaucoup Genou Boiteux qui n'avait cependant rien d'un gaillard truculent. Il l'aimait pour la connaissance qu'il avait de la nature, du terrain. Il l'admirait pour ça. Et Genou Boiteux n'était pas en reste, il rendait son estime à son comparse, car les dons de cavalier de Tonnerre Riant étaient l'une des rares choses qui l'arrachaient à son impavidité. Il adorait le voir faire le Comanche, disparaître quasiment de l'autre côté de son cheval en plein galop, ne faisant émerger soudain que sa tête boucanée, son bras, son arc, sa flèche. Cette adresse l'émerveillait à tel point qu'un jour il avait baissé sa garde et failli prendre une lance dans la poitrine.

Catlin les contemplait et se sentait heureux.

Le temps était venu de lancer des représailles contre les Crows. En la circonstance, le Grand Conseil avait nommé Tonnerre Riant chef de guerre. Les Sioux se regroupèrent : les Loups, les Aigles... Toutes les sociétés réunies. Oiseau Deux Couleurs avait distribué les wotawes, les amulettes que les hommes avaient attachées contre leur poitrine. Ils avaient emporté leurs meilleures armes et leurs peintures. Le chef de guerre, Tonnerre Riant, ainsi qu'Aigle Rouge et Élan Noir, avaient disposé, dans les sacoches des chevaux de bât qui les accompagneraient, leurs somptueuses panoplies de guerre. Des chevaux de rechange avaient été prévus. Chaque Sioux était pourvu de provisions de pemmican et d'eau transportées dans des sacs de peau et des vessies de bison.

Quand la cohorte s'ébranla, beaucoup de mères gémirent car elles voyaient partir leur fils pour la première fois à la guerre, mais certaines étaient fières, ce serait l'occasion pour les jeunes guerriers de marquer des coups, de conquérir des plumes de guerre et de gravir des échelons dans la hiérarchie.

La troupe s'égrena à travers le village : en tête, Tonnerre Riant, Aigle Rouge et Élan Noir, puis Oiseau Deux Couleurs, Bison Tonnerre, Graisse de Bison, Grand Nuage,

Jambières en Peau de Lièvre, Haute Corne Creuse, Vieil Ours, Quatre Ours, Lance Blanche, Loup Noir, Loup Trompeur, Corbeau Menteur, Renard Rapide…

Genou Boiteux s'était lancé, la veille, en éclaireur vers la rivière des Couteaux. Telle était la direction prise par les cavaliers.

Louve Blanche se taisait et regardait. Catlin et Bogard ne furent pas conviés à cette expédition violente. Ils attendraient les récits circonstanciés qui en seraient faits au retour. Mais Catlin dut une nouvelle fois rompre son contrat intérieur de neutralité et prêter sa longue-vue. On lui promit des cadeaux fastueux en compensation. Oiseau Deux Couleurs participerait donc à la campagne pour les rites, les prières, pour soigner les blessures. Bogard émoustillé répéta à Catlin impassible que certains chuchotaient que le Winkte pouvait, en l'absence de femmes, si la guerre durait, apporter aux guerriers les plus fougueux un soulagement bienvenu.

Ils voyagèrent ainsi pendant quelques jours tandis que Bison Tonnerre et Graisse de Bison les précédaient en éclaireurs immédiats, la tache la plus secrète et la plus avancée étant assurée par l'irremplaçable Genou Boiteux dont on n'avait pas encore de nouvelles. Les jeunes guerriers étaient très excités. Aigle Rouge observait avec plaisir son fils Grand Nuage qui brûlait de marquer des coups.

Un grand incendie éclata à l'ouest, à la suite d'un orage tonitruant. On vit les éclairs formidables, puis les feux courir au loin dans des tourbillons de fumée. Mais la progression des guerriers n'en fut pas affectée car le vent fort soufflait en sens inverse.

Plus on se rapprochait, plus la troupe se faisait discrète, n'allumant plus de foyers, ne poursuivant plus le gibier. Le pemmican suffisait. On ne quittait plus la colonne serrée, silencieuse. Et quand les guerriers s'agenouillaient pour boire l'eau fraîche d'un ruisseau et s'asperger le visage, ils le faisaient par petits groupes pendant que les autres surveillaient les alentours. Les chevaux allongeaient le cou dans le ruisseau et on veillait à ce qu'ils restent tranquilles en les tapotant et en leur parlant doucement, ce qui était facile car les Sioux adoraient leurs montures et ces dernières le leur rendaient bien.

Genou Boiteux se glissa à l'aube dans le bivouac installé au fond d'un bois. Il émergea de la brume comme un spectre et annonça aux chefs que les Crows avaient changé de campement. Ils avaient quitté la rivière des Couteaux pour rejoindre la plaine des Trois Ruisseaux où les bisons abondaient. Aucune éminence proche et couverte ne permettrait plus de les guetter de loin. Ce qui remettait en question le plan de guerre qui avait été prévu.

Tonnerre Riant entouré des deux chefs et sur les conseils de l'éclaireur décida qu'on s'approcherait de la dernière ligne de collines, qu'on camperait là, dans une enclave un peu boisée.

Quand les collines s'espacèrent et que leur hauteur diminua, les guerriers descendirent de cheval et avancèrent à pied, pendant une nuit. Ils se cachèrent dans un vallon planté de bouleaux disséminés. Heureusement, l'herbe sèche était assez haute.

Genou Boiteux et Tonnerre Riant, armé de la longue-vue, se faufilèrent hors du couvert pour aller espionner les Crows de plus près. Ils revinrent avec des airs dubitatifs. Il y avait bien une étroite roselière le long du troisième ruisseau que les guerriers baissés auraient pu suivre pour approcher du campement. Mais deux sentinelles gardaient cette rive. En outre, les roseaux s'arrêtaient brusquement à un kilomètre des wigwams. Ce kilomètre à découvert était incontournable. Il faudrait attaquer et être vus de loin. Les Crows auraient le temps de se rameuter. Le seul moyen était de fondre sur l'adversaire un peu avant l'aube et de profiter d'une matinée de brouillard, mais on ne pouvait attendre et camper que peu de temps à l'abri des bouleaux. Au-delà de ce court délai, les Crows finiraient par repérer les intrus.

Deux matinées passèrent sans brume. Alors, tentant le tout pour le tout, Tonnerre Riant trancha pour le lendemain. On suivrait la roselière, Genou Boiteux tuerait les deux sentinelles et la troupe chargerait ensuite à découvert juste avant l'aube. Il s'agissait de s'emparer des chevaux et surtout de Soleil Fou, l'hongre noir de Nez Levé. Mais ce dernier était attaché devant la tente du chef. Il fallait donc entrer dans le camp. Les jeunes guerriers étaient favorables à ce combat en profondeur qui leur permettrait de marquer des coups et de prélever des scalps. En outre, Genou Boiteux avait observé que si une petite part du troupeau se tenait à la périphérie des wigwams gardée par quatre sentinelles, beaucoup de chevaux comme celui du chef restaient à l'intérieur du campement où ils paissaient librement pendant la nuit. La partie s'annonçait difficile, les Crows se méfiaient. Genou Boiteux avait indiqué où était dressée la tente du chef mais dans les ténèbres et le tumulte du combat, il était difficile de s'assurer de l'hongre noir. Les premières lueurs de l'aube seraient sans doute nécessaires au repérage. Et il était plus noble de vaincre dans la lumière.

Un événement inattendu changea ces plans. Dans la soirée un grand feu se déclara au-delà des Trois

Ruisseaux. Genou Boiteux annonça que cet incendie pouvait menacer le campement des Crows qui allaient recevoir l'ordre de partir.

Aussitôt les guerriers adressent leurs prières au Grand Mystère et aux esprits-gardiens. Ils fument le calumet dans les six directions. Ils se parent de leurs peintures de guerre. Tonnerre Riant, Aigle Rouge et Élan Noir sortent leurs belles jambières, leurs chemises chamarrées et leurs coiffes de plumes d'aigle teintes en rouge. Les autres guerriers restent en pagne, torse nu.

On chevauche au pied de la dernière colline tandis que le feu surgit maintenant droit devant, poussé par le vent. Une longue bande de flammes rouges empanachées de braises et de fumées noires. Dans sa longue-vue, Tonnerre Riant confirme que les Crows ont prestement levé le camp et que déjà leur troupe se hâte le long du deuxième ruisseau. On peut attendre encore qu'ils se rapprochent des collines. Mais leurs éclaireurs galopent en avant et bientôt ils vont découvrir les Sioux.

Soudain, Tonnerre Riant ôte la ceinture écarlate dont il est lacé, il l'attache à la hampe de sa lance, il lève le bras et le bascule en avant. Le galop des chevaux entonne son fracas épique. Les Sioux ne crient pas encore, serrant leurs boucliers, leurs lances, leurs arcs, leurs tomahawks, leurs casse-tête. Ils se déploient d'un coup dans la plaine. Les flammes auréolent le ciel. Les Crows sont pris au piège. Une partie tente de conduire de l'autre côté du ruisseau les femmes, les enfants qui ont abandonné les travois. Une masse énorme de bisons beuglant fuit et traverse l'eau juste devant les Crows. Les guerriers vaillants se rassemblent aussitôt en un bloc fusant vers l'aile gauche des Sioux. Ce type de bataille rangée est rare, les Indiens préférant les raids obliques et courts suivis d'un repli rapide. Mais la circonstance du feu change tout, force à l'affrontement. Les Sioux comprennent le défaut que représente leur déploiement trop large par rapport à la flèche serrée et perforante des Crows. Ils se rabattent vers le centre en criant. Mais le vent souffle, éperonne les flammes qui grondent dans des gerbes d'étincelles. La fumée recouvre déjà le ciel du combat. Les guerriers s'engouffrent un par un dans la bataille. C'est chacun pour soi. Alors les chefs ne lancent plus aucun ordre, il n'y a pas de dispositif tactique dans les batailles indiennes. Mais un chaos de duels impétueux dans la nuée ardente. Les femmes, les vieillards et les enfants continuent de fuir de côté et en grand désordre pour traverser le ruisseau à la suite des derniers bisons. Les guerriers tournoient, décochent leurs flèches, lancent les tomahawks, se harponnent, sautent de leurs chevaux, se saisissent, tombent à terre, roulent. Les chevaux hennissent effarés par le feu, les cris, les coups de cravache, les accélérations, les girations. Ils s'effondrent percés d'une flèche. Les guerriers se coursent, s'empoignent. Les immenses chevelures des Crows voltigent dans les airs, leurs montures richement ornées se cabrent, foncent. Mais c'est Soleil Fou le plus vif, le plus puissant, la tête couronnée de plumes comme le chef Nez Levé qui le monte. Aigle Rouge et Élan Noir cherchent à atteindre la cible magnifique qu'ils entrevoient dans la fumée et les voltes des chevaux. Elle disparaît au cœur des combats, puis resurgit, véloce, traverse la confusion, s'échappe, revient de plus belle par-derrière. Les autres guerriers accourent, projettent leurs flèches. Grand Nuage tue un Crow de sa lance, en touche un autre du bois de son arc, ce qui suffit pour marquer un deuxième coup. Sa main en obtient un troisième en atteignant un agonisant couché dans l'herbe et dont un autre guerrier découpe le scalp. Tandis que ce dernier détache le cuir chevelu de son couteau fulgurant, un Crow l'assaille mais Grand Nuage lui barre la route et l'affronte de son casse-tête brandi.

Élan Noir est sur tous les fronts, exalté par le déchaînement des fureurs. Mais il a perdu la trace de l'hongre de Nez Levé. Alors il assiste à ce spectacle de Tonnerre Riant versant de l'autre côté de son cheval pour éviter une flèche, se redressant d'un coup pour frapper de son tomahawk le guerrier qui l'a raté. Puis il talonne sa monture, hurle, se rue dans le tumulte où il disparaît.

Un trou soudain, un accroc dans la mêlée où surgit Soleil Fou après avoir chargé, s'être défaussé en zigzags virtuoses. Genou Boiteux se trouve là et voit le vide vertigineux ouvert dans l'embrasement rouge. Au centre, en un éclair : le trésor de l'hongre ! Genou Boiteux fait voler sa monture et prend Nez Levé à revers, ce dernier se retourne mais le tomahawk lui tranche le front. Genou Boiteux bondit de son cheval, se précipite sur Soleil Fou, grimpe sur son dos, le maîtrise et le sort de la confusion en poussant des cris de triomphe. Lui, l'absent, l'invisible, le silencieux, le mimétique, l'hôte secret des bois et des rocs, lui l'espion, l'impavide, l'ascète, le fantôme, l'esprit... C'est bien lui qui hurle sa joie, qui talonne l'hongre superbe couronné de sa coiffe de plumes. Les autres guerriers l'aperçoivent, stupéfaits, le rallient, l'entourent, le protègent. Tonnerre Riant, Aigle Rouge, Élan Noir escortent le cavalier de la victoire. Soleil Fou est pantelant, couvert d'une bave blanche, les yeux blancs d'effroi, il obéit à son nouveau maître, au roi des éclaireurs qui lui flatte le dos, se penche sur son encolure, lui souffle les mots qu'il n'a jamais dits, le submerge d'éloges couvés le long des grandes solitudes, par tous les temps, les jours torrides et les blizzards d'hiver. Il loue le coursier dont tous les muscles et les artères tremblent, brillent sous la broderie des sueurs.

Personne n'a vu Oiseau Deux Couleurs galoper soudain, il a suivi les guerriers, est resté en arrière, puis a foncé, accompagné de Quatre Ours. Les Sioux se replient, toute une escouade pousse devant elle et canalise cinq chevaux crows dont les guerriers sont tombés. L'ennemi reflue, lui aussi, de l'autre côté du ruisseau, car le feu est là, la bacchanale des flammes enragées. Oiseau en profite, sous la fumée, pour parcourir le sillage des travois abandonnés. Il cherche quelque chose pendant que Quatre Ours le couvre, il s'incline de son cheval et scrute, soulève des peaux, fouille, galope encore, explore. Quatre Ours lui crie de reculer, que c'est trop tard, déjà l'incendie attaque les ballots des tentes et déverse partout ses hordes. Tout à coup, dans un halètement de braises, Oiseau Deux Couleurs le voit, l'objet de sa quête, le grand cadre noirci qui brûle. Il pousse son cheval qui se cabre, résiste. Il saute à terre, se rue dans le brasier, saisit un bord intact du tableau. En vain. Les flammes ont dévoré la robe rouge. Louve flambe, Louve ardente. Oiseau lâche le tableau, court en arrière, remonte sur son cheval que retient Quatre Ours au licol. Oiseau Deux Couleurs vaincu rejoint la troupe des guerriers glorieux au milieu desquels Soleil Fou galope. Entre les vagues de sueur, son corps miroite comme un filon gorgé de sang noir. Genou Boiteux rieur, écarquillé de bonheur, serre, dans le ciseau de ses cuisses maigres et courtes, les flancs du Soleil.

Oiseau Deux Couleurs soigne différentes blessures. Un jeune guerrier a perdu une joue coupée par un tomahawk. Le chamane arrête l'hémorragie avec les herbes et les onguents qu'il a emportés avec lui. Un autre a eu la cuisse percée par une flèche qu'Oiseau retire. Mais la pointe empoisonnée plonge l'Indien dans une forte fièvre. On le transporte sur une litière, puis on le cale sur un cheval où il s'accroche derrière un cavalier. Neuf guerriers morts sont laissés sur le champ de bataille comme c'est l'usage, car c'est un honneur d'y demeurer à même la terre des prouesses.

Ils se sont enduits le visage de cendre pour entrer dans le village. Ils poussent devant eux les chevaux pris. Genou Boiteux tient la tête de la colonne victorieuse. La population accueille ses fils avec de grandes manifestations de joie, les enfants courent partout, les chiens aboient, mais les familles qui ont perdu un de leurs membres se lamentent et se lacèrent en signe de deuil. Les guerriers tournent dans le camp et s'enorgueillissent des coups qu'ils ont portés, ils ont peint les marques de leurs exploits le long de leurs jambières. Ils brandissent les scalps dont les squaws s'emparent pour aussitôt les traiter, les dépouiller de leurs lambeaux de chair, les sécher et les sertir dans des cerceaux de cuir. Elles dressent devant les tentes des perches où elles accrochent les trophées après les avoir enduits de graisse et de peinture. Outre les scalps, les guerriers les plus rapides et les plus courageux ont pris la peine de couper des mèches autour de la tête du vaincu et quand il s'agit des immenses chevelures crows, cela fait des ornements fastueux sur les tuniques.

Catlin et Bogard assistent à la danse du scalp. La nuit, dans le flamboiement des torches. Le battement des tambours, le concert des grelots, des crécelles… L'ambiance les empoigne. Le cercle des guerriers armés qui courent, rampent, sautent pieds joints, crient avec d'impressionnantes mimiques et contorsions de défi, de bravoure furieuse. Ils hurlent, agitant leurs lances, leurs tomahawks, rejouent les moments de la bataille, les coups portés, les duels, les courses, les corps à corps, l'ennemi jeté à terre, les scalps brandis, les cris de victoire. Ils exaltent leurs exploits, les vantent dans une surenchère sans frein. Des femmes au centre du cercle tiennent au bout de leurs perches les six scalps remportés. Mais il faut compter tous les autres coups qui ont été marqués par les guerriers hardis. Toucher l'ennemi de sa main, voler un cheval, toute la geste est célébrée à cor et à cri dans les ténèbres percées de flammes que le vent tourmente.

Catlin décrit longuement dans ses lettres la pratique du scalp qu'il ne condamne pas mais s'efforce d'expliquer. Après tout, la chevelure n'est prélevée qu'une fois le guerrier mort, elle représente sa force, son esprit. Catlin rebuté par la Danse du Soleil est subjugué par la danse nocturne du scalp, sa frénésie épique et flamboyante. Elle l'envoûte.

Genou Boiteux a attaché Soleil Fou devant son wigwam. Tout le monde vient voir la belle proie noire. Les enfants veulent la toucher. Louve Blanche aimerait monter l'hongre fougueux, elle le contemple. Il a été ravi, vaincu comme elle. Nez Levé est mort. Elle ignore si son mari Grand Pied a été tué dans la bataille. Elle sait qu'Oiseau Deux Couleurs a tenté en vain de récupérer le tableau à la robe rouge. Elle considère que c'est un signe des esprits qui condamnent les portraits, ces doubles inventés par les Blancs pour arrêter le temps. Mais elle a été émue par le courage du chamane. Elle demande à Genou Boiteux de monter sur l'hongre noir. Il la considère de son regard de solitaire des bois. Il a retrouvé son calme. Louve sourit à son visage émacié de fouine. Genou Boiteux refuse. Elle insiste, lui propose une belle chemise brodée. Il refuse. Elle lui offre des mocassins rares. Il refuse. Elle tourne lentement autour de lui, le jauge. Oiseau Deux Couleurs déclare à l'éclaireur qu'il a tort de contrer à ce point Louve. Il insinue une menace diffuse dans ses paroles. L'éclaireur lui lance :

– Tu n'es pas un guerrier, tu ne mesures pas le pouvoir de ce cheval !

Oiseau Deux Couleurs réplique :

– Sa puissance est inférieure à la mienne !

Genou Boiteux se tait, s'embusque dans son vieux silence du fond duquel il sonde le travesti sacré. Il l'épie comme il le ferait pour un vagabond traversant son champ de vision dans la prairie tandis qu'il est caché derrière les herbes. Il attend, il ne bouge plus. Il impressionne secrètement le chamane. Louve aime l'immobilité et le mutisme de l'éclaireur redoutable. Elle aime tout ce qui est extraordinaire et qui l'étonne, s'empare de son esprit, la trouble, l'attache, réveille en elle une joie profonde, mystérieuse. Genou Boiteux entré dans sa stupeur sent quelque chose. Cela émane de la Femme-Double. Elle a cessé de tournoyer en le scrutant. Elle s'est assise devant son wigwam, la tête dans les mains, les coudes au corps dans une attitude de méditation paisible. Il sent cette paix. Il glisse son regard de rapace vers elle qui est belle et qui attend. Elle se dresse, elle avance vers l'hongre. L'espion la regarde. Elle allonge sa main fine vers la robe noire, le beau cheval nu. Elle lui parle. L'éclaireur et sa monture entendent le chant de Louve. Elle enroule le bras autour de l'encolure et se hisse d'un coup de reins souple sur Soleil Fou qu'elle enserre entre ses cuisses. L'espion veille, épie, sa paupière boucanée recouvre à demi son œil de faucon. Il voit la robe retroussée, les cuisses vaillantes de guerrière. Il la hume. Il hume son cheval noir. Il laisse Louve le sentir, l'effleurer de caresses et presser doucement les flancs ardents entre ses cuisses, le palper, se coucher en avant pour caresser le Soleil. L'animal frémit, tout à l'écoute de Louve. Elle se redresse, elle ferme presque les yeux, semble assimiler le flux des sangs, des forces. Il la voit… Il l'aurait surprise au bord d'une rivière où elle aurait fait boire son cheval, où elle se serait baignée. Il connaît l'histoire du ravissement de Louve. Il l'aurait espionnée longuement, attentif au moindre signe, au moindre souffle, à sa chevelure trempée, à ses aisselles noircies par l'eau. Elle serait montée sur son cheval et aurait fermé ainsi à demi les yeux en gardant une fine lame de vision dorée entre les cils…

Elle descend du cheval, n'en réclame pas plus. Elle sait que l'éclaireur ne la laisserait jamais courir dans le vent sur le dos de Soleil Fou. Elle s'en va.

Catlin n'a rien perdu de la scène. Il observe maintenant l'éclaireur sec et court qui détache son cheval, grimpe dessus d'un bond leste. Il attend un instant et presse les flancs de la bête parfumée qu'il pousse dans la prairie là où elle est constellée de fleurs.

Louve renversa le sac d'Herbe Sauvage rempli de pommes blanches. Elle en avait assez de la surveillance de la doyenne des épouses d'Aigle. Elle lui voulait du mal, la provoquer, la toiser, la submerger, la vaincre, qu'elle ait peur, qu'elle se taise, qu'elle la redoute, mais Menthe l'avait vu faire. Aigle fut informé de la diablerie de Louve. Il la harangua et la frappa au visage. Ce fut tout, il tourna les talons. Alors le mal éclata, se répandit, la brûla, la broya. La haine d'Aigle se fondait soudain avec Grand Pied dont la mort l'aurait laissée froide.

Le lendemain, elle alla voir le chamane. Ils se parlèrent en secret.

Bogard et Catlin envisageaient de plus en plus souvent de quitter le campement. L'idylle avec Cuisses devait finir un jour. Le peintre n'était pas un de ces trappeurs qui épousaient une squaw et demeurait à son côté. Elle attendait le retour de ses chasses et lui préparait le repas, élevait ses enfants. Il ne ressemblait pas non plus à ses marchands des forts qui eux aussi avaient parfois une épouse indienne. Il devait partir, parcourir de grands territoires, apprendre, visiter d'autres tribus, les Pawnees, ou rejoindre par exemple les Comanches, arpenter leur royaume de roc rouge et de prairie pelée. Il voulait aussi un jour aller jusqu'à la Floride pour rencontrer les Séminoles. Aller partout, recueillir les signes et les objets, enrichir sa collection et la montrer dans les villes américaines, puis traverser l'Atlantique et faire découvrir au Vieux Monde l'archive indienne, la vie précieuse. Alors il aurait retrouvé Clara, il aurait des enfants avec elle.

Catlin et Bogard entendaient les disputes d'Aigle et de Louve et quelque chose du charme de leur séjour s'évanouissait.

Mais un nouvel événement frappe le village, c'est Élan Noir…

Il chevauche le long d'un affluent de la rivière Cheyenne. Il descend de son cheval pour boire. Il marche dans l'eau. Il ôte sa chemise de daim qu'il jette sur la rive, il nage. Il se met sur le dos et flotte, il regarde le ciel, puis le soleil. Il ignore s'il est heureux. C'est son corps qu'il soulage, qu'il abreuve avant tout. Mais son cheval bronche sur la rive, nerveux soudain, hennissant, tirant sur sa longe. Il revient, sort de l'eau, et alors le grizzly fonce entre les rocs, droit sur lui. Une boule énorme de nerfs, de muscles et de fourrure roulante. Il n'a gardé que son poignard à sa ceinture. Il dégaine. La fureur du fauve qui est sur lui. Il bascule et s'effondre la poitrine labourée par les griffes. Il a tout juste le temps de frapper de plusieurs coups désespérés le ventre de la bête, il tente de se dégager et d'enfoncer le couteau dans la gorge. Mais l'animal gronde et mugit de rage, le mord dans le cou, lui inflige une nouvelle volée de ses griffes acérées. Il tente de se protéger en relevant ses genoux tel un bouclier sous le poids qui l'oppresse, l'étouffe. Il parvient à frapper, la bête hurle et le transperce. Il atteint la gorge. Le grizzly finit par lâcher prise et s'écroule de côté en se convulsant. Mais

Élan Noir est entaillé de blessures, son sang ruisselle. Il se renverse sur le dos, épuisé. Ses forces l'abandonnent. La douleur, au lieu de le broyer, de le supplicier, est une brûlure indéfinie. Il sent que sa vie s'enfuit. Le grizzly ne gronde plus, ne bouge plus. Élan hagard regarde le ciel. C'est là qu'il va mourir au bord de l'eau, dans le vert de l'immense prairie. Il le sait. Tout son sang dégorge. Il allonge lentement la main vers la fourrure de l'ours toute chaude, de l'autre il touche la terre des wigwams et des bisons. Il attend. Il appelle Wakan Tanka. Sa vue s'embue. Il est halluciné. Un bison galope droit dans un paysage infini. Il est brun, il est rouge. Tout disparaît. Alors revient la vision du Grand Tepee. Il ne voit pas les six Grands-Pères. Seuls ces wigwams immenses, noirs, miroitants, emboîtés les uns dans les autres, cette muraille démultipliée, projetée sur les grandes eaux où il sombre.

Au village, le soir, il n'est pas revenu et l'inquiétude monte. Aigle Rouge doute qu'Élan Noir ait replongé dans sa folie errante. Il n'imagine pas une contre-attaque si précipitée des Crows. Dès l'aube, il donne le signal de la recherche et les Indiens se divisent en six groupes pour explorer les alentours. Cela dure presque toute la journée.

Genou Boiteux se faufile en avant, seul dans les plis du paysage. Il se confond avec la terre et les rochers, les collines avalent sa silhouette. Il survole les lieux et en même temps les fouille, les devine. Il écoute. Il inspecte les rives, il trouve la trace des sabots. Il descend de son cheval, il court le long de la berge toute verte de menthes sauvages, au bord des eaux bouillonnantes. Ce qui surgit soudain c'est la masse immobile du grizzly. D'instinct, il se fige, se méfie, épie. Il a vu la dépouille meurtrie, trouée. Il accourt. Élan Noir ensanglanté, mort. Il s'agenouille devant le cadavre. Le scrute, attend, se perd dans sa vision. Il se redresse. Il lui faut prévenir ses frères.

Ils ont ramené Élan Noir. Dans la lumière magnifique du soleil de midi. Aigle dégage le cadavre du cheval qui l'a transporté, couché comme un sac, les jambes et les bras ballant, ballottés contre les deux flancs de l'animal. Aigle fou saisit son frère mort, l'emporte dans ses bras, court à travers le village en lançant des pleurs et des cris. Les femmes, les enfants, les vieillards, tous les guerriers ont afflué et suivent la course du désespoir. Il crie, il serre son frère dans ses bras. Les femmes d'Élan Noir se livrent à des lamentations perçantes. Tout le campement éploré.

Catlin stupéfait se dit soudain : « C'est Achille errant en tous sens dans le camp des Grecs, avec la dépouille chérie de Patrocle. » Même délire de cris, même théâtre de deuil, à plus de deux mille ans de distance, malgré la différence des temps, des civilisations. Même tonnerre de la mort. Excès. Fureur. Douleur humaine éternelle.

Les hommes et les femmes du clan se coupent les cheveux. Louve tranche les siens juste au-dessus des épaules. Les femmes d'Élan Noir, Sauge Sauvage, Petite Pluie, la jolie Punaise qui Rampe et les deux enfants du chef, Lune et Petit Renard, font la même chose et s'infligent des entailles sur les mollets. Bison Tonnerre, armé d'un couteau, perce les bras et les jambes d'Aigle Rouge et de Tonnerre Riant, Oiseau Deux Couleurs y enfonce des broches. D'autres Indiens se lacèrent et se coupent la peau. Catlin voit Cuisses scarifier sa belle chair douce. Le sang perle, coule à rubis… Tout son être rejette ce masochisme indien.

Il ressent le même dégoût qu'à l'égard de la Danse du Soleil. Cuisses déjà tatouée de signes, de boursouflures violettes depuis l'adolescence. Après l'amour, il a souvent suivi ces dessins de ses doigts d'amant. Perplexe. Les limites indiennes de Catlin se dressent malgré lui. Heureusement, on fume le calumet, on chante, on pleure.

Les chevaux sont nerveux dans la prairie. Les peaux des wigwams battus par le vent tremblent, les auvents claquent. Plus de femmes accroupies devant les feux, les peaux, les viandes. Plus de remue-ménage familier. Mais cette concentration du malheur. Catlin sent cette impression de ténèbres, ce soleil noir d'éclipse.

Le corps d'Élan est déposé sur une couverture de bison à l'intérieur de son wigwam, entouré de ses femmes et de ses enfants. Son père est mort mais sa mère est présente, accablée, muette à présent. Toute la parentèle du camp s'est réunie. Aigle Rouge ne quitte pas son kola du regard. Louve elle-même le contemple avec gravité, sans gémir. Oiseau Deux Couleurs passe le calumet sacré et profère des chants et des prières. Sauge Sauvage, Petite Pluie et Punaise qui Rampe après avoir lavé le corps et essuyé tout le sang avec des feuilles de sauge l'ont paré de sa plus belle tenue de chef, tunique brodée des mèches de scalp qu'il a conquises au long de sa vie, plastron d'os de wapiti, collier des griffes du grizzly qu'il a réussi à tuer avant de mourir. Coiffe de plumes d'aigle et fourrure d'hermine sur l'épaule. Jambières où les coups qu'il a portés sont inscrits, mocassins perlés de la main de Louve. Motifs du loup, la confrérie guerrière à laquelle appartient Élan avec Aigle. C'est là, au cours de leur initiation, que leur lien a été scellé pour toujours.

Les hommes connaissent l'existence d'un grand frêne sur une butte, avant le déroulement des collines. Ils préparent une litière dans la fourche de l'arbre. Aigle Rouge a décidé de l'emplacement, préférant le frêne à l'habituel échafaudage de perches en plein air qu'on dresse pour les morts.

Quatre jours de deuil. Catlin note soigneusement dans ses carnets tous les aspects du rite. Il fait des croquis de l'arbre et de la litière.

Le quatrième jour, Aigle Rouge prend la tête du cortège comprenant la totalité du campement. Il tient la longe de Matin Rouge qui est revenu tout seul au village. La robe du cheval est décorée d'une pelisse rouge. On marche en direction du frêne. On chante.

Le corps maintenant est enveloppé dans une couverture de cerf frangée, ornée de symboles, très belle, elle-même recouverte d'une peau de bison tannée, ferme, opaque. Il est hissé et déposé sur la litière de l'arbre avec la lance, le bouclier, l'arc, le tomahawk du chef, sa pipe, son briquet, sa pierre, son amadou, sa provision de pemmican et d'eau, ses amulettes, sa bourse-médecine. Une rafale balaie la prairie, ramène l'odeur d'un incendie lointain. Le frêne tangue, semble s'ébrouer dans le vent. Le soleil crible l'abondant feuillage. L'arbre vif déploie un flot de murmures.

Une fosse a été creusée au pied du frêne. Tonnerre Riant s'adresse à Matin Rouge : « Petit-fils, celui à qui tu appartenais t'aimait, il aura besoin de toi maintenant. » Et d'un puissant coup de casse-tête, Tonnerre fracasse le crâne de Matin Rouge puis lui perce le cœur d'une flèche. Le beau cheval saisi d'un tressaillement brusque vacille. Dix hommes en font basculer la masse dans la fosse étroite où il va se tenir debout afin qu'Élan le chevauche dans sa traversée jusqu'aux loges éternelles.

Le grand cortège revient au village où les femmes d'Élan distribuent chevaux, couvertures teintes, chemises finement décorées, jambières et mocassins aux membres de la famille, oncles, tantes, cousins… Et elles donnent un grand festin de langues de bison, de côtes à rôtir, de moelle savoureuse et de chair tendre de la bosse de l'animal ainsi que du pâté de viande, de rognons et de baies.

Catlin, une nouvelle fois, voit les Indiens prodiguer parfois presque tout, pour une naissance, une fête initiatique, oreilles percées des petites filles, deuil… Comme s'ils voulaient anéantir tous leurs biens, se dissoudre dans leur don qui leur est ensuite rendu par un assaut symétrique de générosité. Catlin pense à sa collection, son musée qu'il voudrait pérenne. C'est le contraire de la superbe volatilité indienne. Les campements montés, démontés, les bisons pourchassés sans cesse, sans horizon. Il se sent lourd et saturé de son bagage. S'il chevauche librement dans la prairie c'est pour prendre, étiqueter, classer, ranger le tout au fond d'un vapeur, puis rentrer au bercail, déployer plus tard dans des salles éclairées comme des mausolées des séries d'objets presque morts, peu explicables aux futurs spectateurs. Un cimetière de coutumes. Il est un collecteur d'os. Les aime-t-il, ces Indiens, que parce qu'ils vont mourir, pour entasser leurs fantômes, s'en repaître ? Il lui semble parfois, et c'est terrible, qu'au lieu de courir le risque de leur prodigalité totale, de vivre l'aventure immédiate, il ne pense qu'à la peindre, qu'à l'inscrire, qu'à la graver dans son trésor d'avare mélancolique. Les Indiens ont moins peur de perdre. Cuisses perd son sang précieux.

Cependant, c'est le manque d'Élan qui s'élargit même si ses épouses, pressées par Oiseau Deux Couleurs, ont repris leurs broderies, toutes leurs tâches. Même si le camp bouge et vit. Les chasseurs sont repartis aussitôt en quête du gibier. Tout continue. Catlin devant son wigwam observe les activités de chacun en reprenant ses derniers dessins. Bogard lui dit qu'il faudra partir bientôt.

Ils chevauchent alentour et sentent qu'un ressort a lâché, que leur tension dans le paysage connu, usé, a fléchi. Ils traversent ces instants qui précèdent le départ dans une vacance où plus rien ne les aimante. Mais l'impatience gaie du voyage est sapée par l'impression de deuil. Ils auraient préféré quitter les lieux en fête, au plus fort de leur effervescence heureuse. Ils en ressentent la frustration. Il faut aussi abandonner le beau corps de l'amante indienne. Rompre. Partir encore et encore. Peindre toujours et pourquoi ? Comme si la vanité de sa passion avait envahi Catlin malgré son devoir de témoin, de gardien des portraits indiens.

Leurs derniers jours furent un naufrage. Il fallut attendre car de forts orages se succédaient qui inondaient le paysage et faisaient déborder la rivière charriant des troncs, des branches, des limons.

Quand il ne poussait pas de brusques colères, Aigle Rouge se désintéressait du campement, il divaguait sous les trombes d'eau, galopait sans frein, allait sous l'arbre d'Élan Noir, attendait, veillait. L'orage ne devait pas renverser la litière. La fourche tenait, résistait, portait la dépouille avec vaillance même si les branches du frêne se balançaient, allaient, refluaient sous les assauts du vent, entraînant dans la danse le corps du kola.

Ils virent Louve courir hors de la tente d'Aigle qui la poursuivait, la cinglait de sa cravache, la couvrait de jurons furieux.

Les orages ne tarissaient pas. Toute cette eau aurait dû réjouir le village, car les prairies seraient moins sèches, connaîtraient une infinie reverdie sur les collines qui enchanterait les bisons. Tonnerre Riant tentait de calmer Aigle Rouge. Il évoquait leurs souvenirs communs de chasses et de raids. Aigle l'écoutait par en dessous, les sourcils froncés, perplexe ou avec un air quasi soupçonneux comme si Tonnerre Riant l'égarait dans des récits improbables. Il le faisait taire brusquement et partait errer à cheval. La rumeur circulait dans les wigwams : Aigle Rouge devenait comme Élan Noir, devenait pire et plus mélancolique, et plus intempestif, plus fou, possédé par les esprits mauvais.

Aigle Rouge venait de disparaître à nouveau. Une éclaircie bleue pointait quand Louve et Oiseau Deux Couleurs proposèrent à Catlin et à Bogard d'en profiter pour galoper dans la prairie renaissante, illuminée.

Catlin vit bien les gros sacs que transportait Oiseau sur sa monture, ce dernier expliqua qu'il manquait de plantes et de pierres pour ses rites et qu'il allait en faire le plein. Il ramènerait aussi du gibier. Il avait son arc avec lui. Louve elle aussi avait emporté le sien, si une belle occasion s'offrait : daim, cerf, wapiti…

Ils galopèrent avec allégresse dans la lumière, retrouvant leur complicité. Quand le village eut disparu depuis plusieurs heures, Oiseau Deux Couleurs arrêta son cheval. Louve l'imita. Catlin et Bogard, qui étaient en avant, firent volte-face, intrigués par cette halte qui persistait. Alors Oiseau et Louve leur signifièrent qu'ils partaient, qu'ils fuyaient maintenant. Catlin comprit que l'invitation à la randonnée collective avait été leur alibi pour quitter le village sans être suspectés par les femmes d'Aigle Rouge.

Ils furent saisis de stupeur. Tout s'arrêtait d'un coup, les prenait à revers. Louve et le travesti sacré s'envolaient au mépris d'Aigle Rouge qui ne manquerait pas de reporter sur eux toute sa douleur frustrée, sa colère vengeresse. Il galoperait à leur poursuite dès que, revenu au campement, il comprendrait qu'ils l'avaient trahi. Ils tentèrent de faire mesurer le péril aux deux cavaliers. Mais ils marquèrent leur détermination intraitable. Alors, toujours plongés dans la stupéfaction, ils virent Oiseau Deux Couleurs descendre de son cheval, ôter sa robe de cerf, la fourrer dans un sac pour ne porter plus qu'un banal pagne de guerrier qui le ferait moins remarquer. Sa grande taille et sa musculature, en effet, ne le faisaient jamais longtemps passer pour une vraie femme quelles que fussent sa finesse déliée et la grâce de ses traits.

Ils se dirent adieu. Louve souriait dans toute sa beauté nerveuse, passionnée. Et Oiseau se carrait sur son cheval avec un aplomb de guerrier. Bogard restait bouche bée devant de si surprenantes métamorphoses. Catlin ne pouvait s'empêcher d'admirer l'éclat du couple rebelle. Ils lui firent promettre de ne pas révéler à Aigle Rouge la direction qu'ils allaient prendre vers le sud, mais d'indiquer tout le contraire. Ils ne manquaient pas de toupet et l'arrachaient une nouvelle fois à sa neutralité d'ethnologue contemplatif. Il hésita quand même. Tromper Aigle Rouge endeuillé lui déplaisait mais il ne pouvait rester insensible au sort des deux amants invraisemblables qui avaient surgi, là, tout à coup, campés devant lui, choisissant leur destin. Oiseau Deux Couleurs abandonnait ses chevaux, ses possessions, pour s'abîmer avec l'épouse d'Aigle dans l'inconnu.

Catlin et Bogard suivirent longuement des yeux les fuyards au fond de la prairie. Plus leurs figures diminuaient, plus les envahissait l'impression de mystère qui auréolait les ombres des amants. Et les deux hommes qui, pourtant, avaient déjà vécu beaucoup de tribulations, sentaient fuser en eux une sorte d'exaltation intime. Catlin tressaillait, car, oui, c'était étrangement la joie des commencements qui jaillissait de nouveau, sa joie indienne, sa joie farouche, émerveillée, celle de l'Oneida qui bondissait nu sur la dépouille du daim, celle des chefs chamarrés qui remontaient l'avenue de Philadelphie en direction de Washington, la joie de l'aventure, de l'épiphanie des Indiens auxquels il avait choisi de vouer sa vie, rompant lui aussi, fuyant son foyer, son statut bourgeois pour galoper vers la prairie et les bisons.

Aigle Rouge dès son retour remarqua l'absence de Louve et d'Oiseau Deux Couleurs. On lui dit qu'on les avait vus partir en compagnie de Catlin et de Bogard. Mais que ces derniers étaient revenus sans la squaw ni Oiseau. Aigle alla voir Catlin pour exiger des explications. Le peintre raconta qu'au milieu de leur randonnée, Louve et le chamane s'étaient sauvés. Aigle accusa Catlin de ne pas les en avoir empêchés. Alors Catlin mentit et déclara que les deux cavaliers avaient pris de la distance sous prétexte de poursuivre un grand cerf tandis que lui s'était arrêté pour peindre le paysage et que Bogard s'était couché tranquillement dans l'herbe pour fumer. Mais les deux chasseurs n'étaient jamais revenus.

Aigle entra dans une colère furieuse. Il saisit sa cravache, fonça à grandes enjambées et se mit à fouetter au petit bonheur les perches où la viande séchait, les peaux que les femmes tannaient, les croupes des poneys attachés à leur longe, même les boucliers sacrés accrochés devant les tepees. Il fouettait le monde, jurait, enrageait, tournait en rond, prenant à témoin les Sioux de la trahison du Winkte, de l'homme-femme et de l'ennemie crow.

Bientôt sa décision fut prise. Il partirait à leur recherche, il les traquerait partout, le long des fleuves, dans les collines et les montagnes, à travers la prairie, dans les forêts et les cavernes cachées. Nul territoire n'échapperait à ses fouilles ! Il les retrouverait, il les tuerait, il rapporterait le scalp du sorcier maudit.

Quand Catlin vit que celui qui avait été choisi pour accompagner le chef dans sa quête était Genou Boiteux, l'éclaireur vertigineux, il comprit que les deux fuyards étaient perdus. Aigle demanda soudain à Bogard quelle direction les cavaliers avaient prise. Il ne posa pas la question à Catlin comme si le peintre avait pu être d'une façon ou d'une autre complice de Louve et d'Oiseau en compagnie desquels il se plaisait tant. Bogard répondit qu'ils s'étaient élancés vers le nord, le nord-ouest et qu'il les avait longuement suivis du regard tandis que Catlin dressait son chevalet et préparait ses pinceaux. Aigle observa Catlin qui restait coi :

– Ils fuyaient donc vers le nord-ouest ?

– Je m'apprêtais à peindre sans faire attention à eux, mais oui, j'ai eu le temps de les voir partir en direction du nord-ouest, répondit Catlin.

Genou Boiteux était là, terrible, concentré, les scrutant sous ses paupières cornées de lézard. Aigle Rouge s'adressa à lui comme s'il posait encore la question :

– Ils ont filé vers le nord-ouest ? !

L'éclaireur laissa tomber ces paroles :

– À leur place, j'aurais plutôt choisi le sud, vers les Black Hills, le couvert des Black Hills…

Aigle se retourna vers Catlin et Bogard :

– Vous les avez donc suivis longuement du regard dans leur course vers le nord, jusqu'au fond de la prairie ?

Bogard confirma le mensonge avec un aplomb de trappeur. Il était couché dans l'herbe, il fumait, il les avait observés machinalement. Aigle marmonna :

– Le nord-ouest, en amont du Missouri, là où il y a les gorges, puis les grandes montagnes.

Genou Boiteux méditait. Catlin et Bogard craignaient que la thèse d'une fuite en direction des Rocheuses s'écroule sous le coup d'une intuition de l'éclaireur. Les deux Indiens pouvaient aussi choisir de se séparer, l'un vers le sud, l'autre vers le nord. Mais ils comprirent qu'Aigle Rouge voulait lui-même fondre sur les traîtres et que Genou Boiteux ne l'accompagnerait que pour l'aider de sa science, déchiffrer les indices, éviter les fausses pistes, pousser son cheval en avant, galoper alentour, monter sur les collines. Aide de camp et éclaireur.

Ils rassemblèrent en toute hâte des provisions, les armes nécessaires, les couvertures, prirent un troisième poney de rechange. Aigle Rouge renonça à son cheval Lumière du Matin mais élit l'hongre noir, Soleil Fou. Quand Catlin le vit bondir sur le dos de sa monture splendide, il eut de nouveau peur pour les fuyards, tant l'hongre était symbole de victoire. Ils partirent au galop, déjà l'éclaireur précédait le chef sioux, lui ouvrait la route, perçait l'horizon de ses yeux de prédateur tenace.

Catlin et Bogard quittèrent le campement dès le lendemain, en proie au remords d'avoir menti, d'avoir failli à leur devoir de neutralité. Catlin remercia Bogard que son naturel aurait plutôt disposé à favoriser l'ordre, le chef, sa loi pour éviter les histoires, les suites, entrer avec le moins de conséquences possibles dans les affaires des Indiens. Mais il avait tant de sympathie pour Oiseau Deux Couleurs et, comme Catlin, il ne pouvait imaginer qu'on tue Louve ou qu'on lui coupe le nez pour faute d'adultère.

Catlin, avant de s'en aller à jamais, passa les dernières heures en compagnie de Cuisses, son amante indienne, qui l'avait arraché aux remous du torrent. Il la revoyait ôter sa robe qui l'entravait, empoigner et conduire la proue du canoë d'une main sûre. Elle marcha ensuite sur la rive, belle, nue, sans honte. Elle traçait un magnifique sillage dans la prairie. C'est ainsi qu'il avait été happé dans l'aventure qu'il tairait toujours, n'évoquant dans ses carnets l'épisode de l'Indienne déshabillée pour le sauver du torrent que comme une anecdote pittoresque et jolie. C'était tout de même le moyen de glisser l'indice sensuel, l'hypothèse du désir, d'une tendre complicité indienne dans son récit.

Fuir, fuir ! Galoper toujours, vers le sud. Ils suivaient le cours de la rivière Cheyenne mais à grande distance, en se cachant dans les collines. Car la proximité des eaux attirait trappeurs et Indiens, bivouacs et campements. Oiseau Deux Couleurs penchait pour aller se cacher dans les Black Hills, leur dédale de monts, de rocs, de forêts, de cascades. Il y aurait du gibier et de l'eau à foison. Louve lui fit remarquer que les campements seraient nombreux dans la région, des Cheyennes, des Sioux, beaucoup de trappeurs, de négociants, d'aventuriers qui pourraient parler. Dans un premier temps, il serait plus avisé de ne croiser personne. Même si Aigle Rouge avait été trompé par la fausse piste indiquée par Catlin et Bogard, il était susceptible d'avoir envoyé un éclaireur en sens inverse, par prudence, pour ne négliger aucune possibilité. Oiseau la regarda car tous deux pensaient en même temps à Genou Boiteux, à sa frénésie glacée…

Louve convainquit son compagnon de descendre tout le long de la rivière Cheyenne, toujours à grande distance, et de la quitter avant d'entrer dans les Black Hills, pour couper dans la prairie, se rapprocher de la White River et rejoindre les Badlands, cette contrée désertique dont elle avait entendu parler chez les Crows.

Personne ne songerait à les chercher dans la montagne infranchissable. Oiseau la regardait, il la sentait capable de tenir, de résister longtemps mais il connaissait lui aussi la réputation des Badlands et pensait que ces terres ne pouvaient guère servir de refuge durable.

Le premier soir, ils s'installèrent à l'orée d'une forêt. Ils n'allumèrent pas de feu et mangèrent les rations de pemmican qu'ils avaient emportées. La rivière Cheyenne n'apparaissait au loin que dans d'étroits créneaux entre les collines. Oiseau Deux Couleurs avait emporté dans ses sacs sa fantastique tenue de chamane et la robe rouge de Louve. Il le lui avoua. Louve lui dit qu'il avait eu tort, car elle n'aurait guère le loisir de la porter dans les ravins arides des Badlands. Il lui avoua qu'il avait agi par intuition, il lui fallait garder la robe de feu car il la considérait comme sacrée. Il sortit pour la nuit une couverture en peau de bison et sa grande panoplie bigarrée et monstrueuse d'homme-médecine. Ils se fourrèrent tous les deux dessous pour se tenir chaud car les ténèbres seraient froides et nulles braises ne viendraient tiédir l'aire de leur couche.

Louve et Oiseau ne s'endormirent pas tout de suite. Les appels des wapitis retentirent soudain dans la forêt automnale, les brames des mâles avides de posséder les femelles. Des bruits de lutte parvenaient aux oreilles des amants, de bois entrechoqués dans des joutes furieuses. C'était une fanfare de défis. Ils connaissaient le chant d'amour des wapitis mais, dans la solitude de leur fuite, ces longs spasmes sonores se revêtaient d'une outrance presque douloureuse. Subjugués, ils les écoutaient dans un mélange de mélancolie et d'excitation secrète. C'était la symphonie de leur première nuit de liberté. Louve le précéda dans le sommeil, il entendait sa respiration régulière, voyait les ombres des deux chevaux attachés. Il avait quitté puissance et richesses, son grand troupeau pour suivre la belle dormeuse. Il avait même suspendu son goût des hommes pour cette Femme-Double, l'errante, la mystérieuse, la brodeuse miraculeuse, la stérile, la plus forte et la plus faible des squaws, l'ennemie crow, la fugueuse fondamentale. Il s'étonnait à peine de son destin. Il était déjà plongé dedans, c'était extraordinaire et c'était naturel comme le monde immense et immuable des étoiles.

Ils partirent dans une aube pure où le globe net du soleil montait et les réchauffait peu à peu. Ils galopèrent, reposèrent leurs chevaux et les firent boire au bord d'un petit cours d'eau dans un bois de bouleaux dont les feuilles jaunissaient. Ils aperçurent la forme furtive d'un daim en aval, entre les rochers. Louve décida de l'approcher toute seule pour faire le moins de bruit possible. Il la vit se glisser entre les branches, l'arc à la main. La scène se déroulait en contrebas, il s'avança sur un tertre pour tout voir entre les bouleaux. Le daim ne semblait pas se méfier, il buvait, relevait la tête et la plongeait de nouveau. Louve rampait, elle disparaissait entre les herbes et les taillis, puis Oiseau Deux Couleurs la retrouvait plus proche du gibier, elle se glissait, elle serpentait. C'était Louve, c'était pour la contempler ainsi qu'il avait fui. Louve enfouie dans les branches, masquée encore par le couvert. Il ne vit pas l'arc se tendre et la flèche pointer. Le daim surpris redressa soudain la tête, mais la flèche n'avait pas raté sa cible touchée au cœur, il esquissa deux pas en avant, vacilla, s'effondra. Louve accourut. Oiseau s'élança vers elle et sa proie. De son couteau d'écorcheuse, elle dépouilla la bête, l'éventra, la vida de ses entrailles, ils mangèrent le foie frais, se gorgèrent de son sang. Louve transporta le gibier sur son cheval, ils voyagèrent tout le jour.

Ils ne rencontraient personne. Ils longeaient la lisière d'une forêt tachée de roux et la prairie, remplie d'une ultime profusion de fleurs jaunes, se déployait de l'autre côté jusqu'au fleuve. Vers midi, dans la lumière franche, ils aperçurent une embarcation dans un méandre éblouissant. La forme d'un canoë tout noir, à contre-jour. Ils se cachèrent immédiatement à l'abri des arbres. Le canoë était celui d'un Indien ou d'un trappeur. Il descendit la rivière. Puis disparut, fondu dans l'éclat des eaux. Alors ils progressèrent en restant dans la forêt mais il fallait contourner les arbres, franchir des taillis et des fougères qui les ralentissaient. Au crépuscule, ils sortirent du bois pour galoper un peu et arrivèrent auprès d'un amoncellement rocheux qui leur parut désert. Ils s'y installèrent pour la nuit. Quand l'obscurité les enveloppa, ils profitèrent d'une brume soudaine pour allumer un feu. Oiseau se servit de son briquet, de sa pierre et de l'amadou qu'il avait toujours avec lui. Il enflamma des branches et des mousses sèches qu'ils avaient ramassées dans la forêt. Ils firent rôtir un cuissot de daim qu'ils mangèrent avec grand appétit. Puis ils rejoignirent la douce chaleur des pelisses, l'immense fourrure chamanique de l'ours et son patchwork d'hermines, de renards, de castors, de bestioles envoûtantes. Alors Oiseau Deux Couleurs serra Louve dans ses bras, elle l'étreignit. Oiseau défit son pagne et retroussa la robe de Louve dont il caressa les cuisses. Mais il avait peur, jamais il n'avait possédé de femme. Elle baisa sa poitrine et ses flancs et se saisit de son sexe qu'elle massa doucement entre ses doigts fins de brodeuse. L'Indien se fixa sur la sensation délicieuse, il baignait dans l'odeur de Louve. Ils n'avaient guère pu se laver depuis deux jours et cela renforçait le parfum singulier de la chasseresse, une odeur de daim, de musc, de feu, de cheveux lourds. C'est au fond de cette odeur qu'elle le guida, entre ses cuisses. Il gémit de plaisir, bougea en elle, le souffle presque coupé. Elle ouvrit la couche et il la devina dans la lueur mourante du feu, elle se retourna, lui offrit ses reins fuselés et il la reprit dans son sexe béant, en lui saisissant les fesses avec avidité. Elle gémit à son tour et ce fut un chant continu et secret au fur et à mesure qu'il la comprenait, qu'elle le sentait mieux. Elle se retourna encore pour le voir tant son visage était beau dans l'ombre des rochers et il la regardait en continuant de la pénétrer. C'était Louve, belle, fabuleuse. Il humait toute la chair de Louve, se pâmait dans sa profondeur. Elle s'abandonnait en arrière puis revenait lui baiser la poitrine, lui sucer les seins. Enchâssés, recroquevillés l'un vers l'autre, ils ne cessaient de se voir et de se convoiter.

Le voyage dura plusieurs jours. Ils virent des loups, ils contemplèrent un long cortège d'élans descendant vers la rivière Cheyenne. Un flot de bisons traversa la prairie. Ils se retranchèrent dans un bois car un petit groupe d'Indiens s'était élancé à l'assaut du troupeau. Ils suivirent l'évolution de la chasse. Les Indiens tuèrent quatre bisons. Avant que les squaws ne surviennent pour les dépecer, Louve et Oiseau s'enfuirent dans l'épaisseur des pins serrés, ils ne quittèrent pas leur refuge jusqu'au soir. Et ce fut une nouvelle étreinte plus allègre et plus libre. Le chamane se révélait un amant sensible, à fleur de peau, impulsif et bientôt inventif que Louve encourageait, aiguillait. Elle le chevaucha en lui pinçotant la poitrine et il palpait ses seins sans relâche. Elle guida sa main pour qu'il effleure le bouton de son clitoris, elle lui apprit à doser la manœuvre délicate et pendant qu'il la découvrait sous cet angle elle lui rendait la caresse, ce qui l'éclairait de mieux en mieux sur le plaisir de sa partenaire.

Ils fuyaient les wigwams entrevus le long des rives lointaines, la vie là-bas, les chevaux, les squaws, les guerriers. Ils n'en avaient encore nulle nostalgie. Ils ne pensaient qu'à s'éloigner d'Aigle Rouge. Ils ne pensaient qu'à leur vie furtive. Ils ne souffraient pas de la fatigue, ils étaient fouettés par une énergie têtue.

Un jour, un orage éclata. Oiseau Deux Couleurs adressa une prière aux esprits du tonnerre. Les foudres zigzaguaient au-dessus de la prairie noircie par les nuées, toute blanchie par à-coups. Ce fut une averse nourrie que le vent propulsait par rafales. Il plut jusqu'au soir. Ils trouvèrent enfin un creux dans une falaise. Ils étaient trempés, ils avaient froid. Ils ne pouvaient pas allumer de feu, car ils n'avaient plus de bois. L'orage les avait empêchés de procéder à un ramassage. Ils se déshabillèrent, se séchèrent mutuellement avec le côté le plus lisse de la couverture de bison et se roulèrent dans la panoplie de chamane qu'ils doublèrent avec le côté velu et intact de la couverture. Ils se frottèrent l'un contre l'autre pendant que leurs malheureux chevaux demeuraient figés, stoïques, attachés au pied de la falaise.

Le lendemain, le ciel était chargé de brumes et ils firent une collecte de bois qu'ils eurent du mal à allumer. Oiseau alla chercher dans une sacoche de son cheval un long étui brodé dont il dégagea son calumet. Le feu les réchauffait, le soleil commençait de percer le voile de brouillard. Le chamane bourra la pipe de tabac d'écorce de saule et d'herbes plus hilarantes qu'il alluma avec une brindille crépitante, il offrit le calumet aux quatre directions, d'abord à l'ouest qui avait prodigué la pluie, aux trois autres, puis au ciel et à la terre qui reverdirait grâce aux esprits du tonnerre. Il remercia le Grand-Esprit. Il tira une bouffée et sans hésiter il passa le long tuyau à Louve qui fuma à son tour. Ils éprouvèrent un grand bien-être et un sentiment de paix tandis que la prairie étincelante émergeait des vapeurs, s'élargissait à l'infini, presque plate, avec au loin le serpent argenté du fleuve dont les méandres arrondissaient des arceaux géants.

Ils décidèrent de quitter le repère de la rivière Cheyenne car ils apercevaient les Black Hills dont les hauteurs jalonnaient l'horizon. Mais pour s'éloigner du cours d'eau, il leur fallait d'abord le traverser. Les Badlands s'étendaient de l'autre côté. Ils se rapprochèrent et se sentirent en danger. Nulle colline, nul bois dans les environs. Il fallait galoper à découvert. Ils foncèrent sans s'arrêter. La prairie les avalait, les noyait. Ils inspectaient la plaine déserte, la scrutaient. Ils atteignirent enfin la rive et entreprirent de dévaler une petite falaise escarpée. L'eau coulait calme et belle. Leurs chevaux au terme de leur descente compliquée entrèrent dans le flot et nagèrent, ils firent de même en les tenant par l'encolure. Le courant les déporta un peu. Ils aboutirent au pied d'une autre falaise qu'ils longèrent en se laissant porter par les eaux jusqu'à une ravine propice. Ils émergèrent et virent soudain, loin, en amont, une petite bande de cavaliers galopant dans la prairie. Aussitôt, ils firent redescendre leurs chevaux au fond de la ravine, près de l'eau. Ils attendirent en espérant que les cavaliers resteraient à distance de la rivière. Ils écoutaient, mais la rumeur de la rivière couvrait le bruit des sabots. Oiseau Deux Couleurs quitta son cheval et grimpa le long de la pente pour jeter un œil. Il recula bientôt, se cacha et fit signe à Louve que la bande approchait. Alors, ils perçurent le grondement des chevaux. Cela passa au-dessus d'eux puis s'évanouit dans le bruit des eaux. Ils allaient sortir de la ravine quand ils furent surpris par un radeau qui, surgi d'un méandre, glissait sur le fleuve bien en vue. Ils décidèrent de gravir le talus comme si de rien n'était, car ils savaient que s'ils donnaient le sentiment de se cacher ils attireraient encore plus l'attention. Le radeau arriva à leur niveau au moment où ils débouchaient dans la prairie. Oiseau se retourna pour s'assurer que l'embarcation continuait sa route. À bord, il y avait trois hommes, des Blancs, des trappeurs qui ne les appelèrent pas. Oiseau toutefois leur fit un signe du bras pour les leurrer, alors un homme du radeau le salua d'un « Ohé ! ».

Mais ils avaient été vus. Les navigateurs avaient-ils pu identifier une squaw ? Ce n'était pas sûr car Louve avait les cheveux coupés au-dessus des épaules depuis la mort d'Élan Noir. De dos et de loin, elle filait en avant, elle pouvait se confondre avec n'importe quel cavalier.

Les Badlands dressaient un mur abrupt sur la prairie. Ils trouvèrent un passage pour se faufiler entre les versants arides. Ils surent que la véritable épreuve commençait. Ils suivirent le chemin de fracture entre des pyramides plissées et des arêtes aiguës. De l'herbe persistait, sèche comme de la paille, criblée d'épineux. Mais ils butèrent contre un rempart pierreux qui verrouillait le sentier. Ils ne pouvaient s'installer là, c'était encore trop près de la prairie ouverte. Il leur fallait s'enfoncer davantage dans les Badlands. Une pente plus douce leur offrit la possibilité de sortir de l'entonnoir. Ils y engagèrent leurs chevaux. Le sol commença bientôt de s'ébouler, un mélange d'argile, de sable, de restes fossiles, d'os millénaires, un magma de graviers. Les chevaux dérapaient, renâclaient, hennissaient. Ils parvinrent à grand-peine au sommet d'une petite éminence déchiquetée par l'érosion. Alors ils dominèrent le théâtre tourmenté d'un paysage hérissé, fait de bandes de couleurs superposées, des gris, des mauves, des roses, des verdâtres. Ces nuances s'étageaient en empilements variés, des cheminées, des tables, des plateaux, des crêtes et des dentelles pointues. Un sentiment de désespoir les envahit. Comment pénétrer avec des chevaux dans cet enfer de blocs et de tertres scalpés qui tous se ressemblaient, se reproduisaient, se mêlaient dans un miroitement confus ? Ils redescendirent mais le cheval d'Oiseau Deux Couleurs glissa, se renversa sur le flanc, jambes et sabots agités de panique. Oiseau eut bien du mal à relever l'animal qui hennissait, tendait son encolure, la crinière secouée, tentait des coups de reins laborieux sans trouver d'obstacle dans la coulée des cailloux, chavirait, cherchait son équilibre tandis que la monture de Louve s'affolait à son tour, braquée, figée de terreur dans le ruissellement grenu.

Ils atteignirent une cuvette assez plane piquée de quelques bouquets d'herbes grises. Et décidèrent d'y passer la nuit qui se révéla glacée. Ils purent allumer un feu avec des branches dures de genévriers. L'enceinte où ils se nichaient était profonde, à l'abri d'une muraille de rocs ébréchés. Le lendemain, ils cherchèrent un peu de nourriture fraîche. Mais la cuvette n'était ornée que de quelques arbustes chétifs et de touffes maigres. Oiseau Deux Couleurs et Louve laissèrent leurs chevaux pour aller explorer les ravins et les vals alentour.

Le sol se dérobait sous eux, les pierrailles roulaient. Ils avançaient à quatre pattes, Oiseau s'appuyait tant bien que mal sur son tomahawk et Louve s'aidait de son arc comme d'une canne en veillant à ne pas le briser. En labourant ainsi le terrain, ils débusquaient des galets où des empreintes de coquillages opalescents apparaissaient. Affleuraient aussi ce qu'ils prirent pour des ossements de monstres et de géants… Oiseau se figea soudain pour ramasser un caillou noir taillé en pointe où il reconnut une « pierre de foudre ». Le chamane déposa dans sa bourse-médecine ce caillou plein de pouvoir. Au terme d'un couloir minéral, ils débouchèrent sur une zone vallonnée et plus verte où poussaient des figuiers de Barbarie. Ils écartèrent avec mille précautions les piquants qui recouvraient les raquettes et firent gicler l'eau qui les gorgeait. Ils burent à satiété, Oiseau décapitant de sa lame les figuiers à qui mieux mieux.

Ils remarquèrent des crottes de lapin mais ne virent aucun animal. Ils attendirent le crépuscule et scrutèrent le terrain un peu herbu qui les enveloppait. Un lapin sortit mais trop loin, presque invisible. Puis deux autres. Louve tendit son arc et transperça une des bestioles qui couina. Ils se jetèrent sur elle comme sur une proie précieuse. Ils regagnèrent la cuvette à tâtons et vidèrent leurs panses de bison pour donner à boire à leurs chevaux. Ils firent rôtir le lapin dont ils se régalèrent. Il avait un excellent goût comme si son régime de plantes frustes et solaires lui conférait une saveur raffinée.

Ils durent quitter la cuvette dès le lendemain à la recherche d'un point d'eau. Ils sortirent à grand-peine de l'écheveau montagneux dont les ravins répétés, les reflets et les collines semblables les leurraient comme un mirage… Ils menèrent leur exploration jusqu'à la mi-journée où ils découvrirent une zone d'herbe très verte. Ils creusèrent la terre avec le tomahawk d'Oiseau et le couteau d'écorcheuse de Louve. Ils ouvrirent ainsi après beaucoup d'efforts un trou large et profond nappé d'eau trouble. Ils purent se désaltérer et faire boire leurs chevaux.

La nuit vint, ils n'avaient pas le courage de rejoindre les redents de la muraille sinistre. Ils restèrent à côté de l'eau qu'ils avaient débusquée. Mais le vent se leva soudain, il soufflait si fort qu'il était dangereux d'allumer un feu parmi les herbes sèches. Ils furent obligés de quitter la source pour se rapprocher des versants et dans un recoin du roc, ils purent faire un petit feu avec moins de risques.

Le jour suivant, ils cherchèrent en vain un vallon habitable entre les pentes rocheuses. Leur réserve de pemmican s'épuisait, les chevaux n'avaient pas assez d'eau. Ils durent convenir que les Badlands étaient impénétrables, qu'on ne pouvait raisonnablement y survivre. Ils décidèrent de se rapprocher des Black Hills.

Dans la prairie, ils aperçurent une bande de bisons à découvert. C'était une vision merveilleuse. Un grand mâle à crinière noire surveillait le troupeau et risquait de donner l'alerte trop tôt. Approcher en rampant dans l'herbe était une manœuvre délicate et peu sûre. Ils choisirent de prendre en tenaille le cercle des animaux en avançant vers eux à cheval et des deux côtés. Une telle opération pour réussir nécessitait bien sûr une vingtaine de chasseurs. Louve contourna les bisons et quand elle fut sur la face opposée du troupeau elle poussa son cheval en direction d'Oiseau qui tenterait de barrer la route à la horde. Les bêtes détalèrent d'abord dans le bon sens, vers Oiseau qui s'était élancé, puis quand elles aperçurent l'obstacle, leur bloc se scinda en deux flots latéraux. C'était la fuite assurée. Il n'y avait plus qu'à les prendre de vitesse. Oiseau Deux Couleurs avait l'avantage d'être plus près des animaux mais Louve était une cavalière d'élite. Ils assaillirent la même bande de bisons qui galopaient de côté. Ils accélérèrent. Louve atteignit un bison à la traîne, mais elle le rata d'une flèche. Il zigzagua et lui échappa. Oiseau profita que la bande refluait vers lui, il avisa une jeune bête qui avait peine à suivre le train. Sa flèche ne transperça pas le cœur mais se planta trop haut vers la bosse. Il se reprit, força sa monture, la cravachant comme un diable, rattrapa sa proie. Louve coupa la bande en criant avec audace, confondue un instant dans le tumulte des bosses. Elle rejoignit Oiseau sur le flanc du même animal. Le bison épouvanté se ruait en avant, beuglait, les chevaux se rapprochèrent encore, les hurlements des deux chasseurs se croisaient. Ils furent bientôt sur la bête et décochèrent leurs flèches dans le cœur et dans les poumons. Le gibier foudroyé s'écroula.

Ils mangèrent tout leur saoul et firent une belle provision de viande. Le soir, les chevaux purent boire au bord d'un ruisseau, un affluent de la rivière Cheyenne.

L'endroit n'était pas assez abrité pour y rester. Ils devaient entrer dans les Black Hills, les collines noires et sacrées, Paha Sapa, et se cacher dans leur lacis.

Ils s'installèrent à distance de la prairie et de la rivière Cheyenne dans une belle entaille de verdure entre des monts de granit couverts de pins ténébreux. Le sol enfin était dur, solide. Une cascade dévalait du roc. On pouvait surveiller les alentours de la cachette en grimpant sur les gradins de pierre. Ils avaient vu des cerfs fuir entre les arbres. La contrée était giboyeuse. C'est là qu'ils voulaient vivre, dans la solitude bruyante d'eau et d'échos. Ils construisirent une hutte de branches comme les Mandans.

Les jours s'écoulèrent, ils s'aimèrent, ils découvrirent toutes les finesses de l'amour, ils tuèrent des daims, des cerfs, des chèvres des montagnes. Ils fabriquèrent des lignes pour pêcher, des couvertures chaudes avec les peaux.

Ils explorent les alentours. Ils partent toute une journée à cheval, circulant au pied des versants, entre les pins, escaladant, descendant sur des chemins de roc et de mousse.

Soudain, ils découvrent la montagne extraordinaire avec ses différents plans déployés au-dessus du flot de verdure et de rocailles. Ils sont envahis par un sentiment de grande présence. Car ils se sentent au cœur du monde.

Ce théâtre de roc sioux s'appellera le mont Rushmore, on y sculptera, un siècle plus tard, quand tous les Indiens seront parqués dans des réserves, les têtes de quatre présidents américains : Washington, Jefferson, Theodore Roosevelt, Lincoln. Quatre chefs blancs qui auront, d'une façon ou d'une autre, collaboré à l'exil des Sioux, à leur extinction. Roosevelt violant le traité de 1868 qui leur accordait justement la jouissance du pays sacré des Black Hills : Paha Sapa. Il avait suffi qu'on y découvrît de l'or pour que le territoire soit envahi, pillé.

À quelques kilomètres de là s'élève un magnifique promontoire rocheux qui semble dominer la mer des pins, son extrémité s'érige tel un rostre. En 1939, des chefs sioux contactent le sculpteur Korczak Ziolkowski pour qu'il taille dans les Black Hills une sculpture représentant Tashunke Wikto, Crazy Horse, oui Cheval Fou, le grand chef sioux. Pour contrebalancer la suprématie des Grands-Pères blancs sur leur montagne sacrée. Ziolkowski trouvera le site granitique idéal dans les collines. Il le baptisera la Montagne du Tonnerre. Son travail commence en 1948 et va durer jusqu'à sa mort en 1982. Mais sa veuve Ruth poursuit l'édification du monument gigantesque dont seule encore émerge aujourd'hui la tête de Cheval Fou bien plus haute que celle des quatre présidents américains.

Dans l'avenir peut-être qu'une catastrophe anéantira l'espèce humaine, une grande épidémie par exemple. Des dizaines de milliers d'années passeront. Les villes envahies par la végétation finiront par s'écrouler et se fondre dans la nature. Dans cent mille ans, dans deux cent mille ans, rien n'attestera plus la marque de l'humanité, sa signature, sinon, sans doute, dans le désert, le front du Sphinx de Gizeh, et dans les Black Hills, grâce à la qualité du granit, les quatre têtes des présidents et celle du formidable Cheval Fou. Pour reconstituer l'histoire humaine : l'énigme du Sphinx, les quatre têtes des maîtres du monde américains, leur majesté conquérante, et, taillée dans la proue du roc éternel, le visage d'un Sioux Oglala, celui qui s'était battu contre les Blancs et les avait vaincus à la bataille de Little Big Horn, éphémère victoire…

Oiseau Deux Couleurs et Louve Blanche ne voient pour le moment qu'une montagne vierge et puissante, dressée dans le ciel des aigles, au cœur de la création. Ils en vénèrent la force sacrée. Le chamane offre le calumet au colosse de pierre compact et pur. Il ne sait rien, aucune vision prophétique ne l'éclaire. Il n'y a que la beauté brute du monde, le vent qui souffle dans les pins, le soleil frappant le granit rouge. Il offre pourtant le calumet aux quatre envahisseurs blancs et à Cheval Fou, le rebelle glorieux. Le travesti sacré et la Femme-Double ignorent qu'ils prient devant l'écran panoramique de l'épopée humaine.

L'automne avançait. Ils eurent peur de la venue de l'hiver, la neige épaisse, l'isolement, le froid, la glace, l'immobilité forcée. Ce fut Oiseau qui le premier souffrit du manque des autres, il évoquait le campement, les cavalcades des guerriers, l'activité des squaws, leurs conciliabules, leurs rires, les conseils qu'il prodiguait, tous les rites qu'il animait, son rôle, ses fonctions, la vie, son bourdonnement, ses couleurs. Il n'y avait plus rien, il n'était plus rien. Il se disputait avec Louve qui se serait presque accommodée de cette absence de liens. Ils eurent peur des jours plus courts, des ours curieux qui rôdaient autour de la hutte. Les loups hurlaient. Les chevaux hennissaient. Il n'y avait pas de sentinelles. On ne pouvait multiplier les feux.

Un jour, Louve qui cherchait du bois découvrit un grand nid de crotales dans une cavité rocheuse. Elle recula d'effroi puis se rapprocha pour mieux voir et appela son compagnon. C'était tout un magma de serpents emmêlés en perspective de l'hiver. Ils s'éloignèrent bien vite de la monstrueuse pelote de squames qui remuait doucement. Cela grouillait, une centaine de reptiles agglutinés. Non loin de là, le chamane qui recueillait souvent des pierres bizarres tomba sur une sorte d'os formidable, le fémur d'un colosse inconnu, quel dieu ? quel esprit ? Cela dépassait les dimensions du plus gros des bisons. Il éleva une prière et disposa un cercle de cailloux ronds, parsemés de dessins naturels et mystérieux, autour de l'os. Puis il fuma le calumet et chanta, célébra l'esprit de la terre.

Ils eurent tout le temps de penser à Aigle Rouge, au génie de l'éclaireur. Déjà, ils avaient dû renoncer à la piste du nord-ouest. Qui aurait pu donner des nouvelles de Louve et du chamane sur le cours supérieur du Missouri, le long de la rivière Yellowstone, à Fort Union, au-delà ? Personne ne les avait aperçus, nul témoignage, nulle trace. Le doute. Les cogitations de Genou Boiteux, ses intuitions. Ils avaient rebroussé chemin. Ils étaient revenus au campement, ils avaient tenu conseil. Ils avaient réfléchi, mûri leurs déductions…

Oiseau avait peur de surprendre dans les rocs noirs, battus par le vent, la silhouette émaciée du guetteur confondue à la texture des pins. L'éclaireur placide et morne émergeant lentement du fond grisâtre, telle une nuance molle de l'écorce, se détachant de l'arbre et décochant sa flèche sur lui, sur Louve. Aigle en colère leur faisait moins peur, ils auraient préféré mourir dans l'emportement de sa rage.

Ils se sentirent impuissants, perdus. Les prières, les amulettes, les cérémonies du chamane étaient vaines sans l'assemblée religieuse du campement, les chants, les danses. Ce qui leur manquait le plus, c'était le rire des enfants et la présence de tous les chevaux paissant dans la prairie. Ils rêvaient aussi à la danse du bison, la préférée, la puissante, la féconde, la sarabande chasseresse, les crinières et les cornes arborées. Les crécelles, les tambours, les grelots, les flûtes. Ils désiraient faire passer le calumet dans le cercle des wigwams. Oiseau imaginait que l'assistant lui tendait sur la fourche les charbons ardents sur lesquels il versait l'eau froide. Et le rite des sueurs purifiantes se serait déroulé dans la stupeur et la nudité. Ils avaient soif du village, d'un ventre, d'une matrice de bison chaude et ronde. Ils se serraient l'un contre l'autre, en proie à une masse d'effroi. Ils se sentirent désertés.

Avant que vienne la neige, ils sortirent de la forêt en quête d'un campement ami. Ils errèrent le long des Black Hills. Ils aperçurent de loin de nombreux wigwams. C'était un de ces grands rassemblements d'automne pour la chasse aux bisons. À cette période, la fourrure était de la meilleure qualité. La nostalgie de la chaleur du campement leur serra le cœur avec plus d'intensité encore. La chasse ! Tous les chasseurs, l'ordre de marche, la tactique, les chefs, le long cortège des femmes et des chevaux de bât rapportant la viande et les peaux, l'effervescence, l'abondance, le festin, les chants, les danses, la joie, la grande joie bison…

Mais ils n'osèrent rejoindre ce trop gros village où beaucoup de frères les remarqueraient, leur poseraient des questions, colporteraient sur eux des nouvelles et des rumeurs qui, tôt ou tard, pourraient tomber dans les oreilles de l'éclaireur fatal. Ils bivouaquèrent n'importe où, entrant dans les collines, en sortant, zigzaguant au hasard, avides de trouver un havre.

Un soir, au revers d'une série de petites collines rocheuses, ils débouchèrent sur un campement qu'ils observèrent avec espoir. Une vingtaine de tepees, environ deux cents personnes, trois ou quatre clans au sens large réunis pour chasser, avant de se replier dans les Black Hills, quand l'hiver serait là et qu'il faudrait trouver un rempart contre le blizzard. Cette petite société leur plut, les jeux, les cris des enfants sous la garde des grands-parents complaisants, l'odeur des poneys, les feux, la viande rôtie, les chants, la vie, le chœur de la vie. Ils virent qu'il s'agissait d'une bande de Sioux Oglalas, des frères des Lakotas. Alors ils sortirent de leur cachette, de leur longue solitude.

Oiseau Deux Couleurs se présenta comme un grand homme-médecine et montra sa robe inouïe, la fourrure d'ours cousue de pièces, agglutinée aux lambeaux des bêtes hétéroclites, poils, squames, plumes, bariolures de la création. Il impressionna l'assemblée par ses paroles, son ton majestueux. On le mena au chef de bande. Il s'appelait Flèche Tranquille. C'était un grand Sioux gras dont le menton vaste semblait savourer quelque nourriture exquise qu'il ruminait doucement en regardant ses hôtes. Il leur demanda pourquoi ils vagabondaient ainsi seuls ? Oiseau répondit qu'il avait enlevé Louve Blanche car leurs familles s'opposaient à leur mariage. Flèche Tranquille les regardait avec le plus grand intérêt, tout attisé de curiosité gourmande. Il s'étonna qu'une fois leur union accomplie ils n'aient pas rejoint leur village, comme c'était l'usage, mettant les parents devant le fait accompli. Louve prit la parole, sans lever les yeux, par respect. Elle déclara que leur relation avait créé trop de colère, de passion et de rivalité dans leurs familles et qu'il fallait laisser retomber cette fièvre. Flèche Tranquille trouvait que ce couple venu de l'inconnu était d'une singulière beauté. Il n'était pas mécontent d'une compagnie si excitante, intrigué aussi par les pouvoirs d'Oiseau Deux Couleurs qu'il entendait vérifier à la prochaine occasion. Il partagea son repas avec le chamane tandis que Louve attendait son tour avec les trois femmes du chef qui présentaient une particularité charmante. Toutes les trois s'appelaient Lune : Lune de Printemps, Lune Blanche, Petite Lune. Mais cette Petite Lune était beaucoup plus grande que les autres. Oiseau et Louve comprirent qu'il s'agissait d'un homme-femme que le chef avait épousé, car il avait une gourmandise étendue. Son large menton se repaissait de toutes les nourritures du monde et sa bedaine attestait de cet appétit universel.

On leur alloua un tepee et quand la nuit vint ils jouirent des bruits merveilleux du campement, jappements des chiens, hennissements des chevaux, rires et cris, mouvements furtifs, rumeurs des conversations, crépitements des feux. Mélodie d'une flûte amoureuse. Ils se pelotonnaient dans les moindres bruissements de cette fourrure vivante.

À peine le campement émergeait-il des brumes matinales qu'un tintamarre retentit entre les rochers et les arbres, bruits de branches et d'objets trimballés, renâclements de chevaux. Tous s'attendaient à l'apparition d'un marchand. Oiseau Deux Couleurs et Louve frémirent à l'écoute de ce tumulte. Ils sortirent de leur tente pour voir déboucher au milieu des wigwams, entourés d'une bande de chiens et d'enfants joueurs, les deux cavaliers familiers, oui, le peintre-médecine, Djoodje, accompagné de Bogard encombré d'un chaos de ballots contenant la moisson de Catlin chez les Indiens.

Ce furent des retrouvailles allègres. Quel esprit complice les avait guidés, aimantés à travers la fuite des uns et la quête des autres ? Quel génie ? Aussitôt Oiseau demanda aux deux compagnons ce qu'ils savaient d'Aigle Rouge. Catlin confirma qu'il l'avait fourvoyé vers le nord-ouest comme ils en étaient convenus. Hélas, oui, c'était bien Genou Boiteux qui accompagnait Aigle dans sa poursuite vengeresse. Oiseau Deux Couleurs le pressa de nouvelles questions. Les deux hommes pouvaient-ils déjà avoir rebroussé chemin et retrouvé leur piste vers le sud ! Catlin et Bogard avaient-ils entendu une quelconque rumeur là-dessus ?

Le peintre répondit que personne n'avait fait allusion à rien, ni aux fuyards ni à d'éventuels poursuivants.

Ils festoyèrent plus tard avec le chef tandis que les trois Lune avançaient les plats avec dextérité. Ils mangèrent des viandes succulentes et des truites grillées qui venaient d'être pêchées. Flèche Tranquille se régalait, ne parlait plus à personne, avalait, appréciait, avec une expression de bonheur profond. Bogard repéra Petite Lune et fit un sourire en coin à Catlin dont le visage se ferma pour éviter toute connivence scabreuse. Oiseau Deux Couleurs glissait des coups d'œil inquiets à Louve Blanche reléguée au milieu des squaws en dépit des moments de parfaite égalité que les circonstances leur avaient fait partager dans leur errance. Catlin désirait faire le portrait de Flèche Tranquille. Le chef s'amusait à cette idée. Catlin inspectait discrètement le wigwam sur la doublure duquel était accroché un superbe pare-flèches richement tissé de motifs subtils. Le calumet du chef n'était pas mal non plus, avec des bouquets de plumes et des rubans d'hermine, des bracelets de perles le long du tuyau. Le four était d'une belle pierre élégante et polie… Catlin était encore tenaillé par son désir de récolte, de rapine, de thésaurisation. Il s'inquiétait de l'avenir de son musée. Tantôt il y croyait avec passion, tantôt son entêtement se déliait. Il avait recueilli une nouvelle manne d'objets pendant le périple de Louve et d'Oiseau. Il les sortait parfois de leurs ballots pour s'assurer de leur présence, pour les contempler…

Plus tard, son désir chevillé serait que l'État américain se charge de la sauvegarde de la galerie et lui assure la pérennité. Le Congrès refuserait plusieurs fois d'acheter la collection. Mais submergé de dettes, à Londres, en 1852, le cœur navré, Catlin serait contraint de la vendre à un certain Joseph Harrison qui la remisa à Philadelphie dans un hangar de sa fabrique de locomotives. Les trois quarts des tableaux survécurent mais beaucoup d'objets se retrouvèrent enterrés dans un capharnaüm de carcasses métalliques, de roues, de bielles, de tuyaux, de chaudières démantelées… C'était, oui, à Philadelphie, où il avait vu le cortège d'Indiens Winnebagos défiler majestueusement en 1828. Le projet du musée naquit de la vision même des guerriers magnifiques. Et voilà que le trésor des cavaliers indiens réalisé, au fil des années, se dispersait dans un garage des premiers trains de l'Ouest !

Un cavalier vêtu de noir, portant un chapeau noir, monté sur un cheval noir vint à la rencontre d'Oiseau Deux Couleurs surpris par la stature impressionnante du visiteur et son aspect ténébreux. Le cavalier s'appelait Harry Powell et dit qu'il était un homme-médecine, lui aussi. Son wigwam était installé de l'autre côté du campement et il déclara qu'il serait venu saluer son frère dès le matin si une mission ne l'avait requis dans un autre village des Black Hills. Sur ces entrefaites, Catlin et Bogard survinrent et parlèrent leur langue avec le cavalier noir. Catlin expliqua à Louve et à Oiseau ce qu'était un pasteur, un chamane de la religion des Blancs. Oiseau marqua immédiatement un vif intérêt envers ce frère voué au Grand-Esprit. Le pasteur s'exprima en langue lakota pour confirmer qu'ils partageaient en effet la même vénération du Père. On s'en serait tenus à cette belle concordance si le malicieux Bogard n'avait fait état d'une petite différence :

– Il faut prier le Père mais aussi le Fils !

Le pasteur avec une douceur que démentait son œil acéré et noir annonça que le Christ était descendu sur la terre pour sauver les hommes. C'était ainsi que s'appelait le fils du Père. Oiseau fronça les sourcils :

– Chez nous, le Grand-Esprit n'a pas de fils. Avec quelle femme chez les Blancs, le Père avait-il fait le Fils ?

Le pasteur répondit avec le plus grand calme :

– Le Père est Dieu, il n'a nul besoin d'une squaw pour avoir un fils, ce dernier en fait est l'incarnation de son Père sur la terre !

– Qui a eu la vision du Fils ? interrogea Oiseau.

Le pasteur qui connaissait bien les croyances des Indiens déclara que le Fils n'était pas apparu dans une vision mais qu'il avait réellement existé parmi les hommes, comme eux. Pour ce faire, il était né du ventre d'une femme qui était vierge et d'un père humain qui n'était pas le Père. Oiseau semblait déboussolé par cette avalanche d'informations contradictoires. Il s'absorba dans une profonde réflexion et finit par trouver une sorte de compromis :

– Le Fils est un messager, un esprit-gardien, c'est le Bison !

Le pasteur répondit avec netteté :

– Ce n'est pas le Bison, c'est la Pipe ! Le Christ est la Pipe.

Oiseau interloqué dévisageait l'homme-médecine des Blancs qui affirmait que le fils du Père né d'une vierge sur la terre était la Pipe !

Avec habileté, le pasteur développa l'idée que de même que le Christ incarné permettait de se relier au Père, la Pipe permettait par la fumée qui s'élevait dans les airs de monter vers le Grand-Esprit et à ce dernier de descendre de son côté.

Oiseau marmonna que la religion était un grand mystère… Alors une intuition de génie lui vint :

– La vierge, c'est la femme-bison, elle a donné la Pipe aux hommes, comme elle leur a donné le Christ !

Le pasteur poussa un petit rire caustique et lança en anglais à l'intention de Catlin et de Bogard que la vierge ne fumait pas le cigare ! Bogard s'esclaffa mais Catlin resta grave car il savait qu'Oiseau ne goûtait pas qu'on se moquât de lui. Tout à coup le chamane qui avait fait de grands efforts de dialogue et de compréhension n'aima plus ce pasteur géant et sombre qui le prenait de haut. Il s'en tint au bison et à la femme-bison, sans le bison on ne pouvait pas avancer. Le pasteur cette fois en se gardant de ricaner dit encore en anglais à ses deux compatriotes que les Indiens avaient le malheur de confondre Dieu avec les animaux et de mettre des bisons partout.

– Et l'Agneau ! protesta Catlin qui ne croyait ni en Dieu ni en l'Agneau mystique.

Le pasteur vit que Catlin était un esprit fort et qu'il manipulait l'Agneau par instinct de contradiction.

Ils en restèrent là. Le pasteur repartit sur son cheval noir, le visage dérobé sous son grand chapeau, il paraissait colossal. Oiseau le vit rejoindre une squaw et ses deux enfants. L'homme-médecine des Blancs se pencha vers elle qui semblait le fuir et précipiter le pas, les enfants eux aussi avaient peur. Mais le pasteur les suivait, leur barrait la route pour les submerger de son discours. On aurait dit qu'il traquait la squaw. La scène frappa Catlin telle une réminiscence mystérieuse et menaçante d'il ne savait quoi.

Le peintre proposa une promenade dans les bois comme ils avaient coutume de le faire le long des affluents du Missouri mais Oiseau craignait d'être découvert. Louve et Oiseau se contentèrent de parcourir le campement, d'aller caresser les chiens et les chevaux. Ils jouèrent à la balle avec les enfants. Oiseau adorait leur présence, leurs gambades espiègles, leurs rires, leurs rondes et leurs sauts. Mais Louve tout en restant gentille manifestait plus de distance. Il se retrouva seul à faire la course avec un tourbillon de mioches.

Le lendemain, l'homme vêtu de noir revint à la charge, mais plus mielleux. Oiseau tomba dans le piège, attiré par cette présence puissante tout en la détestant.

– Le Christ a été crucifié pour sauver les hommes.

Le pasteur savait que la crucifixion était un bon moyen d'éveiller la compréhension des Indiens.

Oiseau réagit :

– Le Christ a dansé la Danse du Soleil ?

Le pasteur ne démentit pas la comparaison mais précisa que le Christ avait dansé pour tous les hommes et pour les sauver.

Louve qui ne s'était pas mêlée au débat jusqu'ici coupa brusquement le pasteur avec hauteur. Il la regarda, saisi par sa beauté, avec un éclat sournois dans le regard. Elle lui lança :

– Chaque Sioux doit danser la Danse du Soleil pour communiquer avec le Père, un seul ne saurait faire l'affaire.

– Seul le Fils de Dieu pouvait souffrir sur le poteau sacré pour sauver les hommes du péché.

Le maître-mot des Blancs était lâché ! Oiseau et Louve demandèrent en chœur ce qu'était le péché originel. Le pasteur leur répondit que c'était le péché de connaissance. Louve répliqua qu'être un Sioux c'était chercher la vision, essayer de connaître. Et un grand

Sioux était celui qui avait eu une grande vision, la plus grande connaissance.

Le pasteur fut saisi par le ton de la belle squaw. Cette idée de grande vision le troublait car elle n'était pas étrangère au fond mystique de la religion blanche. Mais il n'y tint plus et ramena le péché à des fautes plus concrètes. La chair était l'origine du péché ! Les deux Sioux ne comprenaient pas... Alors le pasteur les quitta sans autre explication, il cravacha son grand cheval noir, traversa le village en se penchant toujours vers les uns et les autres pour les envoûter.

Oiseau demanda à Catlin ce qu'était cette histoire de péché. Catlin ne croyait guère au péché originel et haussa les épaules comme s'il s'agissait de commérages vains mais Bogard expliqua que le Grand-Esprit des Blancs condamnait les abus de la chair ! Par exemple, le pasteur devait trouver que le chef n'aurait pas dû vivre avec trois femmes pour multiplier ses plaisirs mais avec une seule épouse. En outre, la découverte qu'une des trois Lune était un homme devait l'horrifier, car la religion des Blancs maudissait les relations entre personnes du même sexe. Le Grand-Esprit n'appréciait pas du tout la sodomie. Oiseau ne comprenait pas. Alors Bogard le provocateur fit un geste explicite : ça, c'était un très gros péché mortel !

Oiseau Deux Couleurs plongea dans une sorte de stupeur et se récria :

– Le Grand-Esprit comprend tout le cercle de la création qu'il enveloppe. Tous les chemins de la vie, c'est lui ! Pourquoi le Grand Mystère irait-il condamner la joie des hommes, leurs voies, est-ce son affaire que ces mille petites façons d'agir dans le plaisir. Le

Grand-Esprit n'est pas un chaperon, une vieille squaw, un gros ventre, c'est le soleil, c'est le bison, les quatre directions, le ciel et la terre, toute la vie, ce pasteur est un esprit petit et mauvais ! Pourquoi le chef ne le chasse-t-il pas ?

Bogard révéla qu'on lui avait dit que le pasteur avait éveillé la curiosité du chef, qu'il aimait son costume noir et son grand chapeau, qu'il désirait que l'homme-médecine lui donne cette coiffe. Louve trancha :

– Coiffe ou pas, je n'aime pas le Blanc. J'espère qu'un guerrier lassé le tuera d'un coup de casse-tête.

Catlin, lui, voyait beaucoup plus loin. Il savait que déjà beaucoup d'Indiens qui avaient survécu à l'est du Mississippi s'étaient convertis à la religion des Blancs. Il ne voulait pas annoncer la nouvelle à ses amis, leur révéler le danger, la vague qui s'était introduite partout, qui déferlerait emportant tout, les troupeaux de bisons et le rite du soleil qui leur était associé. Le peintre William Jacob Hays, qui peint les derniers troupeaux à partir des années 1860, soit trente ans après Catlin, les représente souvent de façon crépusculaire, en contre-jour, noirs, sur le fond des fleuves et de la prairie étrangement éclairée, infinie, onirique. Même quand le troupeau semble déployer sa plénitude dans l'immense plaine comme au premier jour, un crâne de bison peint au premier plan désigne une vanité, annonce l'hécatombe. Dans ces œuvres les plus troublantes, les bisons sont pareils à des ombres, parfois leur horde échevelée s'engouffre frontalement comme précipitée vers quelque abîme. Ailleurs, ils fuient devant un incendie de fin du monde, ce sont des bisons apocalyptiques qui sombrent dans le néant. On est loin de l'emphase paradisiaque de Bodmer qui célèbre des troupeaux éternels d'élans, de bisons, encore plus loin de Catlin, de la fraîcheur de ses courses et de la vivacité, de la spontanéité des chasses indiennes primordiales. Frederic Remington, célèbre peintre du Far West dans le dernier quart du XIXe siècle, ne peint plus guère les bisons que de mémoire, quant aux Indiens, ils sont rares et stéréotypés, souvent reconstitués après coup. Mais Remington a du métier et un art de la couleur. Il accorde la place principale aux soldats blancs, à leur vie, à leurs garnisons, à leurs expéditions qu'il accompagne en les exaltant. L'Indien révolu n'est plus qu'une espèce d'antiquité. Arrivant en 1890 sur les lieux de la bataille de Wounded Knee où cent cinquante Sioux ont été tués à la mitrailleuse, principalement des femmes et des enfants, Frederic Remington qui est un peintre soldat salue la victoire de l'armée. Remington c'est l'anti-Catlin.

Catlin ne dit rien sur le Livre que transportait le pasteur avec lui. Ce dernier ne l'avait pas encore ouvert devant Oiseau et Louve, avec ses petites écritures enluminées, le mystère du Livre, sa magie, ses secrets, ses récits. Il ne pouvait pas dire encore que la Bible contenait toute la vérité des Blancs, qu'aucune autre bientôt ne serait autorisée à exister. Catlin vivait sur l'arête acérée de sa conscience. En même temps, il jouissait profondément de sa vie authentique parmi les chasseurs sioux. Mais plus que Bogard, l'ancien trappeur qui évitait de se projeter dans l'avenir, il souffrait de sa lucidité. Le drame de Catlin était la connaissance, une vision fondée sur les faits. Les grands visionnaires sioux ne verraient que lorsqu'il serait trop tard. Leur monde déjà n'était plus. Catlin vivait et ne vivait plus. Bientôt, il présenterait dans les capitales d'Europe, à Londres, Paris, devant la reine Victoria dans sa grande robe ronde comme un tepee, devant Louis-Philippe en habit, le simulacre de la vie des Sioux. Que pensait-il profondément de ses spectacles, de ses « zoos humains » comme on appellerait ce type de représentations qui fit florès à l'époque ?... S'était-il convaincu que c'était le seul moyen de sauvegarder la mémoire vivante ? Sans doute. Regretterait-il les courses de sa jeunesse dans le pays vierge ?… On sait que vieux et défait, il jouait avec des souris blanches qu'il élevait dans sa chambre. Étaient-ce les seuls animaux qui lui restaient après la magnificence édénique des loups, des aigles, des wapitis, des élans, des grizzlys et des bisons ? Pour toute tribu, toute arche : un clan de petites souris tièdes et furtives.

Pour le moment, il s'abusait vif, ébloui, le temps d'une course dans la prairie, d'une visite dans une nouvelle tribu. Les matins alors étaient merveilleux. Les tepees dans la fumée, les brumes bleues qui flottaient sur les grands fleuves. Puis le sentiment de finitude l'écrasait. Le péché originel était pour lui la disparition des Indiens. Pouvait-il hurler dans les oreilles de Louve et d'Oiseau qui étaient jeunes, qui étaient beaux et qui s'aimaient qu'ils allaient disparaître, condamnés, engloutis par une catastrophe foudroyante ?

Il sent la piste bien avant de tenir encore la moindre preuve visuelle. C'est dans l'air. L'été finit. Un vent fort souffle sur la prairie dont l'herbe ploie, pareille à de la paille. Les arbres jaunissent. L'uniformité des pins noirs est constellée de crinières de feuillages roux, couleur bison. Les chasseurs déclarent que les fourrures n'ont jamais été aussi profondes. Il aime cette saison qui resplendit dans la mort. L'odeur de pourriture fraîche des forêts. Il la hume, elle le fortifie, comme si la rigueur qui s'annonce lui fouettait le sang. Aigle Rouge a interrogé trois trappeurs qui chassent le castor, le renard et le loup et apportent leurs peaux sur un radeau jusqu'à un comptoir fortifié en amont de la rivière Cheyenne. Ils ont vu un homme et une squaw, oui, un couple solitaire qui se hissait sur la berge de la rivière après l'avoir traversée. Ils se hâtaient. Ces deux Indiens peuvent être n'importe qui. Aigle et son éclaireur ont eu des témoignages de ce genre en amont du Missouri, à Fort Union, une multitude de descriptions qui auraient pu coïncider avec les coupables. Mais ils sont enfin convenus qu'ils s'étaient trompés, égarés par les indications de Catlin et de Bogard. Ils avaient alors tourné le dos aux gorges du Missouri, à leur fracas, à leurs aplombs ténébreux, à leur chaos, pour remonter pendant des semaines la piste inverse, vers le sud-ouest dans le vaste de la prairie.

C'est là maintenant, proche… Dans le voisinage des montagnes sacrées, le magnétisme des granits, l'omniprésence des bosselures, des pics, des têtes, des masses rougeâtres. Cela sent la présence, c'est partout. Ils sont passés par là. Au sein du grand campement de chasse, personne ne les a vus. Aigle et son éclaireur interrogent les squaws qui vont chercher du bois, des bouses, de l'eau. Rien. Puis ils tombent sur un petit groupe de femmes qui déclarent avoir repéré un couple de cavaliers furtifs, fatigués, penchés sur leurs montures. Ils contournaient les collines en suivant la lisière des pins. Les femmes puisaient de l'eau au bord d'un torrent, elles étaient cachées par les taillis, les arbres, mais elles les avaient vus. Alors Genou Boiteux espère en un éclair. La parole des squaws renforce le renseignement des trappeurs. Aigle y croit, lui aussi. Les voilà peut-être arrivés au bout de leur quête.

Ils se sont partagés deux zones à explorer, Aigle Rouge dans les Black Hills, Genou Boiteux à la lisière. L'éclaireur aime être seul. Sans l'emprise du chef, sans le feu du chef, ses colères, sa soif de vengeance, le brouillard de la vengeance. L'éclaireur aime la lumière d'automne, sa douceur froide. C'est à l'intérieur de cette coulée qu'il se glisse et qu'il les sent.

De loin, il a deviné le campement, à cause des fumées, des chevauchées alentour. Il est de plus en plus tranquille. Sa respiration ralentit. Il a attaché son cheval dans la forêt de pins. C'est à pied qu'il progresse, c'est cela le meilleur, il rampe comme les chasseurs de jadis. Comme son arrière-grand-père qui ignorait l'usage du cheval. Il se relie à l'originelle lignée qui traquait le gibier comme le font le loup, le renard. Dans les coulisses, toujours à couvert, jamais de front, se glissant, ne poussant leur assaut qu'au dernier moment. Il s'est confondu dans la couleur des rochers. Il est devenu opaque et minéral. Mobile, immobile. Il a scruté les wigwams. Il s'est rapproché encore, presque au bord, enfoui dans l'herbe, entre les pierres. Il est au cœur de sa vraie vie. C'est là qu'il sait qu'il vit, qu'il sent sa vie essentielle. Comme si son sang battait au rythme de la terre, comme si la terre avait une pulsation qui passait sous sa peau. Il est immensément concentré mais c'est une lucidité qui le sature de volupté.

Il la voit. Louve apparaît entre deux wigwams. C'est elle, c'est Louve Blanche, l'éclat de sa présence. Il baigne dans une stupeur hypnotique quand elle s'incarne, se cristallise là, dans l'espace, sa forme, sa chair. C'est à elle qu'il a pensé en chemin, la condamnant comme Aigle, la damnant, mais cette damnation avait un goût puissant, la saveur de Louve, de sa force, de son étrangeté, de sa rébellion extravagante. Genou Boiteux à force d'errer en solitaire dans les lieux sauvages n'a plus tout à fait le sens des codes, des convenances. Du bon et du mauvais. Il est devenu un pur contemplateur. Parfois il en oublie sa mission pour le seul plaisir de regarder, de découvrir, de reconnaître, de se fondre dans la chose traquée. Il la rêve quand on croit qu'il l'épie. L'espion a appris à être avalé par sa proie, son être, son individualité, ses qualités. C'est comme s'il se laissait boire. Telle est l'aventure de sa vie. Louve le happe, l'engloutit, médusé, absent-présent, clairvoyant et halluciné. La belle Louve parfumée. Il jouit de son absorption. Elle disparaît et c'est le chamane qui maintenant traverse son champ de vision, puis Catlin et Bogard. Toute la cellule se reconstitue.

Alors il se dérobe, il se faufile entre les herbes, à présent qu'il sait, qu'il emporte l'image de Louve profondément enfoncée en lui. En cas de découverte, il devait retrouver Aigle Rouge, l'avertir et lui ouvrir le chemin vers les fuyards pour que le chef enfin lave son honneur bafoué. Mais le guerrier attend, habité par l'éclair de Louve qui brûle en lui. Il veut la revoir pour lui. Il veut s'embusquer pour la regarder pendant l'éternité, se gorger. C'est une nourriture infinie.

– Élan me manque. J'ai senti cela, ce matin, son absence.

Louve regarde Oiseau Deux Couleurs. Élan ne lui manque pas vraiment, mais elle pense à Aigle Rouge. Non pas celui qui la poursuit de sa colère et de sa vindicte mais Aigle le ravisseur. Leurs premiers jours. La peur, l'orgueil blessé, la perte aussi du village crow, de tout repère. La solitude dans le wigwam étranger. Puis cette intimité qui filtre… finit par naître, se glisser, se fortifier… Leur désir.

– Élan est mort sur un mystère inexpliqué, reprend Oiseau.

Louve attend la suite.

– Il m'a raconté son étrange vision en redescendant de la colline, et moi je me suis énervé, j'ai rejeté cette vision que je ne comprenais pas, alors on s'est disputés…

– Quelle vision ? demande Louve.

– Il avait vu le Grand Tepee des six Grands-Pères, sauf qu'il n'y avait pas de Grands-Pères et que son tepee ne ressemblait à rien.

– Tu ne m'as jamais parlé de cela, s'étonne Louve.

– J'ai préféré oublier l'incident, cette vision absurde. Élan compliquait tout, n'était jamais heureux, il voyait mais ne voyait pas, croyait avoir vu quelque chose que personne ne comprenait. Un beau matin, il s'enfuyait et on devait aller le rechercher au-delà du Missouri. Il était comme cela. On le perdait tout le temps. Je l'aimais.

Louve entend cet aveu. Elle connaît bien les passions d'Oiseau, ses attirances et ses fascinations. Elle revient sur la fameuse vision, qu'en était-il ?

– Le Grand Tepee était fait de mille tepees percés de trous de fumée et de petits auvents clairs et béants partout. Il se dressait sur les grandes eaux tel un immense canoë-tonnerre. Il était très haut, très noir, hérissé, il rougissait au couchant. C'était le plus puissant des forts. Il y avait, au pied, des milliers de petits chariots brillant comme des scarabées. Cela n'avait aucun sens et m'avait rempli de colère. Élan le faisait exprès, il nous tourmentait avec ses caprices, ses humeurs, ses maux. On ne pouvait pas l'écouter et rester heureux, il répandait en nous un fleuve noir. Il était happé par le chemin noir. Si Aigle Rouge désormais nous poursuit, c'est aussi de la faute d'Élan Noir, c'est à cause de sa mort. Aigle Rouge n'a pas pu supporter tant de solitude. En fuyant, nous lui avons donné l'occasion de contourner sa douleur, nous avons éveillé en lui une douleur plus neuve, plus fraîche, plus supportable, nous l'avons distrait du désespoir.

La vision du Grand Tepee inquiète Louve. Elle ne discerne en rien de quoi il peut s'agir. C'est pourtant une vision assez précise. Elle se souvient du canoë-tonnerre, du *Yellowstone* qu'elle avait vu sur le Missouri. Mais elle sent qu'il n'y a nulle commune mesure entre ce canoë et la chose qui remplissait les yeux d'Élan. Loin des Grands-Pères, loin des wigwams… Quelle immense montagne de tepees troués de lumière ? Et si Élan était mort d'avoir vu, mort d'une prophétie impossible à communiquer ?

Un cavalier est revenu d'une visite au grand campement de chasse dans la prairie. Il est porteur d'une nouvelle terrible. Des hommes meurent là-bas en grand nombre. Ils sont saisis de fièvre. Ils brûlent, leur corps se couvre de pustules. Ils vomissent, leurs plaies se mettent à saigner. Ils deviennent fous. Ils meurent de la maladie des Blancs. Catlin qui apprend la catastrophe n'a plus aucun doute, c'est une nouvelle vague de variole qui sévit. Il connaît l'épidémie endémique, il sait qu'elle tue, décime les tribus depuis la fin du siècle précédent. De nouveaux vapeurs remontent désormais le Missouri et répandent cette peste effroyable. Le témoin sème la crainte, il n'est resté que peu de temps dans le campement mais a entendu beaucoup d'histoires tragiques. Un chef se serait suicidé avec ses squaws et ses enfants. Ils auraient tous couru vers le fleuve et se seraient noyés pour échapper aux transes, à l'horreur. D'autres veulent mourir en guerriers et lancer un raid contre des Pawnees. Ils sont malades, ils désirent mourir en braves.

Flèche Tranquille hoche la tête, oui c'est le mal des Blancs qui fait beaucoup de morts, beaucoup de malheurs. Tout le monde se tait. Où fuir sans être rattrapés par la fièvre qui peut survenir de tous les côtés ? Le Conseil se réunit et décide d'attendre. Ils sont un petit groupe de chasse, relativement isolé. À l'abri des montagnes sacrées. Le pasteur prend des airs graves. Il semble presque se réjouir du désastre qu'il prétend avoir prévu. Catlin et Oiseau Deux Couleurs sursautent, lui demandent des explications. Il se rengorge animé d'un sombre triomphe :

– On ne peut échapper au châtiment. Dieu punit l'homme de ses péchés…

Catlin n'adhère pas à ces interprétations religieuses qu'il connaît bien, ce sont ces thèses aussi qu'il a voulu fuir en quittant Philadelphie. Elles révoltent son esprit scientifique et son humanisme.

– Dieu n'a rien à voir avec ça ! C'est une maladie humaine. Il n'y a ni faute ni châtiment. Tais-toi !

Le pasteur s'étonne de la brutalité de Catlin, le mécréant, le peintre sans morale qui peint tout, accepte tout, sans jamais rien condamner. Le voyeur indifférent.

– Qu'entends-tu avec la colère du Grand-Esprit contre les péchés des hommes ? demande Flèche Tranquille.

Le pasteur regarde Catlin sourcilleux mais passe outre :

– J'entends que les hommes forniquent, possèdent plusieurs femmes, copulent même entre hommes, que les guerriers se déguisent en femmes et deviennent des prêtres ! Que les femmes quittent leur mari et fuient avec leur amant dans la solitude éperdue, j'entends que le bon ordre est perturbé, que le droit chemin est foulé aux pieds, que les Indiens adorent le bison, le loup, le faucon, l'ours ! Que leurs prêtres se parent de peaux de serpents, de plumes de rapaces et de fourrures obscènes et luxurieuses de bêtes écorchées, musquées et dansent et glapissent, hurlent au son d'infâmes grelots, j'entends que l'humanité se roule dans toutes les boues de l'animalité, de la jouissance aveugle, bestiale, j'entends que la variole est la maladie des pécheurs, qu'elle est là, qu'elle nous brûle, et que nous sommes coupables. Prions ! Il n'y a que la prière pour nous sauver, prions le Père, le Christ, la Vierge Marie et le Saint-Esprit !

Flèche Tranquille a écouté l'ouragan de la malédiction. Il n'y comprend rien. Pourquoi ces allusions furieuses aux multiples épouses, aux trois Lune innocentes, aux hommes avec les hommes, aux femmes qui fuient, aux esprits-gardiens vénérés ? Qu'est-ce que le bison, le loup, le faucon ont à se reprocher ? Qu'est-ce que cette zizanie ? Le Grand-Esprit ne peut pas avoir perdu l'esprit ! Et cette invitation à la prière, à prier ce Père bizarre qui n'est pas père, ce Fils bizarre qui n'est pas fils, ce Christ qui ne cherche pas dans sa Danse du Soleil à arracher ses clous du poteau sacré. Cette Vierge plus que bizarre qui est Mère et n'est pas la mère… Pourquoi cette famille monstrueuse sauverait nos frères ? Flèche Tranquille tranche :

– Nous allons faire appel aux Heyokas. Ce sont nos guérisseurs, nos hommes-médecine. Ils vont donner un festin de chien.

Cette cérémonie du chien est le pire du pire pour le pasteur. L'abîme du pire, le carnaval de l'animalité. La sauvagerie à l'état brut. Une variole de l'âme, un rite excrémentiel. Il sait qu'il ne peut plus contredire le chef, qu'il en va de sa sécurité, il se retire dans son wigwam, noir de réprobation, ruminant la vengeance du ciel.

L'éclaireur sait que la maladie sévit. Il a entendu la rumeur monter du grand rassemblement pour les chasses d'automne. Il ne pense pas que ce mal des Blancs puisse l'atteindre, lui, dans son éternelle errance furtive. Il est revenu les voir, la voir. Il les observe, elle, la femme étrange et l'homme-femme. Leur couple quand ils se retirent dans leur wigwam. Louve dans les bras du Winkte, leurs sortilèges. Il se dit que la maladie peut les arracher à la vengeance d'Aigle Rouge. Cette vengeance ne l'aiguille plus, ne le porte plus, ce n'est pas la sienne. Il y a ce grand homme vêtu de noir qui fait des gestes et que tout le monde écoute. Il y a trop de choses anormales. Il voudrait replonger dans la prairie et se confondre avec les animaux, le bruit de l'eau, les arbres, l'horizon sans fin. Il y a ces wigwams malades. Mais il ne peut perdre ainsi Louve de vue. Quelque chose lui échappe. Sa différence le tourmente. Il voudrait la connaître. Il lui faut s'approcher. Attendre.

En rôdant, en repérant les habitudes des uns et des autres, il a découvert l'endroit où elle peut se retirer seule, un peu au-delà du cercle des wigwams. Cachée derrière une rangée de pins. Elle vient d'apporter une panse de bison gonflée d'eau. Elle ôte sa robe de daim. Elle lave son visage et ses seins. Il voit cela. Louve nue.

Louve inondée. Il ne pourra pas exécuter la vengeance d'Aigle Rouge. Car Louve ruisselle dans une coulée de soleil. Il sent le bonheur de la squaw. Aigle lui a raconté l'histoire de la rivière. C'est lui maintenant qui contemple la baigneuse. Il a envie de l'enlever pour lui seul, pour la conduire très loin, dans les secrètes cachettes qu'il est seul à connaître. Elle se rebellerait, il le sait. Elle regretterait le Winkte. En compagnie de la captive, il ne pourrait plus poursuivre sa vie vagabonde. Il aimerait la capturer, sentir sa colère, sa peur, sa révolte, qu'elle se débatte, qu'elle lui crache au visage. Ce serait un crachat de Louve. Oiseau Deux Couleurs et Aigle Rouge les pourchasseraient. Mais il trouverait la tanière la plus sûre pour elle et pour lui. Il irait à la chasse en rampant et il reviendrait lui apporter le gibier comme le loup fait à la louve et à ses petits. Il la protégerait, il la nourrirait. Il la regarderait se baigner dans la rivière qu'il aurait choisie. Il aurait perdu sa liberté, il serait enchaîné à Louve. Elle tenterait de fuir pendant qu'il chasserait, chaque fois il la débusquerait. Il partirait à sa recherche, il relèverait ses traces. Harassée, elle finirait par plonger dans un fleuve vivifiant. Il la contemplerait de derrière les rochers. Et cela recommencerait, il fondrait sur elle, il saisirait la gerbe de ses seins gorgés… Elle cracherait sur lui. Il mangerait sa bouche pleine de crachats, elle le mordrait. Il aimerait ses morsures de louve traquée.

Elle lève les bras pour s'éclabousser de l'eau qui gicle de la panse de bison. Ses mamelles se tendent pour recevoir la fraîcheur. Elle joue avec ses seins. Il se retient de bondir. Son cheval est attaché trop loin. Elle crierait, elle rameuterait le village. Elle le grifferait. Elle serait échevelée. Elle haïrait le visage de fouine du guetteur qu'elle reconnaîtrait. Il sentirait son corps, les muscles de son torse tendre dans le piège de ses mains puissantes. Il la voit comme il n'a jamais vu d'autre squaw. C'est le pouvoir de Louve. La Femme-Double qui choisit le peigne, les perles, les bracelets, puis l'homme-biche. Et voilà qu'elle coiffe ses cheveux mouillés, elle se redresse, elle se cambre, la tête en arrière, les seins pointés, brillants. Il s'approche encore entre les pins et les herbes. Soudain elle regarde autour d'elle, scrute l'espace sauvage. Elle ne peut pas l'avoir entendu, elle se trompe, elle le confond avec l'envol d'un oiseau, le grincement d'une branche dans le vent, tant la nature bouge, craque, frémit, serpente, bruit, épie. Mille animaux invisibles partout. Dans son mouvement, le bras est resté levé, le peigne en suspens dans les cheveux noirs, une torsion vrille son corps et répand le sentiment tout puissant de sa présence alarmée.

Mais c'est l'éclaireur à présent qui détecte quelque chose derrière lui. Couché sur le sol, il se retourne doucement et l'aperçoit, embusqué derrière un pin : Aigle à genoux.

Les squaws ont lancé un regard oblique sur un grand chien jaune-gris et bien gras. Un chien couard qui sent la sourde menace, l'allure louche des femmes qui louvoient vers lui, doucereuses l'entourent, l'assaillent, lui glissent plusieurs lanières de cuir autour du cou et tirent toutes en même temps. Catlin et Bogard assistent à l'étranglement du chien.

Une marmite de métal trône au milieu du campement. Un marchand l'a échangée contre des peaux. Au lieu de fourrer des pierres brûlantes dans une panse de bison remplie d'eau, les squaws chauffent directement la marmite sur le feu.

Les Heyokas déboulent, montant leurs poneys à l'envers. Tout le monde s'esclaffe. Ils portent de lourdes fourrures d'hiver en plein soleil et descendent de cheval. Ils marchent, ils font mine d'avoir très froid alors qu'on voit la sueur briller sur leur front. L'assistance rit. Ils ont des cheveux longs d'un côté du crâne et rasés de l'autre côté ! Ils enlèvent leurs vêtements. Leurs torses sont couverts de peinture rouge, ornés de zigzags représentant la foudre. Car ils ont eu la vision des oiseaux-tonnerre. Ils tiennent leur pouvoir de l'ouest. Ils adressent des prières aux quatre directions. Ils dansent en gesticulant, comme désarticulés. Ils disent n'importe quoi. Ils font des grimaces et glapissent. Ils s'abritent soudain le visage et le corps d'un coup de blizzard imaginaire. Ils grelottent en plein soleil, ils se fouettent les côtes et courent en rond… Les femmes ont grillé le poil du chien et ont nettoyé sa peau, puis elles ont coupé la bête en morceaux qui forment un tas sanguinolent à côté de la marmite.

Les Heyokas ramassent chacun un membre ou un organe du chien et, au lieu de les jeter normalement dans la marmite, ils s'éloignent en sens inverse. Ils font plusieurs pas. Alors, sans se retourner, soudain, de concert, ils lancent en arrière la viande qui tombe dans le récipient. Plouf ! Plouf ! Les Sioux sont pliés en deux de rire. Bogard adore, sa grosse hilarité éclate. Catlin en oublie son carnet de notes. Il n'a jamais encore assisté à une semblable démonstration. Louve rit. Jamais on ne l'a vue rire comme ça, d'un beau rire ouvert, éblouissant. Oiseau la regarde avec bonheur. Les Heyokas dénouent les peurs, font le bonheur. Flèche Tranquille rit avec ses trois Lune qui gigotent en pouffant. La maladie des Blancs ne porte plus son ombre sur le campement. Les Heyokas continuent de balancer les morceaux de chien dans la marmite : la tête, la queue, les tripes, les pattes, le croupion et hop ! hop ! plouf ! Ils sont adroits, ne ratent pas leur coup.

Ils reviennent et plongent carrément les mains pour attraper la viande bouillie au défi de se brûler. À toute vitesse, hop ! Et la main preste ressort en faisant jaillir la viande dans les airs. Elle saisit le lambeau fumant avant qu'il ne retombe sur le sol et l'Heyoka le mange. Toutes les parties du chien décollent de la marmite, sont happées au vol et croquées. L'assistance admire et n'en peut plus, tordue de rire, comme Bogard. Catlin bouche bée… Il est traversé par un doute, il se demande si les

Indiens rient seulement de ce que les Heyokas prennent le contre-pied du bon sens. Leur rire ne ferait, au final, que condamner le désordre. Mais à entendre la tonalité de ces rires, il sent une complicité ambiguë entre les Heyokas et les spectateurs comme si on se réjouissait aussi de cette bouffée de liberté où tous les comportements devenaient possibles, une anarchie secrète et féconde qui était peut-être le visage originel du monde, son jaillissement. Catlin sourit, de plus en plus fasciné.

Et voilà qu'un Heyoka lance un morceau ardent du chien dans la cohue. On s'en empare, il brûle, on le refile à son voisin qui le passe à un autre. Jusqu'à ce qu'un vieillard maladif le recueille et s'en régale. L'excitation atteint son comble, les gosses courent après les voltiges de la viande, les chiens aboient, s'y mettent, zigzaguent, prompts à chaparder la chair de leur innocent congénère. Les squaws s'interposent, rusent, détournent la nourriture baladeuse pour la faire tomber dans la bouche édentée d'une vieille femme affaiblie.

Alors quelqu'un a l'idée qu'on aille jeter les couilles du chien à l'homme en noir. Flèche Tranquille n'a pas le temps de s'y opposer. Un des deux Heyokas a intercepté les couilles comme une balle. Il se met à courir vers le wigwam de l'homme sinistre. On l'appelle, il sort. On lui fourre les organes sous le nez tandis que tout le village pleure de rire. Il repousse le cadeau que l'autre Heyoka récupère et lui relance. L'homme noir fait de grands gestes et des signes de conjuration, se met à déclamer une prière. Toute la bande rieuse s'enfuit avec les couilles du chien cuit.

Bogard les a vus, il se précipite dans le wigwam de Louve et du chamane. Il fumait tranquillement entre les collines voisines, parmi les rocs et les pins, son cheval attaché en contrebas. Il a entendu les cavaliers, il s'est recroquevillé, n'a plus bougé, Aigle et Genou Boiteux tournaient autour du campement, de loin, cachés dans les dédales sauvages.

Oiseau Deux Couleurs et Louve savent qu'il est trop tard pour fuir, qu'ils ne peuvent le faire ainsi à l'infini. L'affrontement est inévitable. Ils se regardent. Le chamane ne voit nulle trace de peur dans les yeux de Louve. Lui ressent un certain effroi. Louve a saisi son arc, elle s'avance devant la tente, scrute les rochers alentour et la lisière des bois. Oiseau est resté dans le wigwam.

Aigle Rouge et Genou Boiteux jaillissent soudain de la forêt au grand galop. Ils foncent dans un fracas de muscles et de sabots. Louve ne brandit pas son arc. Aigle la voit, retrouve l'éclat de l'ennemie crow, de l'amante double. Une onde. La violence de la vision. La jouissance et l'envoûtement premier. C'est elle toute droite qui le regarde sans haine ni peur. Immobile, inexpressive… Il voudrait la tuer mais monte en lui la pulsion de la ravir une seconde fois, de l'emporter sur son cheval. C'est l'image de la prairie qui l'enveloppe soudain et l'aveugle, là où il va l'entraîner, cette brèche ouverte sur la joie panique… Elle sait qu'il ne la tuera pas.

Oiseau Deux Couleurs surgit soudain. L'apparition frappe Aigle de stupeur. Le chamane a revêtu la robe rouge. Son grand corps distend la parure de désir. C'est un spectacle grotesque, obscène. Oiseau dont les biceps, les épaules, les mollets débordent le tissu de femme… Aigle veut en finir avec cette folie. Il pousse son cheval, lève son casse-tête et se rue sur la poupée gigantesque. Alors le travesti sacré plonge la main dans les plis de la robe qui s'ouvre, découvrant en un éclair le tomahawk attaché à la cuisse, fusant de son étui. L'arme a volé dans les airs et fendu le crâne du chef avant que son casse-tête n'atteigne sa cible.

Aigle s'écroule. Genou Boiteux renonce à charger à son tour la robe rouge du Winkte. Il demeure figé sur son cheval. Il regarde Louve qui s'approche d'Aigle, s'agenouille devant sa dépouille et le contemple. Son ravisseur de la rivière, son amant du Missouri. Aigle mort.

Elle tourne les yeux vers Oiseau Deux Couleurs qui la rejoint dans la robe qu'avec son couteau de chasse il avait eu le temps de fendre entre les plis, pour y fourrer le tomahawk. C'est ainsi qu'il voulait le chef, sous la robe de Louve. Retrouvant à l'instant suprême l'insigne de sa déviation, de son élection. Son ascendant de visionnaire du peuple sioux.

Il s'agenouille à côté de Louve Blanche pour regarder le chef tué. Il élève une prière, un chant. Les gens du village sont sortis de leurs wigwams, Flèche Tranquille et ses femmes, l'homme noir mêlé aux Indiens. Catlin et Bogard sentent, eux aussi, que leur aventure se dénoue.

Oiseau et Louve veilleront pendant quatre jours Aigle Rouge couché dans un tepee. Nulle panoplie splendide pour l'habiller dans sa traversée de la Voie lactée. Il entrera dans les loges éternelles avec sa simple tunique de guerrier, sa chevelure ornée d'une seule plume. Il sera exposé sur un échafaudage à l'intérieur des monts sacrés, de Paha Sapa, enveloppé dans des couvertures de cuir. Genou Boiteux assiste au rite, il s'est coupé les cheveux, s'est entaillé les mollets.

Oiseau Deux Couleurs et Louve se retirent dans leur wigwam. Le vent froid balaie le campement. Catlin n'attendra pas la neige, le terrible assaut du blizzard. Il doit maintenant rejoindre Saint Louis, puis gagner les capitales de la côte est, celle des Blancs, de leurs lois, de leur suprématie. Il a fait grande provision d'objets indiens. Il est rempli de mélancolie. Malgré sa moisson d'arcs, de calumets, de fétiches, de coiffes, de tomahawks, de couvertures, de pare-flèches, de pierres sacrées, de piquants de porc-épic brodés. Son trésor est un triomphe amer.

Quand Bogard et Catlin s'apprêtent à partir, Louve Blanche et Oiseau Deux Couleurs les prient de taire leur existence, leur histoire qu'ils veulent enfouir dans la prairie. Surtout que les carnets du peintre-médecine restent vierges à leur sujet. Ils redoutent d'attirer la curiosité, la haine, d'être poursuivis encore… C'est d'oubli qu'ils ont soif. De liberté. Oiseau Deux Couleurs insiste encore pour que l'écriture de Catlin leur soit épargnée. Rien ne saurait être divulgué des amours du travesti sacré et de la Femme-Double. Ils ont besoin que leur existence demeure une et compacte. Tout reflet les menacerait de dispersion, de déperdition. Ils croient que le portrait de Louve dans sa robe rouge, brûlé dans la guerre des tribus, a offensé les esprits. Ils ne sauraient errer, fantômes dans la tête des Blancs, dans leurs récits colportés, dénaturés. Homme-double, femme-double, ils ne peuvent être encore démultipliés. Ils n'ont qu'un seul désir : disparaître enfin dans la prairie. Se fondre au paysage des collines. Celui que Catlin a adoré peindre, dans ce vert extraordinaire qui envahit ses tableaux, le vert de Baudelaire. Vivre dans l'infini vert, ondulant, fuyant vers tous les horizons. Où les bisons et les Indiens exécuteraient leurs éternelles migrations. La même roue du printemps à l'été, de l'automne à l'hiver. Les mêmes chasses. Les mêmes camps, les mêmes danses. Les mêmes feux. Toute la vie intime de Louve et d'Oiseau au sein d'une tribu oubliée dans les profondeurs du vert.

Catlin et Bogard promettent. Mais d'autres savent, Tonnerre Riant, Grand Nuage, Bison Tonnerre, Graisse de Bison, Quatre Ours, Lance Blanche, Sauge Sauvage et ses sœurs, Cuisses et Punaise qui Rampe, tous les autres. Flèche Tranquille et les trois Lune. Et les trappeurs de la rivière Cheyenne. L'horrible homme noir… Une légende ne peut manquer de poindre plus tard, un jour lointain, quand Louve et Oiseau auront parcouru la grande prairie de leur destinée, quand Catlin au bout de la vieillesse se sera écrié dans son dernier souffle : « Que va-t-il advenir de ma galerie ? » Car il n'aura pas réussi, pendant quarante ans de lutte, à faire acheter par l'État américain son musée indien enfoui dans un hangar. Quand le peintre pionnier, épuisé par son appel, aura rejoint ses frères rouges dans les campements éternels, un flot de réminiscences éclatera, constellées de rumeurs, cristallisant des échos d'Indienne ravie et de voyant-guérisseur vêtu d'une robe de femme. De fugue, de malédiction, de passion. Quand les Blancs auront conquis toutes les contrées à l'ouest du Mississippi, quand tous les traités auront été violés, quand l'or des Black Hills aura été pillé, alors dans un dernier sursaut tous les fantômes afflueront du passé, les histoires les plus belles, les aventures les plus secrètes, quand les Indiens inventeront à la fin du XIXe siècle leurs rituels désespérés, ultimes, quand ils se rassembleront pour le culte du peyotl ou pour danser tout le long du jour, malgré son interdiction, la danse solaire des Esprits, quand ils attendront la venue d'un messie qui les sauverait, quand les derniers prophètes annonceront le retour des bisons dans le prodige de la prairie retrouvée. Quand tout sera chimérique et perdu. Quand au XXe siècle les descendants des vieux chefs ayant appris le langage des Blancs écriront leurs souvenirs des wigwams originels, des jours précédant la christianisation, l'école forcée, la séparation d'avec leurs parents et l'interdiction de parler leur langue. Tous raconteront en anglais la même perte, l'exil. Tous devenus très vieux, entrés dans l'époque des gratte-ciel et des avions, se souviendront de leur première chasse aux bisons qui fut aussi la dernière, à moins que ce récit n'ait été déjà celui confié par leurs pères, leurs grands-pères… Quand les tableaux de Catlin seront enfin reconnus et que ses Indiens ressuscités occuperont les cimaises des vieux musées américains, que certains de ses portraits les plus beaux seront exposés à Paris, au Musée du quai Branly, dont celui de Petit Loup que Baudelaire aimait tant… Quand Baudelaire sera mort depuis longtemps, quand tout se sera éteint, que ses poèmes resplendiront, alors, à l'aube d'un nouveau cycle, du XXIe siècle, au bord de l'inconnu, Louve Blanche et Oiseau Deux Couleurs apparaîtront, entourés de bisons, le long des rivières sioux, dans la ronde du soleil, sous le regard du peintre.

DU MÊME AUTEUR

La Toison
Gallimard, 1972

La Lisière
Gallimard, 1973
et « Folio », n° 2124

L'Abîme
Gallimard, 1974

Les Flamboyants
prix Goncourt
Seuil, 1976
et « Points », n° P195

La Diane rousse
Seuil, 1978
et « Points », n° P838

Le Dernier Viking
Seuil, 1980
et « Points », n° P1210

Bertrand Louedin
Bibliothèque des arts, 1980

L'Ombre de la bête
Balland, 1981

Les Forteresses noires
Seuil, 1982
et « Points », n° P839

La Caverne céleste
Seuil, 1984
et « Points Roman », n° R246

Le Paradis des orages
Seuil, 1986
et « Points », n° P 24

L'Atelier du peintre
Seuil, 1988
et « Points », nº P420

L'Orgie, la neige
Seuil, 1990
et « Points », nº P421

Colère
Seuil, 1992
et « Points Roman », nº R615

Egon Schiele
Éditions Flohic, 1992

Georges Mathieu
(en collaboration)
Nouvelles Éditions françaises, 1993

L'Arbre-Piège
Seuil, 1993
et « Petit Point », nº PPT57

Les Anges et les Faucons
Seuil, 1994
et « Points », nº P203

Richard Texier
La Différence, 1995

Le Secret de la pierre noire
Nathan, 1995

Le Lien
Seuil, 1996
et « Points », nº P338

L'Ardent Désir
Flohic, 1996

Le Tyran éternel
Seuil, 1998
et « Points », nº P620

Le jour de la fin du monde, une femme me cache
Seuil, 2000
et « Points », nº P837

Les Singes voleurs
Fleurus, 2000

Le Rire du géant
Fleurus, 2000

New York 11206
(en collaboration avec Jean-Yves Le Dorlot et Tony Soulié)
Éditions du Garde-Temps, 2001

L'Atlantique et les amants
Seuil, 2002
et « Points », nº P1064

La Joie d'Aurélie
Seuil, 2004
et « Points », nº P1311

Le Nu foudroyé
(en collaboration avec Lucien Clergue et Gérard Simon)
Actes Sud, 2004

Les Princes de l'Atlantique
(photographies de François Rousseau)
Fitway, « Passions », 2005

La Main blessée
Seuil, 2006
et « Points », nº P1847

Tony Soulié : l'anagramme du Monde
Art Inprogress, 2006

Lumière du rat
Seuil, 2008

Le Baiser de la pieuvre
Seuil, 2010
et « Points », nº P2685

Le Corps immense du Président Mao
Seuil, 2011

Claudie Laks
Le vouloir ivre de la couleur
(avec Thierry Dufrêne et Gérard Bras)
Somogy, 2013

RÉALISATION : IGS-CP À L'ISLE-D'ESPAGNAC
IMPRESSION : CPI BRODARD ET TAUPIN À LA FLÈCHE
DÉPÔT LÉGAL : JANVIER 2015. N° 122502 (3008053)
IMPRIMÉ EN FRANCE

Éditions Points

Le catalogue complet de nos collections est sur Le Cercle Points, ainsi que des interviews de vos auteurs préférés, des jeux-concours, des conseils de lecture, des extraits en avant-première…

www.lecerclepoints.com

DERNIERS TITRES PARUS

P3382. Le bonheur est en vous, *Marcelle Auclair*
P3383. Divine Blessure. Faut-il guérir de tout ? *Jacqueline Kelen*
P3384. La Persécution. Un anthologie (1954-1970) *Pier Paolo Pasolini*
P3386. Les Immortelles, *Makenzy Orcel*
P3387. La Cravate, *Milena Michiko Flašar*
P3388. Le Livre du roi, *Arnaldur Indridason*
P3389. Piégés dans le Yellowstone, *C.J. Box*
P3390. On the Brinks, *Sam Millar*
P3391. Qu'est-ce que vous voulez voir ?, *Raymond Carver*
P3392. La Confiture d'abricots. Et autres récits *Alexandre Soljénitsyne*
P3393. La Condition numérique *Bruno Patino, Jean-François Fogel*
P3394. Le Sourire de Mandela, *John Carlin*
P3395. Au pied du mur, *Elisabeth Sanxay Holding*
P3396. Nous cheminons entourés de fantômes aux fronts troués *Jean-François Vilar*
P3397. Fun Home, *Alison Bechdel*
P3398. L'homme qui aimait les chiens, *Leonardo Padura*
P3399. Deux veuves pour un testament, *Donna Leon*
P4000. Sans faille, *Valentin Musso*
P4001. Dexter fait son cinéma, *Jeff Lindsay*
P4002. Incision, *Marc Raabe*
P4003. Mon ami Dahmer, *Derf Backderf*
P4004. Terminus Belz, *Emmanuel Grand*
P4005. Les Anges aquatiques, *Mons Kallentoft*
P4006. Strad, *Dominique Sylvain*
P4007. Les Chiens de Belfast, *Sam Millar*
P4008. Marée d'équinoxe, *Cilla et Rolf Börjlind*
P4009. L'Étrange Destin de Katherine Carr, *Thomas H. Cook*

P4010. Les Secrets de Bent Road, *Lori Roy*
P4011. Journal d'une fille de Harlem, *Julius Horwitz*
P4012. Pietra viva, *Léonor de Récondo*
P4013. L'Égaré de Lisbonne, *Bruno d'Halluin*
P4014. Le Héron de Guernica, *Antoine Choplin*
P4015. Les Vies parallèles de Greta Wells
Andrew Sean Greer
P4016. Tant que battra mon cœur, *Charles Aznavour*
P4017. J'ai osé Dieu, *Michel Delpech*
P4018. La Ballade de Rikers Island, *Régis Jauffret*
P4019. Le Pays du lieutenant Schreiber, *Andreï Makine*
P4020. Infidèles, *Abdellah Taïa*
P4021. Les Fidélités, *Diane Brasseur*
P4022. Le Défilé des vanités, *Cécile Sepulchre*
P4023. Tomates, *Nathalie Quintane*
P4024. Songes de Mevlido, *Antoine Volodine*
P4025. Une terre d'ombre, *Ron Rash*
P4026. Bison, *Patrick Grainville*
P4027. Dire non, *Edwy Plenel*
P4028. Le Jardin de l'aveugle, *Nadeem Aslam*
P4029. Chers voisins, *John Lanchester*
P4030. Le Piéton de Hollywood, *Will Self*
P4031. Dictionnaire d'anti-citations. Pour vivre très con
et très heureux, *Franz-Olivier Giesbert*
P4032. 99 Mots et Expressions à foutre à la poubelle
Jean-Loup Chiflet
P4033. Jésus, un regard d'amour, *Guy Gilbert*
P4034. Anna et mister God, *Fynn*
P4035. Le Point de rupture, *Marie-Lise Labonté*
P4036. La Maison des feuilles, *Mark Z. Danielewski*
P4037. Prairie, *James Galvin*
P4038. Le Mal napoléonien, *Lionel Jospin*
P4039. Trois vies de saints, *Eduardo Mendoza*
P4040. Le Bruit de tes pas, *Valentina D'Urbano*
P4041. Clipperton. L'Atoll du bout du monde
Jean-Louis Étienne
P4042. Banquise, *Paul-Émile Victor*
P4043. La Lettre à Helga, *Bergsveinn Birgisson*
P4044. La Passion, *Jeanette Winterson*
P4045. L'Eau à la bouche, *José Manuel Fajardo*
P4046. Première Personne du singulier, *Patrice Franceschi*
P4047. Ma mauvaise réputation, *Mourad Boudjellal*
P4048. La Clandestine du voyage de Bougainville
Michèle Kahn
P4049. L'Italienne, *Adriana Trigiani*